李渔与德莱顿戏剧理论比较研究

A Comparative Study of the Dramatic Theories between Li Yu and John Dryden

朱 源 / 著

北京大学出版社
PEKING UNIVERSITY PRESS

图书在版编目(CIP)数据

李渔与德莱顿戏剧理论比较研究/朱源著. —北京:北京大学出版社,2015.9
(文学论丛)
ISBN 978-7-301-26270-2

Ⅰ.①李… Ⅱ.①朱… Ⅲ.①李渔(1611~约1679)—古代戏曲—文学研究②德莱顿(1631~1700)—戏剧文学—文学研究 Ⅳ.①I207.37②I561.073

中国版本图书馆CIP数据核字(2015)第208444号

书　　名	李渔与德莱顿戏剧理论比较研究
著作责任者	朱　源　著
责任编辑	初艳红
标准书号	ISBN 978-7-301-26270-2
出版发行	北京大学出版社
地　　址	北京市海淀区成府路205号　100871
网　　址	http://www.pup.cn　新浪微博:@北京大学出版社
电子信箱	alicechu2008@126.com
电　　话	邮购部 62752015　发行部 62750672　编辑部 62759634
印刷者	三河市博文印刷有限公司
经销者	新华书店
	650毫米×980毫米　16开本　19印张　174千字
	2015年9月第1版　2015年9月第1次印刷
定　　价	59.00元

未经许可,不得以任何方式复制或抄袭本书之部分或全部内容。
版权所有,侵权必究
举报电话:010-62752024　电子信箱:fd@pup.pku.edu.cn
图书如有印装质量问题,请与出版部联系,电话:010-62756370

目 录

序 …………………………………………………………… 1
绪 论 ………………………………………………………… 1
  第一节 本书选题的价值与意义 ……………………………… 1
  第二节 李渔与德莱顿研究有关文献综述 …………………… 4
  第三节 本书的基本研究方法 ………………………………… 8
  第四节 本书的研究范围与目的 …………………………… 12
第一章 李渔与德莱顿的戏剧结构论比较 ………………… 13
  引言 ………………………………………………………… 13
  第一节 戏剧情节与结构——戏剧性的核心 ……………… 14
  第二节 李渔论"结构第一"与德莱顿论"三一律" ……… 17
       ——中英戏剧情节与结构论总体比较
  第三节 李渔论"立主脑"与德来顿论"主要情节" ……… 26
       ——中英戏剧内部结构论比较(1)
  第四节 李渔论"减头绪"与德莱顿论"次要情节" ……… 40
       ——中英戏剧内部结构论比较(2)
  第五节 李渔论"密针线"和"照映埋伏"与德莱顿论 …… 45
       "时间整一性"和"地点整一性"
       ——中英戏剧内部结构论比较(3)
  第六节 李渔论"格局"与德莱顿论"幕"和"场" ………… 58
       ——中英戏剧外部结构论比较

小结 ··· 73

第二章　李渔与德莱顿的戏剧语言论比较 ····················· 75

引言 ··· 75

第一节　李渔论"贵显浅"与德莱顿论"规范性" ············ 76
　　　　——中英论戏剧语言通俗与明晰性比较

第二节　李渔论"重机趣"与德莱顿论"巧智"和"修辞格"　96
　　　　——中英论戏剧语言生动性比较

第三节　李渔论"意取尖新"与德莱顿论"诗的破格" ······ 107
　　　　——中英论戏剧语言创新性比较

第四节　李渔论"文贵洁净"与德莱顿论"纯洁性" ········ 119
　　　　——中英论戏剧语言精练性比较

第五节　李渔论"音律"与德莱顿论"韵律" ················ 128
　　　　——中英论戏剧语言音乐性比较

第六节　李渔论"曲文与宾白"与德莱顿论"韵诗与散文"　135
　　　　——中英论戏剧语体比较

小结··· 139

第三章　李渔与德莱顿戏剧人物论比较 ························ 140

引言··· 140

第一节　李渔论"说何人肖何人"与德莱顿论"人物 ······ 142
　　　　性格合理性"——中英论戏剧人物真实性比较

第二节　李渔论"人情难尽"与德莱顿论"人物个性" ······ 154
　　　　——中英论戏剧人物性格复杂与多样性比较

第三节　李渔论"贯串只一人"与德莱顿论"中心人物"··· 161
　　　　——中英论戏剧人物关系比较

第四节　李渔改编《琵琶记·寻夫》《明珠记·煎茶》………… 166
　　　　　　以及《南西厢》与德莱顿重写《安东尼与克
　　　　　　莉奥佩特拉》《暴风雨》以及《特洛伊罗斯
　　　　　　与克瑞西达》——李渔与德莱顿改编与重
　　　　　　写旧剧对塑造人物形象的影响比较
　　小结 …………………………………………………………… 172

第四章　李渔与德莱顿戏剧思想论比较 ……………………………… 173
　　引言 …………………………………………………………… 173
　　第一节　李渔与德莱顿论戏剧功利性比较 ………………… 174
　　第二节　李渔与德莱顿论戏剧题材比较 …………………… 189
　　第三节　李渔与德莱顿论戏剧主题比较 …………………… 198
　　小结 …………………………………………………………… 205

第五章　李渔与德莱顿戏剧理论的论述结构与风格比较 …………… 207
　　引言 …………………………………………………………… 207
　　第一节　李渔与德莱顿戏剧理论的论述结构与策略比较 … 208
　　第二节　李渔与德莱顿戏剧理论的修辞与文体风格比较 … 212
　　小结 …………………………………………………………… 232

结语 ………………………………………………………………………… 233

引用文献 …………………………………………………………………… 238

主要参考文献 ……………………………………………………………… 243

附录　德莱顿研究文献综述（17世纪—2010年） ……………………… 253

后记 ………………………………………………………………………… 294

序

把中国文学置于世界文学的视野之内,往往在审视中国文学的某些节点的时候,会得出不少原先所没有的启示。以中国戏曲文学的研究为例,把16世纪中国最伟大的戏剧家汤显祖(1550—1616)跟16世纪英国最伟大的戏剧家莎士比亚(1564—1616)进行并行研究,再把17世纪中国最伟大的戏剧理论家李渔(1611—1680)跟17世纪英国最伟大的戏剧理论家德莱顿(1631—1700)进行并行研究,我们会看到中国的戏曲文学和英国的戏剧文学从实践到理论有很多共同之处,因为世界范围的舞台表演艺术有其共通之处,我们也会看到中国的戏曲文学和英国的戏剧文学从实践到理论有很多独特之处,这些独特之处对当代中国戏曲和英国戏剧的形成具有直接的影响。

有关汤显祖和莎士比亚的比较研究已经有了不少成果,但是有关李渔和德莱顿的比较研究却鲜有论著问世。朱源教授的《李渔与德莱顿戏剧理论比较研究》就填补了这个研究领域的空白,为研究中国戏曲和英国戏剧的异同点提供了一个有用的视角。中国的戏曲以歌舞来讲故事,英国的戏剧以对白来推动情节的发展。正如朱源在文中所说的:"差异与契合并存。对于李渔与德莱顿在戏剧理论不同层次上的相通与相异性的具体分析,可使我们更深地理解自己与对方的剧论传统,从而巩固中英与中西戏剧理论沟通的平台,促进中西文化的顺利交流与和谐发展。"

朱源教授是一个在多方面均有突出建树的中年学者,他在十年前致力于中英戏剧互译和中英戏剧理论的对比研究以来,笔耕不辍,已有多部翻译作品和研究论著问世。特别值得一提的是,他对研究的题目无不精益求精,在他的《李渔与德莱顿戏剧理论比较研究》完成之后,利用到英国访学的机会,力求对德莱顿的著作进行穷尽的研究,本书的附录"德莱顿研究文献综述"充分体现了他的刻苦努力。

作为中国人民大学的博士生导师,年富力强的朱源教授正有机会充分发挥自己的潜力,施展自己的才能。我衷心地祝愿他成为典籍翻译和研究领域中的一位新的领军人物,为加强中国文化和世界文化的交流做出自己的贡献。

汪榕培
2015年1月25日于苏州幽兰斋

绪　论

东海西海,心理攸同;南学北学,道术未裂。

——钱钟书:《谈艺录·序》

相对于差别而言,不管是实体性的、本体论的,还是"实体—本体论的",在者与存在都是派生的东西;与我们以后所说的延异相比,在者与存在同样是派生的。

——德里达:《论文字学·写下的存在》

同,异而俱于之一也。

同异交得,放有无。

——《墨子·经说上》

第一节　本书选题的价值与意义

李渔(1611—1680)是我国17世纪著名文人,他以戏曲和小说享誉当时、名传后世,对诗、词、曲、赋以及古文,无不当行;他还是戏曲导演、编辑出版家、建筑设计师、鉴赏家、美食家、园艺家、营养师、美容师、艺术设计师等等;但他最为中国学界称道的是对于我国古典戏曲理论体系所做出的杰出贡献。其晚期著作《闲情偶寄》(1671)分为八个部分,即《词曲部》《演习部》《声容部》《居室部》《器玩部》《饮馔部》《种植部》和《颐养部》,是他一生的生活和艺术实践经验的总结。其中前三个部分,即《词曲部》《演习部》和《声容部》的有关部分,还有《笠翁一家言诗词集》中的《窥词管见》的有关部分,以及他给友人的部分书信,全面系统地论述了中国古典戏曲文学剧本的创作艺术、演员的表演艺术,以及导演的指导艺术等重大问题,"形成了我国第一个比较完整的理论批评体系"[①]。"李渔在三百年前所提出的这一完整的戏剧理论体系,可谓中国古代戏曲理论史上的一座丰碑。"[②]李渔在中国文学史中古典戏曲理论家的总体地位可谓前无古人,后无来者。

  远在欧洲西部与其隔海相望的大不列颠岛国,比李渔小二十岁的英国文人约翰·德莱顿(John Dryden,1631—1700)同样多才多艺,他以戏剧创作誉满当时的英格兰;他还是一位杰出的诗人、散文家和古典文学翻译家;他在西方学界最被称道的是在英国文学批评史以及戏剧批评史中所做出的同样杰出的贡献。他所处的时代在英国文学史上被称为"德莱顿时代"。英国大文人、文学批评家塞缪尔·约翰逊(Samuel Johnson,1709—1784)称他为"英国文学批评之父",认为他的《论戏剧诗》是"英国论文学

[①] 王运熙、顾易生主编:《中国文学批评史》(下),上海古籍出版社,2002年,第295页。

[②] 萧欣桥:《李渔全集·序》,李渔:《李渔全集》(修订本·第一卷),浙江古籍出版社,1992年,第7页。

创作的第一篇正式的、有价值的论文"①。英美现代大诗人、文学批评家艾略特(T. S. Eliot, 1888—1965)对德莱顿也是大加赞誉,称他"仍然是为英诗树立标准的诗人之一"②。德莱顿可以称得上英国纯文学研究与批评第一人。③ 德莱顿的剧论主要集中在《论戏剧诗》(1668)、《为〈论戏剧诗〉一辩》(1668)以及《悲剧批评的基础》等几篇文章中,他对戏剧的广泛评述还散见于他的二十多篇剧本的序与跋中。④ 德莱顿无论在剧论还是在散文论说的风格上对后世英语文论家和作家都具有深远的影响。

　　本书选取中国最杰出的古典戏曲理论家李渔的剧论与英国最杰出的西方古典戏剧理论家约翰·德莱顿的剧论为比较研究对象。李渔与约翰·德莱顿虽然远隔千山万水,彼此也并无接触或直接影响,但他们无论在时间、文学背景、文学史上的地位、所属文类、对各自文化中诗学传统的继承与影响、戏剧观等诸多方面都有共通之处。当然,不同的语言、文化背景也必然造成两者在戏剧具体问题上不同的观点,但他们对于作为文学主要文类的戏剧的基本规律以及主要范畴与概念方面的评述与探索多有契合之处。因此,本选题中研究对象的可比性有坚实的基础。然而,目前国内外尚无有关本选题的论文或专著。本书希望通

---

① Samuel Johnson. *Lives of the Poets*. New York: Doubleday & Company, Inc. Dolphin Books. A Reprint. 275; James Kinsley and Helen Kinsley, ed. *John Dryden: The Critical Heritage*. London and New York: Routledge, 1971:288. (本书所引英文参考文献及德莱顿本人的剧论为笔者译自原文)

② 托·斯·艾略特:《艾略特文集》,李赋宁译,百花洲文艺出版社,1994年,第63页。

③ Edward Pechter. *Dryden's Classical Theory of Literature*. London, New York: Cambridge University Press, 1975:2.

④ John Dryden. *John Dryden: Selected Criticism*. Ed. James Kinsley and George Parfitt. Oxfrd: Clarendon Press, 1970.

过系统、翔实的比较研究,填补此领域的空白。本书通过对此典型个案的详细比较分析与研究,期望在对李渔与德莱顿戏剧理论,以及17世纪中英戏剧理论方面有深入的探讨与发现,同时也希望以此对中西戏剧理论的某些重要特征有新的阐释与印证。笔者也希望此项研究对于中国比较诗学学科体系中必要的基础性工作有所增益,因为任何学科体系的建立与完善都依赖于本领域具体研究实践成果的积累。本书通过具体、确凿的比较研究,发掘与揭示中英戏剧理论之异同,这有利于深化对研究对象与领域的理解与发现,有利于搭建中西戏剧理论以及中西诗论平等对话的平台,更有利于弘扬中华文化之精华,促进中西文化交流与对话。

第二节　李渔与德莱顿研究有关文献综述

任何文学研究都应该有前人的研究成果作为坚实的基础,然后再开拓、发展,努力创新。虽然作为比较文学平行研究的本选题尚无人探究,但李渔研究与德莱顿研究分别在各自的文化中都已经积累了相当丰厚的成果。因此,在比较李渔与德莱顿戏剧理论之前,有必要综述一下国内外对这两个对象的研究现状与发展趋势,并将此作为本比较研究的背景与前提。

由于李渔在文学创作与人生哲学方面的非"正统"文人身份的不确定性,虽然他在中国古典戏曲理论方面取得了杰出的成就,但在其后的古代文论中,除了他的朋友为他的作品写的序中有赞誉之外,其他人不是忽视他的成就,就是贬低其为人,因此在古代并没有形成对他的系统评述。他的作品绝大部分都由他自己印刷出售,虽然当时很受图书市场欢迎,但很难为"正统"文坛所接受。20世纪初中国一些戏剧专家对李渔开始有了较正面公允的评论。1959年中国戏剧研究所编的《中国古典戏曲论著集成》收录了李渔《闲情偶寄》中的戏曲理论部分。新中国成立后,有少量有关文章发表,但基本都是批判李渔的"为统治阶级服务的低级、庸俗的艺术"。从80年代开始,国人对李渔的兴趣渐浓。陈多、徐寿凯于1981年同时出版了《李笠翁曲话》注释,1982年杜书瀛出版了专著《论李渔的戏剧美学》。随后李渔的作品集以及李渔研究专著与论文不断增加。仅笔者目前收集到的李渔《闲情偶寄》的各种不同版本及注释本就有二十多种。1992年浙江古籍出版社出版的《李渔全集》是李渔研究领域一个标志性的成果,其中包括李渔研究资料综述与目录。国内著名的李渔研究专家有董每戡、杜书瀛、沈新林、俞为民、肖荣、胡天成、赵文卿、黄强等,更有许多其他著名学者撰文评述李渔各个方面的文学成就。根据中国期刊全文数据库,国内有关李渔研究的主要论文自1994—2004年以来共有357篇,其中有关其戏曲理论的有90篇。截止到2004年,中国国家图书馆共有李渔原著及论著564部,其中李渔研究专著25部。90年代以来中国研究李渔的博士论文有9部,其中2部专论李渔戏剧理论,此2部中的1部为台湾"国立"中山大学博士生撰写。

鉴于李渔在中国古典戏曲理论批评史中享有如此高的学术地位,国内对其戏曲理论的各类论述已经有了相当的积累。与此形成强烈反差的是,虽然李渔的戏曲与小说片断是最早译介到西方的中国文学经典之一,但是英语世界对李渔戏曲理论的研究和译介却非常有限。根据黄鸣奋教授(1997)、王晓路教授(2003)各自的介绍,英语世界专门以李渔为研究对象的重要论文与专著屈指可数:论文有《论戏剧中的李渔》(Sai-Cheong Man, 1970)、《李笠翁的戏剧理论》(Nathan K. Mao, 1975)、《李渔:其小说中的生平和伦理观》(S. Matsuda, 1978)、《评李渔改编之〈琵琶记〉第28出兼谈其戏剧理论》(Mingren Fan, 1989);专著有《李渔》(*Li Yu*, Nathan K. Mao and Liu Ts'un-yan, 1977)、《中国娱乐:李渔之剧作》(*Chinese Amusement: the Lively Plays of Li Yu*, Eric P. Henry, 1979)、《李渔的创作》(*The Invention of Li Yu*, Patrick Hanan, 1988)。《李渔全集》的《李渔研究资料》卷中记录有关李渔的小说与生活艺术方面的英文论文21篇,英译小说6种。另外,笔者还查找了大英图书馆(British Library)、牛津大学图书馆(Bodleian Library)、美国国会图书馆(Library of Congress)以及中国国家图书馆(National Library of China)的图书目录,除了以上列举的专著和英译外,还查到韩南(Hanan)英译的《肉蒲团》(*The Carnal Prayer Mat*, 1990)、《无声戏》(*Silent Operas*, 1990)、《十二楼》(*Tower for the Summer Heat*, 1992);Nathan Mao 的节译本《十二楼》(*Twelve Towers: Short Stories*, 1979);马丁(Richard Martin)从德语转译的《肉蒲团》(*The Before Midnight Scholar*, 1963)。有关《闲情偶寄》的译文,笔者目前只查到西德马汉茂德译的戏曲理论部分,林语堂英译的有关生活艺术方面的《闲情偶寄四则》,另外还有法国人 Jacques Dars 的法译本《闲情偶寄》(*Au gré d'humeurs oisives*, 2003),但其中并不包括戏曲理论部分。由此可见,有关李渔的戏曲理论的英文专论很缺乏,而《闲情偶寄》至今尚无英文全译本。这与李渔在戏曲理论方面的学术成就不相适应。在当前多元化的国际文化与学术对话的形势下,我们有必要通过比较与翻译的方式向海外系统地推介李渔的戏曲理论,为国际文学与文化比较研究搭建平台,促进各国文学、文化间的彼此了解。当前国内对李渔研究的重点更趋向于对李渔其作品和其人的多元性与文化性的发掘与探讨,研究他与现代文化契合之处、他的超越时代的创新之处。

约翰·德莱顿在英国文学批评史以及戏剧批评史中做出同样杰出的贡献。相比之下,他在当时以及之后的文学史中一直有显赫、稳定的地位。对德莱顿作品的编辑以及批评研究从18世纪开始到现在一直延续不断。早在1717年,德莱顿的朋友威廉·康格里夫(William Congreve,1670—1729)就帮助出版了《约翰·德莱顿戏剧作品集》。德莱顿的其他作品集在19世纪初就已出版,例如:《约翰·德莱顿批评及其他散文作品集》(1800),著名历史小说家沃尔特·司各特(Walter Scott1,771—1832)编辑的18卷本的《约翰·德莱顿全集》(1808),最具标志性的是加州大学出版社出版的20卷本的《约翰·德莱顿全集》(1956—2002)。早在1939年《约翰·德莱顿作品早期版本以及德莱顿学目录》就已出版。目前德莱顿的主要作品集至少有18种。德莱顿主要评论专著有至少62种。较早的有塞缪尔·约翰逊的《德莱顿生平》(1779),最近的有《剑桥约翰·德莱顿指南》(2004)。其他著名的德莱顿研究或编辑专家还有 George Saintbury, Mark Van

Doren, James Kinsley, William Frost, A. W. Hoffman, K. G. Hamilton, Alan Roper, Earl Miner, Robert D. Hume, Edward Pechter, Steven N. Zwicker 等人。

  近年来对德莱顿研究的一个中心是有关他的人生观与作品的多样性问题的探讨。他一生从拥护清教派的共和政府到英国国教，又到天主教，经历了从得宠到失宠的心路历程；他在戏剧观上既综合了古希腊、罗马以及法国的戏剧传统，又显示了侧重于英国戏剧创新的倾向；从中呈现出他既有倾向性，又尊重客观性与历史性的折中态度；他的文学创作既有商业化目的，又有对文学性的追求。他在文学风格与体裁上也呈现出多样性。因此，他无论在生活中还是在创作中都求"变化"。正像他自己所说的："因为我是个（活生生的）人，所以我必须要变。"① 当前研究德莱顿的焦点是以文化的宽阔视野探讨其作品的内涵，分析他所反映的社会、历史的多元性与复杂性问题，同时探讨德莱顿其人其作品所反映的古典主义与现代性的关系以及其文学创新问题。

第三节 本书的基本研究方法

  西方戏剧理论肇始于亚里士多德的《诗学》。德莱顿称亚氏

---

① Steven N. Zwicker, ed. *The Cambridge Companion to John Dryden.* Cambridge: Cambridge University Press, 2004:16.

是"不用亲自实践就能洞察一切艺术和科学"的奇才。① 亚氏对戏剧的本质、性质、构成要素以及剧作法等的界定、分类与阐述自然成为本书的基本参考框架。起源于20世纪英美的"新批评"学派的"细读"文学分析方法强调科学的实证性、文本的结构系统性以及审美价值。这对于本课题努力发掘和具体分析具有可比性的例证有很强的规范作用。结构主义语言学以及结构主义文论所倡导的共时与历时相结合的研究方法对本书的总体结构有很大的指导意义。从学科的角度来讲,本课题的研究领域属于比较文学学科中的比较诗学范畴。本书在直接比较分析与阐释李渔与德莱顿的剧论过程中,主要运用了比较文学的平行研究方法,又结合了影响研究的方法追溯与评述了各自戏剧理论传统的渊源,同时将比较诗学中普遍性与特殊性的辩证关系结合在一起,期望能使此比较研究的方法更系统,比较的内容更深入、全面。李渔与德莱顿都代表了自己各自文化中古典戏剧理论的最高水准,其内涵丰富而复杂。本书所采取的以上多元化的构架与分析方法,符合本具体研究对象的古典戏剧理论的本质属性。

本选题属于比较文学学科中以平行研究方法为主的比较诗学研究范畴。自从20世纪60年代以来,国内外许多本学科领域的著名学者都认为比较诗学是比较文学研究进一步深入的发展趋势。首先预言比较诗学必然性的是法国学者艾田伯(René Etiemble, 1909—2002):"历史的探究与批评的或美学的沉思,

---

① John Dryden. *John Dryden: Selected Criticism*. Ed. James Kinsley and George Parfitt. Oxford: Clarendon Press, 1970:152.

此两种方式自视相反,但事实上却应彼此互补——这样,比较文学便会不可抗拒地走向比较诗学。"① 美籍华裔著名学者刘若愚在其海外第一部中外比较诗学代表作《中国的文学理论》(1975)一书中,在说明其研究目的同时,也指明了比较诗学研究的意义与潜力。② 钱钟书先生在谈话中也曾表明比较诗学研究的重要性:"钱钟书先生认为文艺理论的比较研究即所谓比较诗学(comparative poetics)是一个重要而且大有可为的研究领域。如何把中国传统文论中的术语和西方的术语加以比较和相互阐发,是比较文学的重要任务之一。"③ 著名比较文学学者叶维廉提出了比较文学中两个"模子"的基本比较方法。④ 张隆溪在其比较诗学专著的中译本序言中指出:"比较诗学超越东西方文化的界限,研究东方和西方共同或类似的批评概念和理论问题,这样的研究如果能避免过度狭隘和抽象,同时注意同中之异,异中求同,就可能比传统的影响研究取得更有价值的成果。"⑤ 著名比较文学专家方汉文教授对比较诗学的方法与目的做出了辩证性的界定。⑥ 美国文学理论家勒内·韦勒克与奥斯汀·沃伦在《文学理论》中区分了文学的"外部研究"(文学与时代、社会、历

---

① René Etiemble. *The Crisis in Comparative Literature*. Trans. and forward by Herbert Weisinger and Georges Joyaux. East Lansing: Michigan State University Press, 1966:54-55.

② 刘若愚:《中国的文学理论》,田守真、饶曙光译,四川人民出版社,1987年,第3页。

③ 张隆溪:《钱钟书谈比较文学与"文学比较"》,《读书》,1981年第10期,第135页。

④ 叶维廉:《东西比较文学中"模子"的应用》,转引自李达三、罗钢主编:《中外比较文学的里程碑》,人民文学出版社,1997年,第45、55、56页。

⑤ 张隆溪:《道与逻各斯》(1992),四川人民出版社,1998年,第5页。

⑥ 方汉文:《比较文学高等原理》,南方出版社,2002年,第296、304页。

史的关系)与"内部研究"(文学自身的种种因素),并将研究中心放在了内部研究上。这对于比较诗学的研究方法有重要参考价值。他还以结构与符号为基础,对文学文本中文学与美学的因素进行了方法论上的分类,强调了文学作品中结构因素的重要性。① 中国学者曹顺庆对中国特色的比较文学方法以及中国文论所面临的问题有明晰、概括的论述。他认为比较文学中国学派的基本理论特征是"跨异质文化研究",其主要方法有5种:1."双向阐释法"("阐发研究"),2."异同比较法"("异同法"),3."文化模子寻根法"("寻根法"),4."对话研究",5."整合与建构研究"。② 对比较诗学研究,他也有非常肯定的看法:"中国与西方文论,虽然有着完全不同的民族特色,在不少概念上截然相反,但也有着不少相通之处。这种相异又相同的状况,恰恰说明了中西文论沟通的可能性和不可互相取代的独特价值。相同处愈多,亲和力愈强;相异处愈鲜明,互补性的价值愈重大。"③

以上诸多著名比较文学与比较诗学专家对比较诗学前景与方法论的肯定与阐述为本书的研究方法提供了宏观的启示与指导,同时也给予笔者深入做好此项研究的信心。

---

① 勒内·韦勒克、奥斯汀·沃伦:《文学理论》,刘象愚等译,江苏教育出版社,2005年,第157页。
② 曹顺庆:《跨文化比较诗学论稿》,广西师范大学出版社,2004年,第28—49页。
③ 同上书,第67页。

第四节　本书的研究范围与目的

李渔与德莱顿的作品内容丰富、形式多样,他们的戏剧理论在当今仍有很高的学术价值,在他们的文学成就中占有极为突出的地位。本书的比较研究范围集中于他们的戏剧理论,以他们各种形式、各种体裁的戏剧批评理论文本为依据,同时也涉及部分相关的剧作与诗文。本书通过对李渔的中国古典戏曲理论与约翰·德莱顿的西方古典戏剧理论的分析性比较研究,详细探究了17世纪下半叶中英以及中西戏剧理论之间的诸多契合与差异,以期通过此种参照性的探析,更清晰、更深刻地理解与辨别各自总体戏剧理论的独特性与互通性,在跨语言与跨文化语境中,以"同异俱与一"的视域和"求同存异"的原则,更好地理解中西戏剧所共有的普遍性特征。

第一章
李渔与德莱顿的戏剧结构论比较

引言

  戏剧结构意识在中西古代戏剧理论史中具有非常不平衡的发展脉络。西方古典戏剧理论肇始于亚里士多德的模仿论与写实传统,其戏剧结构的核心"情节"从一开始就被确定为戏剧的"灵魂",在悲剧的六大要素中独占鳌头,其重要性不言而喻。其后的西方剧论家,从贺拉斯、菲利普·锡德尼、卡斯特维特洛、本·琼生、高乃依、布瓦洛等,虽然对戏剧结构有各种不同的看法,但对戏剧情节所赋予的重要性与论述的分量却是有增无减。与此形成鲜明对照,中国古典戏曲理论历来重视音律与曲文,对戏曲结构大多略而不谈,从元代到明代,即使有乔吉、李贽、王骥德、冯梦龙、凌濛初、祁彪佳、金圣叹等对"散曲"或"戏曲"的结构做过不同程度的论述,但都缺乏深度与系统性,戏曲结构在他们的"曲论"中都不占有重要地位。此种情形一直到17世纪后半叶才发生了根本性的改变。中方的变化发起人是李渔,他将戏曲结构放在了其剧论的首位;西方英国的德莱顿则组织了一场"辩论会",亲自导演了一场以戏剧结构理论为核心的"五幕剧"。①

第一节 戏剧情节与结构——戏剧性的核心

无论是评论戏剧文学创作还是戏剧舞台实践,最终都可归结为探讨戏剧的戏剧性这一中心问题。亚里士多德通过他著名的悲剧定义以及对构成悲剧的主要成分的阐释,精辟地揭示了戏剧性的内涵,其核心是排在悲剧艺术六大成分之首的动作"情节"论。②黑格尔(George Wilhelm Friedrich Hegel,1770—1831)继承、批判与深化了亚氏的剧论,通过对戏剧体诗体系化的界定、阐释和推论,从理论上高度概括出戏剧性的本质,提出了戏剧本质的"内在精神"说,指出:"戏剧的主要因素不是实际动作情节,而是揭示引起这种动作的内在精神……""真正的戏剧性在于由剧中人物自己说出在各种旨趣的斗争以及人物性格和情欲的分裂之中的心事话。"③英国戏剧权威阿·尼柯尔认为:戏剧性即指某种意外、奇怪、令人震惊的事件,"戏剧家经常利用一些可导致情绪上与心理上发生震惊的意外成分,而这些成分确是戏剧家构思情节的基础"④。现当代的中外众多戏剧理论批评家

---

① 德莱顿剧论的核心文章《论戏剧诗》的外部结构由5部分组成:1.献词;2.致读者;3.乘船去探听英荷海战消息途中;4.回城途中(4人正式辩论部分);5.到达目的地下船。因此笔者认为整个结构就像一部五幕剧。

② 亚里士多德、贺拉斯:《诗学 诗艺》,罗念生、杨周翰译,人民文学出版社,1984年,第21页。

③ 黑格尔:《美学》(第三卷,下册),朱光潜译,商务印书馆,1997年,第256—257页。

④ 阿·尼柯尔:《西欧戏剧理论》,徐士瑚译,中国戏剧出版社,1985年,第37—39页。

也都提出或概括了他们各自对戏剧性的看法。戏曲理论家张庚与郭汉城的界定是:"戏剧性就是舞台人物出于不同的目的、不同的性格而引起的矛盾冲突。"① 剧论家谭霈生将其概括为:1.情境心理论,2.假定情境论,3.巧合惊异论,4.矛盾冲突论,5.人物关系论,6.文类区别论,7.剧场表演论等。② 综观以上各剧论家对戏剧性的界定,要完成一种剧论所设定的目标,对戏剧结构的阐释与探讨是必不可少的,而结构的核心是戏剧情节的安排,这也是首先要解决的问题。

但在李渔的戏曲结构内涵的指涉上,评论界却有不同的看法。一为狭义的"情节形式"论,二为广义的"构思布局"论。因此在分析、比较李渔的结构论之前,必须明确李渔的结构论的内涵与范围。首先《汉语大词典》对"结构"的释义是:1.连接构架,以成屋舍;动、名词性兼可,如:"未加班轮之结构也""结构疏林下""结构一轩"。2.建筑物构造的式样,名词,如:"观其结构""结构方殊绝""结构玲珑"。3.指诗文书画等各部分的搭配和排列,动、名词兼可,如:"结构圆备如篆法""此《语》《孟》较分晓精深,结构得密""萃金石刻之精华,以佐其结构"。③《词源》的有关解释亦同:诗文书画各部分的组织和布局,如:"结构者,谋略也。"④ 在《李笠翁曲话》中"结构"一词出现5次:1."结构第一。"2."填词首重音律,而予独先结构者,以音律有书可考,其理彰明较著"。3."至于结构二字,则在引商刻羽之先,拈韵抽毫之始。"

---

① 张庚、郭汉城主编:《中国戏曲通论》,上海文艺出版社,1989年,第276页。
② 《中国大百科全书·戏剧》,中国大百科全书出版社,1989年,第440页。
③ 罗竹风主编:《汉语大词典》(第9卷),汉语大词典出版社,1992年,第810页。
④ 《词源》(第三册),商务印书馆,2001年,第2425页。

4."非审音协律之难,而结构全部规模之未善也。"5."开场数语,谓之'家门'。虽云为字不多,然非结构已完、胸有成竹者,不能措手。"显然,李渔对结构一词的用法同释义3。他的结构论不只局限于狭义的戏剧情节的安排,而是以充满戏剧性的情节设计为核心,同时包括对戏曲各个部分以及它们之间衔接的构思、布局、谋篇、设计与安排等的系统性的阐释。如果我们将李渔的结构论分为外部结构与内部结构两类,这样便能更全面地包含李渔的用意。外部结构指受戏剧传统的影响而逐渐形成的已经程式化了的戏剧大框架,即中国剧论中所谓的"格局"以及稳定的人物角色安排,或西方剧论中的"幕""场"等。这种外部较固定的戏剧框架,中西戏剧中所体现的具体形式有较大差异,但其总的构成与作用是相似的,它体现了中西戏剧结构追求完整性的特征。戏剧的外部结构是其文类以及本文类内各不同分支的最突出的区别性特征,主要受该文类长期形成的传统模式的影响而固定下来。内部结构指剧作者充分运用想象力对戏剧中的故事情节的各个有机组成部分所做的创新性构思与安排,此部分灵活多变,决定了戏剧作品的个体性差异。戏剧内部结构各组成部分的关系体现了情节的统一性特征。本文的对比分析以此两种范畴为大前提,同时依照原文本所探讨的中心,呈现出不同的侧重。

基于平行比较研究的特点,中西戏剧理论彼此的可比性主要存在于中间层次戏剧特征的各个项目之中,即对于戏剧的主要组成部分的分类与功能的探讨。在最低的具体语言表达层面上,由于汉语与西方语言间的巨大差异,其可比性显然较小;而在最高的文类层面上,由于其作为戏剧的共同的基本规律,其相通性显而易见。由于本章是对李渔与德莱顿戏剧结构理论的比较,因而更侧重于他们彼此对于戏剧结构的观点以及言说方式异同的阐释与分析。

第二节 李渔论"结构第一"与德莱顿论"三一律"
——中英戏剧情节与结构论总体比较

李渔的《李笠翁曲话》的剧本创作论部分《词曲部》共分六章,即《结构》《词采》《音律》《宾白》《科诨》《格局》,其中有关戏曲结构的论述就占有两章12款,分别位于《词曲部》的开头《结构第一》与结尾《格局第六》。因此,无论是在数量上还是在位置上,李渔都将其摆在最突出位置,可见李渔对戏曲结构的重视程度。中国以往的戏曲理论家谁都没有达到李渔对此论题探讨的自觉性、深度和系统性。国内外李渔研究学者与专家普遍认为李渔对中国古典戏曲理论所做的最突出贡献正是他的戏剧结构论。董每戡早在20世纪60年代就高度称赞李渔同历来一切曲论家不同之处就在于"首谈剧本的结构"[1]。杜书瀛认为:"李渔关于'结构第一'的思想,是他整个戏剧美学理论中最精彩的部分之一,是李渔对戏剧美学的一个贡献。"[2] 胡天成认为:"李渔

---

[1] 董每戡:《〈笠翁曲话〉拔萃论释·词曲部》,广东高等教育出版社,2004年,第1页。

[2] 杜书瀛:《论李渔的戏剧美学》,中国社会科学出版社,1982年,第88页。

的戏曲结构论是他整个戏曲理论体系中最有创建的部分。"① 俞为民也认为:"有关戏曲结构方面的论述,也是李渔戏曲理论中最精彩的部分。"② 黄强认为:"关于戏剧结构的理论是李渔戏剧理论中最有价值、最引人注目的部分。"③ 海外学者矛国权(Nathan K. Mao)和柳存仁(Liu Ts'un-yan,1917—2009)也充分肯定了李渔对于中国戏曲结构论的突出贡献。④ 美国学者埃里克·亨利(Eric P. Henry)阐述了李渔有关戏曲结构论方面的创新。⑤ 美国学者韩南(Patrick Hanan,1927—2014)也认为李渔的戏曲结构论在中国古典戏曲理论中是一项创新。⑥ 李渔开场伊始即提出"结构第一"。李渔的论说形式与篇目安排同以往的剧论家相比具有很强的系统性与严整的结构,但其总的风格仍属于中国传统式的诗性的言说方式,与亚里士多德的理性化的、科学论文式的论说方式大相径庭,而与德莱顿的个性化的、似乎是随着性情走的言说风格相类似。李渔在高谈阔论一番戏曲的地位与重要性以及他本人的创作动机之后,在第一章专论戏曲结构:

    填词首重音律,而予独先结构者,以音律有书可考,其

---

 ① 胡天成:《李渔戏曲艺术论》,西南师范大学出版社,1993年,第119页。
 ② 俞为民:《李渔〈闲情偶记〉曲论研究》,江苏教育出版社,1994年,第30页。
 ③ 黄强:《李渔研究》,浙江古籍出版社,1996年,第26页。
 ④ Nathan K. Mao and Liu Ts'un-yan. *Li Yü.* Boston: Twayne Publishes, 1977.
 ⑤ Eric P. Henry. *Chinese Amusement: The Lively Plays of Li Yü.* Hamden, Conn.: Anchon Books, 1980: 169, 172.
 ⑥ Patrick Hanan. *The Invention of Li Yu.* Cambridge, Mass.: Harvard University Press, 1988: 199.

理彰明较著。自《中原音韵》一出,则阴阳平仄画有塍区,如舟行水中,车推岸上,稍知率由者,虽欲故犯而不能矣。《啸余》《九宫》二谱一出,则葫芦有样,粉本昭然。前人呼制曲为填词,填者布也,犹棋枰之中画有定格,见一格,布一子,止有黑白之分,从无出入之弊,彼用韵而我叶之,彼不用韵而我纵横流荡之。至于引商刻羽,戛玉敲金,虽曰神而明之,匪可言喻,亦由勉强而臻自然,盖遵守成法之化境也。至于结构二字,则在引商刻羽之先,拈韵抽毫之始。如造物之赋形,当其精血初凝,胞胎未就,先为制定全形,使点血而具五官百骸之势。倘先无成局,而由顶及踵,逐段滋生,则人之一身,当有无数断续之痕,而血气为之中阻矣。工师之建宅亦然,基址初平,间架未立,先筹何处建厅,何方开户,栋需何木,梁用何材,必俟成局了然,始可挥斤运斧。倘造成一架而后再筹一架,则便于前者不便于后,势必改而就之,未成先毁,犹之筑舍道旁,兼数宅之匠资,不足供一厅一堂之用矣。故作传奇者,不宜卒急拈毫;袖手于前,始能疾书于后。有奇事,方有奇文,未有命题不佳,而能出其锦心,扬为绣口者也。尝读时髦所撰,惜其惨淡经营,用心良苦,而不得被管弦、副优孟者,非审音协律之难,而结构全部规模之未善也。①

此为第一章《结构第一》序言部分的中心,本段与前后的段

---

① 本论文所引李渔剧论皆依照此版本:李渔:《李渔全集》(修订本,12卷),浙江古籍出版社,1998年。

落加在一起同时兼代《李笠翁曲话》的总序言。李渔作为谙熟古典曲论同时又具有丰富的剧本与舞台创作经验的老手,一针见血地指出了编剧过程中最核心的部分——结构,即对全剧各个组成部分的有机性构思、布局与安排的重要性以及对剧作家的巨大挑战。李渔在此所体现的对于戏剧结构的自觉性与明确性是前所未有的。中国古典戏曲,或是王骥德所称的"剧戏",同属于源远流长的中华诗文的抒情性写意传统文学,而李渔所要强调的却是,戏剧的叙事性也应该在戏曲中占有重要的地位,而且应该起"统领全局"的作用。"当行"的剧作家在此大有任想象力驰骋、最大限度发挥创新能力的空间。在中国古典戏曲创作中,大多数词曲家以及曲论家历来都是"首重音律",其中的一个最典型、最突出的事例就是晚明时期的"沈、汤之争"。① 虽然众多曲论家更倾向于褒奖汤显祖的才华,但同时对于沈璟的恪守"律法"也表示了极大的尊崇,而无论是沈氏还是汤氏对戏曲结构的重要性与作用都没有表现出自觉的认识。李渔之前的许多重要曲论家也曾提到过戏曲结构的重要性。例如:李贽(1527—1602)评《拜月亭》:"此记关目极好,说得好,曲亦好。真元人手笔也。首似散漫,终致奇绝,以配《西厢》不妨相追逐也……"② 王骥德(?—1623):"作曲,犹造宫室者然……于曲,则在剧戏,其事头原有步骤……"③ "……以全帙为大间架,以每折为折落,

---

① 参见李昌集:《中国古代曲学史》,华东师范大学出版社,1997年,第429—440页。

② 王运熙、顾易生主编:《中国文学批评史》(中册),上海古籍出版社,2002年,第347页。

③ 王骥德:《曲律·论章法第十六》,《中国古典戏曲论著集成》(四),中国戏剧出版社,1959年,第123页。

以曲白为粉垩、为丹膑……"① 吕天成(1580—1618):"凡南剧,第一要事佳,第二要关目好,第三要搬出来好,第四要按宫调、协音律,第五要使人易晓,第六要词采,第七要善敷衍——淡处做得浓,闲处做得热闹,第八要各角色派得匀妥,第九要脱套,第十要合世情、关风化。持此十要以衡传奇,靡不当矣。"② 凌濛初(1580—1644):"戏曲搭架,亦是要事,不妥则全传可憎矣。"③ 祁彪佳(1602—1645)著有《远山堂曲品》和《远山堂剧品》,他将结构在整部戏曲创作中的重要性提升到了一个空前高的地位。④其他曲论家对结构的论述也只是只言片语,未得深入与系统。纵然王骥德为建立中国古典戏剧理论体系第一人,他对"曲"的结构也有了相当细致的阐述,但并没有将结构提到影响整个戏曲全局的重要地位。曲本位在李渔之前的中国古典戏曲理论中是根深蒂固的。李渔是中国古典戏曲理论家中第一位将戏曲结构置于其理论体系的核心并详细、系统阐述之人,他这种做法是"空前绝后"的。

李渔为了形象生动地说明结构的重要作用,在此巧妙地利用、编撰了两组比喻。一是"造物之赋形",二是"工师之建宅"。第二个比喻可谓老生常谈了,从"结构"的原始意义以及他人的

---

① 王骥德:《曲律·论剧戏第三十》,《中国古典戏曲论著集成》(四),中国戏剧出版社,1959年,第137页。

② 《中国古典戏曲论著集成》(六),中国戏剧出版社,1959年,第223页。

③ 凌濛初:《谭曲杂劄》,《中国古典戏曲论著集成》(四),中国戏剧出版社,1959年,第258页。

④ 《中国古典戏曲论著集成》(六),中国戏剧出版社,1959年,第9、10、13、15、30、33、34、41、44、45、47、50、58、67、71、73、102、104、105、108、113页。

比喻用法皆可证明。① 德莱顿的克赖茨在贬抑古希腊戏剧结构时也用的是"建宅"之喻,说古希腊人是无样板建宅,全靠运气,而非诗艺。② 可见,中外理论家在探讨同一个题目时,由于某种相似的生活体验和运思理路,其语言的表层结构暗示出相通的深层结构。工师建宅自然要有规可寻,但要既经济实用,又美观大方,也需要绞尽脑汁方可奏效。这与绘画中的"胸有成竹"具有异曲同工之理。而李渔的第一个比喻则颇有新意,同时更深刻地揭示出结构对于戏曲的重要性。③ 李渔在此将戏曲比喻成一个有机的生命体,各个部分都通过脉络血肉相连,是一个生动鲜活的生灵。此种比喻与李渔出身于中药、中医世家不无关联。实际上,钱钟书曾精辟地指出,把文章通盘的人化或生命化乃中国固有文学批评的一个特点,并对此进行了详细的论证。④ 李渔将其引申并用于对戏曲结构的描述也是对这一传统的贡献。在李渔看来,"引商刻羽"固然也"神而明之",但由于有了前人的韵书、曲谱做标准,毕竟可以"由勉强而臻自然",甚至达到"遵守成法之化境"。但结构的酝酿和策划则需要创作者具有强烈的整体观念、系统观念和充分自由的想象空间。生命体的经气脉络的会通与发育是神奇而难以言说的,人的想象力的

---

① 参见王骥德:《曲律》;本·琼生(Ben Jonson, 1572—1637):《素材集》(Harold Bloom. *The Art of the Critic.* Vol. Three, New York: Chelsea House Publishers, 1987: 112-113);许建中:《明清传奇结构研究》,中州古籍出版社,1999年,第16—17页。

② John Dryden. *John Dryden: Selected Criticism.* Ed. James Kinsley and George Parfitt. Oxford: Clarendon Press, 1970: 32.

③ 参见李日星:《李渔对戏剧结构的系统诊断》,《湘潭大学社会科学学报》,2000年第8期。

④ 参见钱钟书:《写在人生边上;人生边上的边上;石语》,生活·读书·新知三联书店,2002年,第116—134页。

驰骋也是难以言状的,但却都是客观的存在。

　　李渔用"结构第一"作为衡量中国古典戏曲的重要标准,这从历时的角度看,即是创新;而这对于德莱顿来讲则是老生常谈了,他的创新在于对西方剧论中源远流长的结构论做出重新的评价,其焦点就是对"三一律"适宜度的质疑。作为西方剧论集大成者的德莱顿自然对戏剧结构也给予了高度的关注。他的二十多篇主要剧论中就有十三篇谈到了西方古典话剧的结构问题,其中有多篇对此进行了详细的讨论。德莱顿通过近乎戏剧性的方式,集中展现出西方对戏剧结构所应遵循的原则的不同见解,这颇值得探究。李渔的剧论是一言堂式的、规定性的教导,而德莱顿的则是民主式的、描述性的研讨。德莱顿剧论的独到之处是在《论戏剧诗》中通过四人对话形式,以"三一律"为核心,对古代与当代诗剧、英法两国诗剧的长短处、戏剧体诗的特点和莎士比亚以及其同代剧作家的成就进行了对比性的激烈争论。西方古典话剧的感染力在很大程度上依赖于环环相扣、动人心魄的情节安排与布局,德莱顿的剧论也不例外。他巧妙地设计了一场四人辩论会。第一位发言人克赖茨(Crites)代表了纯古典主义,第二位尤金尼厄斯(Eugenius)代表了英国古典主义,第三位利西迪厄斯(Lisideius)代表了法国古典主义,而第四位尼安德(Neander)则表现出一种折中的戏剧批评立场。每个人都据理力争,互不相让,而作者德莱顿时而倾向于尼安德,时而又竭力超然于四人之上,采取一种客观、中庸的态度,将"三一律"置身于各个文化背景之中,由旁观者依照自己的视野与趣味来做出判断。

《论戏剧诗》的正文开始于一段戏剧性情景的描写：四才子乘舟泰晤士河上，在得知英国在海上战胜荷兰之后，在返航途中，四人泛谈起古今诗歌，引起争论，既而限定辩论题目为戏剧诗，并将戏剧重新界定为："一部剧应该是对人性真实、生动的写照，它再现人的情感与性格，以及人所遭遇的不幸之变故；其作用是娱乐于人和教育人。"① 第一个发言人克赖茨在盛赞古人的戏剧成就之后，首先提出统领戏剧结构的"三一律"规则，即"行动整一性""时间整一性"与"地点整一性"，并将其作为评价戏剧的基本标准。其他三人继而主要围绕这一标准展开辩论。

同李渔相似，德莱顿也是一位职业作家，他既是一位写剧老手，同时又是一位精湛的戏剧评论家。创作与评论对他可以说就像一个铜板的两面密不可分。不同于亚氏的逻辑严谨的学术论文，也不同于李渔规整的论说格式，德莱顿的剧论是文人充满直觉、机敏的札记。他最主要的完整的剧论也确实名为"札记"，例如：《论戏剧诗：一篇札记》（"Of Dramatic Poesy: An Essay"，1668）、《为〈论戏剧诗札记〉一辩》（"A Defence of an Essay of Dramatic Poesy"，1668）、《论英雄剧：一篇札记》（"Of Heroic Plays: An Essay"，1672）等。德莱顿对西方戏剧理论的特殊贡献在于：他对以往的剧论进行了颇有见地的阐释与评述，同时根据英国戏剧实践，明确提出对古典剧论的修正。他的批评保持了一种"权威与根深蒂固的常识之间的一种张力"②。"权威"代表了自古希腊、罗马，经文艺复兴时期的意大利，到法国古典主义剧

---

① John Dryden. *John Dryden: Selected Criticism.* Ed. James Kinsley and George Parfitt. Oxford: Clarendon Press, 1970: 25.

② Ibid., p. x.

论,直至德莱顿的英国戏剧理论先辈们对欧洲古典戏剧传统的继承;而英国的戏剧实践在很大程度上却有悖于古典剧论,这已成为英国剧作家以及戏剧观众"心照不宣""根深蒂固的常识"。博古通今的德莱顿一方面尊崇古典权威,另一方面又要直面英国的戏剧现实,为其寻求更合理的论据。比起"大胆"的李渔,德莱顿显得更谨慎、保守。李渔可以一针见血地提出"填词首重音律,而予独先结构",显示出其反传统的魄力;而德莱顿则在肯定古典戏剧结构合理性的同时,迂回地提出英国戏剧在违背"三一律"的同时所获得的益处。他认为古希腊、罗马的作家在模仿"自然"方面已经尽善尽美,后人想要超过他们必须要严守古典先例,或是在文类上另辟溪径。他自己评论的目的是教育读者理解与欣赏他的创作。①

截止到17世纪下半叶,中英戏剧理论中的情节与结构意识以及对戏剧结构重要性的认识已经发展到相同的水平,分别代表英国与中国戏剧理论的李渔与德莱顿围绕戏剧结构中的主要问题进行了大量的评述,对他们的这些观点进行具体比照,探明其异同,将有助于深入理解中国古典戏曲与英国以及西方古典话剧的独特性,更进一步探明戏剧的某些本质属性。

---

① John Dryden. *John Dryden: Selected Criticism*. Ed. James Kinsley and George Parfitt. Oxford: Clarendon Press, 1970: xi, xii

第三节　李渔论"立主脑"与德莱顿论"主要情节"
——中英戏剧内部结构论比较(1)

文学剧本的"案头性"与"登台性"一直是古典戏曲理论中争论的问题。由于自《诗经》以来强大的抒情性文学传统的影响，我国古代戏曲理论对戏曲中故事情节安排的重要性有一个相当长的认识过程。但无论从戏曲起源还是从现代剧论来看，戏剧显然是为了登台演出，而演出的核心是通过人物的动作来演绎事件。虽然抒情与叙事在文学表达中是密不可分的，但中国的文论肇始于"诗言志"，侧重主观表现，而西方的诗学源自"模仿论"，侧重于客观叙事。这两种趋向给中西戏剧各自打上了深深的烙印。但无论如何，故事性在戏剧、小说中无论是以凸显的形式还是以隐匿的形式，总是起着重要的作用。正像英国现代著名文学评论家福斯特在《小说面面观》中所揭示的那样：人天生就想知道"然后发生了什么事？"("What happens next?")这就是"故事"，或者故事中的"悬念"。① 更高一级的故事就是带有巧妙"情节"的事件。福斯特用两个精妙的例子说明了故事与情节的区别："国王死了，后来王后也死了"是一则故事；"国王死了，后来王后由于悲伤也死了"是一段情节。② 汉语常常将"故事"与"情节"连用，即表达了"情节"在"故事"中的重要性。几乎人人都愿意听故事，好的故事能长时间吸引人的注意力，作为通

---

① E. M. Forster. *Aspects of the Novel*. Harmondsworth: Penguin Books, 1974: 41.
② Ibid., p. 87.

俗文类的戏剧中的故事情节自然是吸引观众的重要因素。当然有了基本的故事情节,如何具体生动地设计于剧本中、表演在舞台上,这就显示出剧作家的才干。李渔之前的王骥德已经注意到戏曲中不同故事情节的轻重缓急:"传中紧要处,须重著精神,极力发挥使透。如《浣纱》遣了越王尝胆及夫人采葛事,红拂私奔,如姬窃符,皆本传大头脑,如何草草放过!若无紧要处,只管敷演,又多惹人厌憎:皆不审轻重之故也。"① 显而易见,"越王尝胆及夫人采葛"与"红拂私奔,如姬窃符"皆为剧中最关键的故事情节,其所内涵的深意与所能推动剧情的发展的作用都是至关重要的。王骥德称此类故事情节为"大头脑"。王国维在对中国戏曲的界定中也强调了故事的重要性:"然后代之戏剧,必合言语、动作、歌唱,以演一故事,而后戏剧之意义始全。故真戏剧必与戏曲(剧本)相表里。"② 此种新的诠释既包涵了戏剧的普遍性叙事特征又突出了中国古典戏曲的融歌唱、宾白、舞蹈为一体的综合性特征。在此,"以演一故事"成为了言说的中心词,其中的叙事性内涵的突显既透露出西方诗学的影响,也说明中国戏曲发展的后期倾向。

李渔正好介于王骥德与王国维之间,他起到了承前启后的作用。李渔戏曲结构论的核心问题是故事情节的安排以及它对整部戏曲的推动作用。因此"结构第一"中,"立主脑"的地位尤为突出。"主脑"一词早在宋代朱熹的《朱子语类》卷三四中已经使用,意思指作品的"主旨"或"中心",如:"上三句是个主脑,艺

---

① 王骥德:《曲律·论剧戏第三十》,《中国古典戏曲论著集成》(四),中国戏剧出版社,1959年,第137页。

② 王国维:《宋元戏曲史疏证》,马美信疏证,复旦大学出版社,2004年,第57页。

却是零碎底物事。"① 而"主脑"作为中国戏曲术语开始于李渔,其来源显然与王骥德所称的"大头脑"有密切关系。回顾戏曲理论史,在李渔之前,"头脑"与"关目"事实上已经成为戏曲结构论中的两个核心概念。② 特别是在明代曲论家对戏曲剧本的评论中,"关目结构论"已经非常普遍,它以"头脑"为核心,以"节""段""局"为基础单元,以"结构"与"意境"为灵魂,共同构成了某种框架。当然,比起亚里士多德以哲学思辨的方式对古希腊话剧所做是分类、界定以及条分缕析来,中国曲论家们对此种体系框架的论述并无高度的自觉性,他们的结构意识只是散见于明代各种"曲话"与"曲评"之中。而李渔首次以"立主脑"为核心,明确、系统地阐述了他的戏曲结构理论。且看他在《闲情偶寄·词曲部·结构第一》中的立论与分析:

立主脑

> 古人作文一篇,定有一篇之主脑。主脑非他,即作者立言之本意也。传奇亦然。一本戏中,有无数人名,究竟俱属陪宾,原其初心,止为一人而设;即此一人之身,自始至终,离合悲欢,中具无限情由,无穷关目,究竟俱属衍文,原其初心,又止为一事而设:此一人一事,即作传奇之主脑也。然必此一人一事果然奇特,实在可传而后传之,则不愧传奇之目,而其人其事与作者姓名皆千古矣。如一部《琵琶》止为蔡伯喈一人,而蔡伯喈一人又止为"重婚牛府"

---

① 朱熹:《朱子语类》,黎靖德、王星贤点校,中华书局,1994年,第868页。
② 参见李昌集对此类术语的详细追述与分析,李昌集:《中国古代曲学史》,华东师范大学出版社,1997年,第503—511页。

一事,其余枝节皆从此一事而生。二亲之遭凶,五娘之尽孝,拐儿之骗财匿书,张大公之疏财仗义,皆由于此。是"重婚牛府"四字,即作《琵琶记》之主脑也。一部《西厢》,止为张君瑞一人,而张君瑞一人,又止为"白马解围"一事,其余枝节皆从此一事而生。夫人之许婚,张生之望配,红娘之勇于作合,莺莺之敢于失身,与郑恒之力争原配而不得,皆由于此。是"白马解围"四字,即作《西厢记》之主脑也。余剧皆然,不能悉指。后人作传奇,但知为一人而作,不知为一事而作。尽此一人所行之事,逐节铺陈,有如散金碎玉,以作零出则可,谓之全本,则为断线之珠,无梁之屋。作者茫然无绪,观者寂然无声,无怪乎有识梨园,望之而却走也。此语未经提破,故犯者孔多,而今而后,吾知鲜矣。

李渔在此以定义开始,条理分明、具体生动地举例说明了何谓主脑以及选择与设计主脑的重要性与方法,同时一针见血地指出并纠正了当时制作传奇的弊病,确信自己所传授的戏曲结构创作技巧是"灵丹妙药"。究竟何谓"主脑"?李渔的界定似乎很明确,实则不然。近代戏曲理论家吴梅在《顾曲麈谈》中整句、整段地直接照搬了李渔的"结构第一"多款中的内容,而有关"立主脑",他只选取了李渔有关定义的后部分:"此一人一事,即所谓传奇之主脑也。"[①]董每戡认为"主脑"与作品的"主题思想"相关,但李渔谈的是结构的单一性,即指一剧中的主要行动,统一

---

① 吴梅:《中国戏曲概论》,中国人民大学出版社,2004年,第54页。

行动的核心和起点。① 赵景深的观点是:"大头脑或主脑,跟今天所说的主题思想是两回事。我想:所谓大头脑或主脑,应该是剧本情节中关键性的情节。"徐寿凯的意见与此相同,为"戏剧的中心事件。"② 陈多回顾了古代曲论家使用"主脑"的情况,概括的结论是:1.作品中"可以一言蔽之"的"用意所在;2.行文之将帅,射箭之箭靶。③ 杜书瀛认为"主脑"包含两个密切相关的意思,其一是"主题思想",其二是围绕主题思想的"中心人物"与"中心事件"。④ 李昌集认为"主脑"有两点要义:一为"主题思想",二为"中心人物"与"中心事件",最终落实在"整个'传奇'故事具有根本意义的'动力事件',是整个故事展开的'原因'"。⑤ 陈竹认为"主脑"这一概念的本义是"主题思想",是泛指;"一人一事"是引申义,是特指;两者并不矛盾。⑥ 以上各说针对不同的语境各有侧重。不管如何,戏剧的核心部分必然离不开"主题思想"与表现这一"主题"的"中心人物"与"中心事件"。因此将李渔的"主脑"理解为一个本体的两元是较为全面、恰当的。这一本体即为中国戏曲结构,其两元为表现这一本体特征的两个方面,即整部剧所表现或暗示的"主旨"与通过主要人物的行为、动作用戏剧的特殊手段所编织的中心故事。而这一切的前提是计划与设计,以及对其原初意图的推测与阐释。李渔强调了"立言之本意"与"原其初心",显然他是相信任何文本都有其"原初

---

① 董每戡:《〈笠翁曲话〉拔萃论释》,广东高等教育出版社,2004年,第6页。
② 赵景深:《李笠翁曲话注释·序》,徐寿凯注释,安徽人民出版社,1981年,第6页。
③ 陈多注释:《李笠翁曲话》,湖南人民出版社,1981年,第22页。
④ 杜书瀛:《论李渔的戏剧美学》,中国社会科学出版社,1982年,第94页。
⑤ 李昌集:《中国古代曲学史》,华东师范大学出版社,1997年,第590页。
⑥ 陈竹:《中国古代剧作学史》,武汉出版社,1999年,第614页。

与终极意义的"。这在以训诂"经学"为中心的中国古代学术传统中是很自然的事。借用李渔的原话,"主脑"可以简明地表述为：以"一人一事"表演故事所传达的"作者立言之本意"。明清传奇剧一般都在30出以上,如《琵琶记》42出,《桃花扇》44出,《长生殿》50出,《牡丹亭》更是长达55出。如此鸿篇巨制的剧本自然在情节上要衍生出众多的"其余枝节",造成结构上的松散、拖沓。针对中国戏曲这一传统特点,特别是针对当时具体编剧在结构上繁复、冗长成风的弊端,李渔在此特别强调了"一人一事",使其他次要情节必须与其建立密切联系,这对于达到与保持戏剧情节的统一性至关重要；同时他还要求故事情节本身要奇妙、惊人,这样才能取得最强烈的感染力。通过李渔从《琵琶记》与《西厢记》中所举的例子可以看出,此"一人一事"决定了整部戏曲行动的发展趋势,同时也深化了戏曲的主题。他自己的代表作《风筝误》就贯彻了这一主张。其中的"一人"即韩世勋,"一事"即"风筝提诗"。由"风筝提诗"而引起的一连串误会构成次要情节,造成了浓烈的戏剧性效果,表现出韩生的爱情理想。再比如《桃花扇》的"一人"为李香君,"一事"为"桃花扇的遭遇",通过题扇、溅扇、画扇、寄扇到撕扇,表现了爱情沉浮、国家兴亡的主题。

　　同李渔一样,德莱顿也是作为一名剧作家来评剧、发表他的戏剧观点,同时他的观点也都有着极强的现实针对性。他的主要观点集中在几篇专论以及他自己许多剧本的序或跋中。自从亚里士多德将"情节"定为西方古典悲剧六大要素之首,西方剧论大多以戏剧情节结构为探讨的核心,而戏剧情节结构的核心是"三一律","三一律"的核心是"行动整一性"。为保证"行动整一性",德莱顿特别强调了"主要情节"。针对"主要情节"这一概念,德莱顿在原文中使用了多种不同的表达法,如:main plot, main design, great design 等,其中可有两种暗示:1. 用变相重复来强调其重要性;2. 当时此概念至少在英国并非固定不变、深入人心,此中术语的沿用与发展也体现了德莱顿的某种创意,与李渔"主脑"的形成相类似。显然,"主要情节"的设计与安排以及它与戏剧其他部分之间的关系成为德莱顿剧论的一个中心问题。这种"主要情节"与李渔的"主脑"具有相通性。两者在戏剧中的主导作用与逻辑表现形式是相通的。德莱顿最早的剧论出现在 1664 年发表的悲喜剧《对手夫人》(*The Rival Ladies*)的序言中。① 其中最早谈到了戏剧结构中各部分之间密切的因果关系,中心为情节整一性:"戏剧家的任务是:调动剧中必不可少的众多人物和性格,使他们在狭窄的海峡各就其位;指挥他所想象的人物通过种种阴谋与风险,使全神贯注的观众以为他们淹没于阵阵巨浪之中;最终自然而然地使人物起死回生,当整个情节真相大白之时,观众们将深感满足,剧中的每个因与果都恰到好处地对应在一起,整个因果链安排有序,第一件事自然而然地导向第二件,所有事件连在一起使结局成为必然。"② 集剧作家与剧论家双重身份为一身的德莱顿,在此已经将戏剧情节结构的有机、统一性与生动性形象地勾勒出来,为他四年后的正式剧论《论戏剧诗》奠定了基础。

---

① John Dryden. *John Dryden: Selected Criticism*. Ed. James Kinsley and George Parfitt. Oxford: Clarendon Press, 1970: 1-6.

② Ibid., p.1.

德莱顿并非"三一律"的创制人,但他对"行动整一性""时间整一性""地点整一性"三者关系的大量评述具有极其重要的承前启后的作用。西方剧论中的核心理念"三一律"所强调的是戏剧行动的高度集中性、严格的单一性与完整性。这一理念是由意大利剧论家斯卡里格、卡斯特维特洛等人通过对亚里士多德《诗学》的严格阐释发展而来,然后由法国的沙坡兰、高乃依、布瓦洛等人最终确立为西方古典戏剧理论的金科玉律。但就原初的事实而言,亚氏本人只强调了"行动整一性",提到了"时间整一性",并没有阐述过"地点整一性"问题。他在第8章论述道:"情节既然是行动的摹仿,它所摹仿的就只限于一个完整的行动,里面的事件要有紧密的组织,任何部分一经挪动或删削,就会使整体松动脱节。要是某一部分可有可无,并不引起显著的差异,那就不是整体中的有机部分。"①

在《论戏剧诗》中,克赖茨首先代表古希腊、罗马戏剧传统的纯古典主义发言。他认为"三一律"的核心是行动整一性,它最早计划但最后完成。诗人作剧的目标就是要完成一个宏伟而完整的行动,其他一切必须服从此目标。这与李渔的"立主脑""一人一事""一线到底"实有相通之处。其余"无穷关目"皆应为这一"主脑"服务。克赖茨特别强调了不同情节之间的关系问题。他认为,一部剧如果有两个主要情节,那必将破坏作品的整一性,它将不再是一部剧而成了两部剧。然而,剧中允许增添次要情节(under-plots),但必须服从主要情节。事实上,不尽完美的

---

① 亚里士多德、贺拉斯:《诗学 诗艺》,罗念生、杨周翰译,人民文学出版社,1984年,第28页。

次要情节对主要情节起推波助澜的作用,为观众制造惊喜或惊悚的悬念。今人的剧作很少能达到古典剧作的标准。因此今人要学会欣赏古人,更好地理解古人的戏剧特点,才能改进戏剧结构。英国上个时代最伟大的人物本·琼生与这些古人相比也显得相形见绌。琼生不但坦言自己是贺拉斯的模仿者,而且对所有这些古人而言还是个"有学问的抄袭者"(learned plagiary)。代表纯古典主义戏剧结构论的克赖茨是复古主义者,他以保守的姿态严守"三一律",要求情节的主次关系必须明确,强调戏剧的经典结构标准只能因袭古人,认为法国人比英国人更靠近古人的标准。

第二位尤金尼厄斯代表了今人,即英国古典主义者。他主张推陈出新,汲取古人所有精华再加上自己的创新。今人描摹的不是古人的诗行,而是自然。古人有古人的生活,今人有今人的生活,因而假如今人所感悟与再现的在古人剧中没有,这并不足为怪。古希腊悲剧只用古老、家喻户晓的故事作情节,因此缺乏新意,也不能给予观众足够的快感。古罗马喜剧的情节借自古希腊诗人,因此也陈旧。这些陈旧的故事情节必然导致整部剧作情节结构的狭隘与束缚。他认为,古人从没定过戏剧章法,自然也没遵循过结构上的"三一律",只是法国人定了规则并严格遵循。法国人虽然保持了场景的连续性,但情节太狭隘,人物太单一,并没有达到寓教于乐的目的。尤金尼厄斯关注的是戏剧的生动性、新颖性与娱乐性,而并没有详细探讨"情节整一性"的重要性。

下一位发言者是代表法国古典主义的利西迪厄斯。他竭力论证法国剧作结构既超过英国又超过古人的优越性。他首先肯定四十年前,即琼生时代,英国人确实在剧作上卓有成就,但当今的优胜者是法国人。法国古典话剧对行动整一性的要求本身就排除了次要情节的合法性,但它同时又保持了在一天之内的内容多样性。与此相反,英国剧则有次要情节,而且次要情节与主要情节不相干,剧中往往有双情节,相当于两剧并行,剧中两组不相干的演员在第五幕最后一场才在舞台上相聚,整部剧悲喜交加,正剧与闹剧混淆,这在英国人独创的悲喜剧中尤为如此;此种结构显然有悖于古希腊悲剧或正剧的传统,但颇类似于中国戏曲的实际情节结构模式。充分利用家喻户晓的故事为戏剧素材是法国剧的另一大特点,利西迪厄斯将此作为法国剧的一大优势;而实际上多数中国古典戏曲素材的来源也是如此。法国人将真实性事件与带有可然率的虚构性事件缝织的密不可透,可谓符合了李渔的"密针线"。按此类真实性标准,莎士比亚的历史剧就会漏洞百出。法国人为了保证情节的整一性,坚持"减头绪",只再现能够保证一个伟大行动完整性的那部分。法国戏剧一般只突出一个人物以及他的一个单一、完整的行动,其余人皆服从于他。这类似于李渔所强调的"一人一事","一线到底"。而英国剧作,用李渔的话来比喻,往往是"无穷关目","有如散金碎玉""断线之珠"。在法国人的舞台上,每个人的行为都有理可据,行动之间的因果关系与人物之间的关系都安排的严丝合缝。

　　第四位尼安德的戏剧观更具有折中性与客观性,在某种程度上代表了德莱顿本人的戏剧观。他的基本立场是:"法国人所设计的情节比英国人更规范,(总的来讲)他们更严格遵循喜剧法则与舞台的传统规则。进一步来讲,我并不否认利西迪厄斯对我们英国戏剧的不规范性所提出的责难,但不管怎么样,我的观点是:无论是我们英国戏剧的短处还是他们法国戏剧的长处都不足以将他们置于我们之上。"① 在戏剧结构方面,尼安德与尤金尼厄斯的观点一致,认为法国戏剧情节缺乏多样性。法国人很可能受古老的逻辑学法规的影响,觉得悲喜不同性质的戏剧情节在一起会彼此产生矛盾,而英国人则认为,悲剧情节如果持续太长会使观众的精神不堪负重,因此必须用喜剧性质的情节做调节。这有点类似于李渔在《词曲部·科诨第五》中所描述的插科打诨的效果,即所谓科诨"乃看戏之人参汤也,养精益神,使人不倦,全在于此……"尼安德认为:"悲剧中加入喜剧成分所产生的效果就如同我们英国人在幕间插入的音乐一样。在舞台上,当情节与语言都很精彩,而台词很长的时候,这种喜剧成分会使我们感到轻松。""我们英国人独创、增加并完善了一种更为愉悦的舞台剧本创作方式,超过古人和当今任何国家,这就是悲喜剧。"② 尼安德认为,法国戏剧情节单调而乏味;英国则多样而丰富。"法国人的情节单一,他们只有一种情节,剧中所有演员、每一场皆为此服务。而我们英国剧除了主要情节外,还有次要情节(under-plots,参照"关目")与复杂的情节(intrigues),它们随着主要情节(main plot,参照"主脑")的进展而进行。"尼安德用中世纪天文学知识对主要情节与次要情节的关系做了一个

---

① John Dryden. *John Dryden: Selected Criticism*. Ed. James Kinsley and George Parfitt. Oxford: Clarendon Press, 1970: 48.

② Ibid., p. 50.

形象的比喻:恒星与行星自身都运转,同时它们还受第十层天体原动力的影响,按特定的圆形轨道运行。此种类比正说明了英国戏剧的情形。假如行星由于受内力与外力的影响可以同时向东、向西运转,也就不难理解英国戏剧中与主要情节不同而并不抵触的次要情节可以与主要情节并行不悖。与此同时,尼安德还努力调和尤金尼厄斯与利西迪厄斯的戏剧结构观。他认为,只要所有次要情节安排得当,服务于主要情节,次要情节就不会破坏行动整一性,尤金尼厄斯在这方面的观点是正确的;但如果次要情节安排不周密、缺乏连贯性,那么利西迪厄斯的指责也是有理的。戏剧情节结构中最要避免的是主次不分,但英国戏剧的多样性如果安排有序会给观众提供更大的愉悦。①

尼安德通过英法戏剧情节安排的比较,说明情节应该更好地服务于丰富的想象力和人物性格。法国剧虽然以单情节著称,但由于诗行中大量的长篇说教,并不能有效地表现激情;英国剧的台词短小精悍、机敏诙谐,更适合真实地表达激情。与法国剧相反,英国剧在情节结构上的多样性与复杂性使得其人物也丰富多彩,观众在情节的迷宫中其乐无穷,到终点才能发现走出迷宫。有关情节的表现方式,尼安德在法国与英国之间也是做了调和:"如果我们英国戏剧在表现行动上过激,法国戏剧则在表现行动方面发现的太少。明智的作者应该平衡好两者之间的关系,这样观众就既不会因看不到美的而不满足,也不会因看

---

① John Dryden. *John Dryden: Selected Criticism*. Ed. James Kinsley and George Parfitt. Oxford: Clarendon Press, 1970: 50-51.

到丑的而震惊。"① 尼安德最终的基本观点是:英国喜剧瑕不掩瑜,胜法国喜剧一筹。僵化地恪守"三一律"使法国戏剧情节贫乏、想象力狭隘。显然这种戏剧表现方式也很难再现生活的真实性。尼安德自豪地声称:"我们英国戏剧并没有借鉴法国戏剧。我们的情节是在英国织机上织成的;我们努力遵循的是莎士比亚和弗莱彻所创造的人物性格多样化与崇高感的传统。我们从琼生处继承了丰富而缜密的情节结构;从早于高乃依剧作的英国先辈处学到了剧诗。"② 针对英国戏剧,尼安德有两点确定无疑:"首先,我们有许多剧本同法国的一样规范,而其中的情节与人物比他们丰富;其次,在多数莎士比亚或者弗莱彻的不规范剧作中(本·琼生的剧作多数情况下是规范的),比法国剧有一种更阳刚的想象力和更伟大的精神。"③ 尼安德选择了本·琼生的喜剧《沉默女人》(*The Silent Woman*)为范例,作为遵从古典剧作法的榜样,并对其进行了详细的分析,结论是:该剧严格遵守了"三一律",场与场之间联系密切,人物性格丰富。而德莱顿自己的严格遵从"三一律"的剧作首选他的代表作《一切为了爱》(*All for Love*)。他在该剧的序言中颇为自负地声称,剧中的每一幕、每一场完全服务于一个主旨,期间没有任何穿插或"次要情节"。④ 古人剧作中缺人物性格,法国喜剧中少性格刻画,而英国人对此则独有天赋。本·琼生在人物性格的塑造、台词的机

---

① John Dryden. *John Dryden: Selected Criticism.* Ed. James Kinsley and George Parfitt. Oxford: Clarendon Press, 1970: 53.

② Ibid., p. 55.

③ Ibid., p. 56.

④ Ibid., p. 150.

敏、重要构思以及情节安排等方面,可谓一代奇才。精妙的情节贯穿其每一幕。因此,说当今的英国诗人远超过古人和现代其他国家的作家并不过分。德莱顿主要通过尼安德,针对当时英国以及西欧对于戏剧所争论的焦点进行了比较性的阐述。他虽然竭力摆出一种折中、公允的姿态,但其倾向于英国戏剧优点的态度则非常明显。

李渔所论的"主脑"在剧作中起到一个纵向"隐喻"的聚合作用,这一行动本身虽然不必贯穿全剧,但其影响弥漫于其他各个部分,更具暗示性,因而使戏曲的总结构更具包容性。德莱顿所提出的"主要情节"在整部剧中起到横向"转喻"的线性作用,因此这种单一的行动必须完整地贯穿于全剧。两者的目的都是要加强戏剧结构的统一性、完整性,但由于具体方式不一样,因此其各自的戏剧结构效果也不同。一般来讲,中国古典戏曲融抒情与叙事为一体,以"主脑"为统领与前提,以丰富、多样的情节安排为架构,以事件发生的自然顺序为剧情展开的方式,在舒缓与紧张交替的气氛中给观众以情感与审美的满足;而西方古典话剧主要以模仿行动为中心,以在"三一律"制约下的"主要情节"为剧情发展的单一主线,以最大限度地集中矛盾冲突,然后迅速化解矛盾的方式,在一直扣人心弦的紧张气氛中,给观众以心理与情感上的强烈震撼并使他们得到宣泄。但通过比照李渔对"立主脑"的强调与德莱顿对"主要情节"的灵活阐释,中英戏剧在总体结构方面颇有趋同的倾向。同时,李渔的剧本在西方有较广泛的接受度与研究,除了其"娱乐性"外,其结构与西方戏剧的相通性也应该是一个重要原因。

第四节　李渔论"减头绪"与德莱顿论"次要情节"
——中英戏剧内部结构论比较(2)

为了确立与突出"主脑",李渔针对"头绪繁多"这一"传奇之大病",开出了"减头绪"这一处方。为了保证不减损"主要情节",德莱顿通过比较古希腊、罗马、法国与英国戏剧结构的不同特点,试图综合出一种更高超的情节安排,即如何在不影响"主要情节"的前提下,通过"次要情节"(under-plot)的设计与安排,最大限度地丰富戏剧的内涵。李渔为突出戏曲的情节结构有以下的要求与阐释:

减头绪

头绪繁多,传奇之大病也。《荆》、《刘》、《拜》、《杀》(《荆钗记》、《刘知远》、《拜月亭》、《杀狗记》)之得传于后,止为一线到底,并无旁见侧出之情。三尺童子观演此剧,皆能了了于心,便便于口,以其始终无二事,贯串只一人也。后来作者不讲根源,单筹枝节,谓多一人可增一人之事。事多则关目亦多,令观场者如入山阴道中,人人应接不暇。殊不知戏场脚色,止此数人,便换千百个姓名,也只此数人装扮,止在上场之勤不勤,不在姓名之换不换。与其忽张忽李,令人莫识从来,何如只扮数人,使之频上频下,易其事而不易其人,使观者各畅怀来,如逢故物之为愈乎?作传奇者,能以"头绪忌繁"四字刻刻关心,则思路不分,文情专一,其为词也,如孤桐劲竹,直上无枝,虽难保其必传,然已有《荆》、《刘》、《拜》、《杀》之势矣。

在此款中他提出剧中的主要情节、主要人物必须要"一线到底",使全剧的人物与情节具有整一性,并以明传奇的代表作《荆》《刘》《拜》《杀》为例,说明单一主线的必要性。其矛头显然是针对明清传奇少则三十几出、多至上百出的庞杂、繁复的结构。要在如此巨制中保持主人公行动的整一性,其难度可想而知。因此李渔建议:"何如只扮数人,使之频上频下,易其事而不易其人,使观者各畅怀来,如逢故物之为愈乎?"戏曲要"思路不分,文情专一",才能达到"如孤桐劲竹,直上无枝"的气势。盘根错节、繁花似锦的戏曲结构也许别有一番韵味,但是显然属于"案头之作",而不适合"登场之道"。李渔既具有丰富的戏曲创作实践的锤炼,又有指导"舞台登场"的直接经验,因此他极为重视两者的有机结合。

在中国古典戏曲中,特别是鸿篇巨制的明清传奇剧中,要做到情节结构上"一人一事""一线到底"决非易事。一方面是因为受中国"诗言志""诗可以怨"的表现诗论传统的影响,另一方面是由于戏曲历来重视曲文而忽视情节安排的缘故。由于传奇剧的素材多来自叙述体的传奇故事,戏曲的关目安排基本上同传奇故事一样以故事发生的时间顺序线性排列,同时由于舞台演出的需要,作为"代言体"的戏曲,其中必然要增加许多适合表演的细节,包括词曲、宾白、诨科以及戏曲动作空间,这就使得其长度以及复杂性不断扩大。杨绛认为中国古典戏曲这种庞杂、繁复的结构类似于西方的史诗结构,而非亚氏所界定的悲剧结构;

其他学者则认为中国戏曲属于"史传结构"。①从并不受时空严格限制的叙事性与包容性特征的角度看,以上两种观点都有道理,但后者"史传结构"的观点,由于基于本土的类比,自然更具联系性,具有影响比较的可能性。其实,对于传奇剧结构更直接的一种影响来自于唐、宋的传奇故事与小说,这从许多传奇剧的素材来源可略见一斑。无论是史诗、史传还是传奇故事,其结构自然要更自由、松散、庞杂,其中可以穿插许多内容,也不强调各个叙述因子之间的整一性。一方面,戏曲基本上继承了此类故事的结构,完全不同于以"突转"与"发现"为核心的西方古典悲剧。但另一方面,戏曲自然主要为登台而作,要想创造扣人心弦的强烈舞台效果,情节的整一性是必须考虑的,但对结构整一性的具体要求与程度,中西戏剧实践与剧论内涵存在很大差异。那么,如何解释李渔所提出的"一人一事""一线到底""思路不分""文情专一""如孤桐劲竹,直上无枝"与次要情节或众多关目之间的关系,这是一个颇为复杂的问题。答案可以包括两个方面:1.从古典戏曲主要以双情节线或多情节线,甚至于无统一情节的所谓"点面"结合的结构现实来看,李渔所要求的并非是戏曲只有单一情节,而只是强调要突出主要情节,主次分明;2.李渔针对前人在关目结构上普遍松散、庞杂不易搬演的弊端,而提出一种矫枉过正的理想化的戏剧结构标准。实际上,古典戏曲中的经典剧作也特别关注了情节的整一性。李渔所举的传奇代

---

① 杨绛:《李渔论戏剧结构》,《比较文学论文集》,张隆溪、温儒敏编选,北京大学出版社,1984年,第53—67页。许键中与何辉斌都认为中国戏曲属于"史传结构",见许键中:《明清传奇结构研究》,中州古籍出版社,1999年,第345页;何辉斌:《戏剧性戏剧与抒情性戏剧——中西戏剧比较研究》,中国社会科学出版社,2004年,第47—48页。

表作《荆》《刘》《拜》《杀》即是典型的例子。但这些例子与李渔所提出的戏曲结构标准还相差很大距离,它们只是相对于其他大多数戏曲作品来讲更靠近此标准。退一步来讲,李渔在强调"主脑"的统一性与完整性的前提下,在此要减的只是无助于主要情节发展,甚至于与主要情节无密切联系的次要情节,以及其他众多的抒情与过渡性的场景,从而达到凝聚、提炼整体结构,取得更集中、突出的感染效果。

与此相对照,德莱顿并没提出要减掉"次要情节",而是提倡如何设法既增加情节结构的丰富性,又保证"主要情节"的整一性。德莱顿充分肯定了"次要情节"对于保证戏剧整体结构丰富性的必要性,而这一前提是针对西方古典话剧历来重"情节整一性"的悠久传统,同时更是针对法国戏剧结构对"三一律"的严格尊崇。代表纯古典主义的克赖茨与折中派尼安德,在对于"次要情节"在戏剧结构中的作用的看法上,观点一致。克赖茨也允许"次要情节"的存在,他还肯定了其辅助作用,认为许多不完美情节的运用有助于构成令观众惊喜的悬念。例如,在古罗马喜剧作家泰伦斯(Terence,186BC?—161BC)的《阉奴》中,泰依丝与费德里亚之间的分歧与和解就是作为"次要情节",很有效地衬托与突出了作者本意中的"主要情节",查里厄与克里米斯妹妹之间的婚姻纠葛。① 但克赖茨不允许一部剧中两个情节并驾齐驱。尼安德承认法国剧情节的严整性与精确度,但其代价是造成剧情单调、干瘪,而英国剧则丰富多彩、变化无穷。其中的原

---

① John Dryden. *John Dryden: Selected Criticism*. Ed. James Kinsley and George Parfitt. Oxford: Clarendon Press, 1970: 28.

因就是法国剧中所有角色都只推动一个情节,每一场都为一个情节服务;而英国剧则在主线之外有许多"次要情节"与配角,他们随行于"主要情节"。英国剧情节的多样化给观众提供了更大的愉悦。尼安德的结论是:人物越多,情节就越多样。反过来,情节的多样化也丰富了对人物性格与感情的展现。当然,前提是"次要情节"的安排必须井然有序,服从与"主要情节"。德莱顿本人在实践中甚至偶尔都超越了主次情节关系的藩篱。在《〈西班牙修士〉序言》中,他为自己在该悲喜剧中的一悲一喜两条主要情节线并行,而不厌其烦地做了大量的自我辩解,以示其合理性。① 与此形成鲜明对照,代表法国古典主义戏剧观的利西迪厄斯根本就不允许"次要情节"的存在,自然其中的人物缺乏,场景也单一,但戏剧效果的聚焦性与整一性得到了很有效的保证。代表英国古典主义的尤金尼厄斯虽然没有正面讨论"次要情节"问题,但他从历史的角度否定了整个"三一律"的根据,而认为它只是法国人的"一家之规",② 因而自然也就欢迎"次要情节"在剧中的灵活运用。显然,德莱顿首先关注的是戏剧对于观众的娱乐性效果,他肯定了"次要情节"的巧妙设计有利于丰富戏剧内涵、烘托主题的作用。这与李渔在戏曲传统的背景之下为了增强戏剧性效果而提倡的"减头绪"在表面上似乎背道而驰,实际却具有殊途同归的目的性。

---

① John Dryden. *John Dryden: Selected Criticism*. Ed. James Kinsley and George Parfitt. Oxford: Clarendon Press, 1970: 189-192.

② Ibid., p. 33.

第五节　李渔论"密针线"和"照映埋伏"与德莱顿论"时间整一性"和"地点整一性"
——中英戏剧内部结构论比较(3)

为了突出"主脑",使所有次要关目服务于主线,主要情节完整、统一,李渔提出"密针线"以及各关目之间的"照映埋伏"。德莱顿虽然反对僵化、呆板地固守"三一律",强调情节的生动与丰富性,但他并非一味地反对"三一律",而是提倡要善于运用"三一律",以突出戏剧性效果,因此为了"三一律"的核心"行动整一性","时间整一性"和"地点整一性"也是必须要考虑的。虽然中国古典戏曲由于其"写意性""虚拟性"与"程式化"的特征而摆脱了时空的严格限制,但李渔与德莱顿在为了使戏剧情节结构严谨、统一的要求方面,两人总的目的性是一致的,那就是要使主要情节"一线到底",使所有其他次要情节与人物臣服于主线。

要保证戏曲中"一人一事"这一"主脑"贯穿始终,避免"逐节铺陈""散金碎玉""断线之珠""无梁之屋""茫然无绪",除了"减头绪"之外,李渔以生动的比喻阐释了"密针线"和"照映埋伏"的内涵:

密针线

编戏有如缝衣,其初则以完全者剪碎,其后又以剪碎者凑成。剪碎易,凑成难,凑成之工,全在针线紧密。一节偶疏,全篇之破绽出矣。每编一折,必须前顾数折,后顾数折。顾前者欲其照映,顾后者便于埋伏。照映埋伏,不止照映一人,埋伏一事。凡是此剧中有名之人,关涉之事,与前此后此所说之话,节节俱要想到。宁使想到而不用,勿使有用而忽之。吾观今日之传奇,事事皆逊元人,独于埋伏照映处,胜彼一筹。非今人之太工,以元人所长全不在此也。……既为词曲立言,必使人知取法。若扭于世俗之见,谓事事当法元人,吾恐未得其瑜,先有其瑕。人或非之,即举元人借口。乌知圣人千虑,必有一失;圣人之事,犹有不可尽法者,况其他乎?《琵琶》之可法者原多,请举所长以盖短:如《中秋赏月》一折,同一月也,出于牛氏之口者,言言欢悦;出于伯喈之口者,字字凄凉。一座两情,两情一事,此其针线之最密者。瑕不掩瑜,何妨并举其略。然传奇一事也,其中义理分为三项:曲也,白也,穿插联络之关目也。元人所长者止居其一,曲是也,白与关目皆其所短。吾于元人,但守其词中绳墨而已矣。

结构要解决的中心问题是部分与整体的关系以及部分与部分的关系,特别强调的是彼此关联的紧密程度。李渔用"缝衣"这一日常生活中人皆熟知的手工活动,形象、生动地比喻"编戏",完全超越了传统曲论中只侧重于孤立作曲的樊篱,突出地体现了他对戏剧结构的全面综合观念。李渔以极为简明、概括性的比喻描述了编剧的全过程:"其初则以完全者剪碎,其后又以剪碎者凑成。"虽然李渔称"剪碎易",实则并不然。"完全者"来自何处?戏剧素材的来源无非直接来自生活现实或是来自其他文学作品。将原来冗长、完整的社会现实或个人经历的某个惊心动魄或者发人深省的片段截下来,或是将前人富有戏剧性因子的文字选出来,这显然绝非易事,需要作者丰富、坎坷的阅历和深刻的人生领悟,同时还需要深厚的文化、文学阅读的积累。王骥德曾言:"词曲虽小道哉,然非多读书,以博其见闻,发其旨趣,终非大雅。"[①] 他建议作戏曲之人应该《诗经》《离骚》,古乐府、汉、魏、六朝、唐诸诗,宋词,金、元杂剧,古今类书,无所不读,同时又引古人云:"作诗原是读书人,不用书中一个字",同理"作曲原是读书人,不用书中一个字"。此种信手拈来、融会贯通之神笔需要多少工夫的磨炼与造化!此虽不易,但比起"凑成之工",实乃"无足挂齿"。剧作家真正发挥、显示其神奇的想象力与独创性之处在于"凑成之工"。因此,李渔在此款中主要是论述"凑成之工"的技巧与秘诀。其中心是"照应埋伏",即俗称故事中的伏笔与悬念。全剧的每一节、每一折皆须瞻前顾后;"剧中有名之人,关涉之事"皆须彼此呼应。其重点在于情节安排上。19世纪法国人乔治·帕尔蒂归纳出三十六种"戏剧境遇",并著书,名为《三十六种戏剧境遇》,来概括人们生活中最基本的矛盾冲突。[②] 然而剧作家通过艺术想象和"可然率",可以变幻出无数新奇而又寓意深刻的情节来感染人、教育人。正像莎士比亚在《仲夏夜之梦》中借雅典公爵忒修斯之口所形容的:"诗人的眼睛在神奇的狂放的一转中,便能从天上看到地下,从地下看到天上。想象会把不知名的事物用一种形式呈现出来,诗人的

---

① 王骥德:《曲律·论须读书》,《中国古典戏曲论著集成》(四),中国戏剧出版社,1959年。

② 转引自董每戡:《〈笠翁曲话〉拔萃论释》,广东高等教育出版社,2004年,第17页。

笔再使它们具有如实的形象,空虚的无物也会有了居处和名字。"① 鲁迅也有类似的描述:"所写的事情,大抵有一点见过或听到的缘由,但决不全用这事实,只是采取一端,加以改造,或生发开去,到足以几乎完全发表我的意思为止。人物的模特儿也一样,没有专用过一个人,往往嘴在浙江,脸在北京,衣服在山西,是一个拼凑起来的角色。"② 当然此种想象出来的"合成情节"必须要符合生活以及人性的规律,才可信、可感人,否则就成了贺拉斯所讽刺的有着"美女的头、马的脖颈、覆盖着各色羽毛的各种动物的四肢、还长着又黑又丑的鱼尾巴"的怪物,③ 或是李渔在《戒荒唐》中所讥讽的"魑魅魍魉"之事。李渔充分肯定了明清传奇在剧作情节安排方面的高超技巧,以元曲《琵琶记》为对比,指出了元曲在关目安排上的疏漏与矛盾。李渔历数了《琵琶记》中"状元三载家人不知""附家报于路人""赵五娘只身寻夫""五娘剪发"之与张大公等四桩大小关目的悖谬,用以说明情节安排的合情合理的重要性。对于李渔的这一评述,当代剧论家则有不同的见解。董每戡认为《琵琶记》此四项关目无不是剧作者精心策划、巧妙布局的结果,显示出高则诚"埋伏照应""谨慎从事"的严谨风格,只是李渔过于主观臆断,以自己的艺术与时代标准而勉为其难。如果按照李渔的建议修改原剧本,那么其风格与主题都将面目全非了。

---

① 莎氏比亚:《莎士比亚全集》(二),朱生豪译,人民文学出版社,1978年,第352页。
② 鲁迅:《我怎么作起小说来》,《南腔北调》,人民文学出版社,1980年,第102页。
③ 亚里士多德、贺拉斯:《诗学 诗艺》,罗念生、杨周翰译,人民文学出版社,1984年,第137页。

事实上,在古今中外剧作史中,剧作家皆有权利创造性地利用原材料来构筑自己的艺术殿堂,因而在剧中所展现的情节也就自然偏离或者违背原著。例如:莎士比亚的绝大多数剧本都有原始出处,但在时间、地点以及人物性格与主题等诸多方面都远离甚至背离了原始出处;即使郭沫若的现代历史话剧《屈原》的表现形式与主题也绝非再现历史的真实,但它所弘扬的忧国忧民的爱国主义主题却感人至深,针对时局。用亚里士多德的话一言以蔽之:"诗人的职责不在于描述已发生的事,而在于描述可能发生的事,即按照可然律或必然律可能发生的事。……诗比历史更富于哲学意味、更高……"[①] 艺术的真谛在于其基于历史与事实,同时又高于历史与事实的本质特征。一部剧本只要形式独创、语言精妙、主题深刻、感人至深,就必然有自己独特的、有机完整的、自我完善的内部艺术结构与系统,因而成为经典。这也就是李渔所谓的"凑成之工"的玄妙。妙在针线紧密到全篇不留任何破绽。

李渔在此款中充分显示出敢于挑战权威、求新求异之勇气与魄力。他敬告读者:"谓事事当法元人,吾恐未得其瑜,先有其瑕";"圣人千虑,必有一失。"与此同时,他也举出《琵琶记》之所长,如《中秋赏月》一折中的针线之密、感人之深。李渔的戏剧结构观还体现在他对于戏曲内部各组成部分关系的明确定位上。他认为传奇之"义理"分为三项:曲、宾白、关目。中国传统戏曲以"曲"为其精华,作者的才气集中表现在其中的词采与音韵上,

---

① 亚里士多德、贺拉斯:《诗学 诗艺》,罗念生、杨周翰译,人民文学出版社,1984年,第28页。

往往忽略散文体的"宾白"的作用,而李渔在《词曲部》一章中专辟第四节八款对其重要性做了详细论述。在此三项中,"曲""白"为同一个层面,皆为戏曲的语言表达形式范畴,而"关目"则属于戏曲总体组织结构范畴,实则不可并列。"关目"的作用是将"曲""白"连缀、统一在一起,反过来,"曲""白"服务于表现"关目",共同为更大一级的"本意"服务。如将元人的"曲"之所长与明清的"白"与"关目"之所长相得益彰,可获"双美"之益。

李渔特别强调"密针线"的重要性,是因为中国戏曲,特别是明清传奇剧中所固有的众多次要情节与人物穿插其中,形成许许多多错综复杂、丰富热闹的场景,如不加以紧缩、统一,很容易流于结构松散、失去动人心魄的舞台感染力度。与此相对照,西方古典话剧在传统上本来就倾向于单一情节,其"一人一事"与"一线到底"比中国古典戏曲都要单一、狭窄得多。这一传统由法国为首的古典主义戏剧派推向极致,形成了严格遵守"三一律"的几乎是法定的要求,而英国虽然也有从形式上符合"三一律"严格章法的戏剧,但其主流则是以莎士比亚为代表的自由派,在结构上更宽容,以利于更生动、丰富地展现生活。西班牙的塞万提斯与维迦对戏剧时间与地点的整一性的看法则大相径庭。塞万提斯倡导遵从古典剧论所要求的时间与地点的整一性①,而维迦修正了古典戏剧理论中对于时间的限制,他主张观众的欣赏趣味与演出效果胜于一切。②维迦的这一主张比德莱顿的戏剧结构观更为自由。事实上,德莱顿时代的许多戏剧结

---

① 伍蠡甫:《西方文论选》(上卷),上海译文出版社,1988年,第214—215页。
② 同上书,第222—223、225页。

构更靠近西班牙传奇剧的结构。①

在中国戏曲结构普遍自由、松散的前提下,李渔提倡"密针线";而在英法戏剧结构一般严谨、整一的前提下,德莱顿通过尼安德为英国的更自由、多情节的戏剧结构辩护。但德莱顿的复杂性在于,就每一个话题,他总是通过4种不同的声音来表达当时代表欧洲以及英国各方的观点。针对决定性地影响"行动整一性"的两个条件,时间与地点的整一性,德莱顿也是用了同样的方式。

德莱顿的克赖茨严格遵从古人,他认为法国人所称的"三一律"(des trois unités)(the three unities)即取自亚里士多德的《诗学》和贺拉斯的《诗艺》。任何一部剧一般都要遵从时间、地点和行动的统一。有关时间统一性问题,克赖茨严格限定一部剧的时间为一整天,即24小时。剧所再现的行动或情节所占用的时间应该与演出时间相当,这样才能保证最接近对自然的模仿。情节与行动均匀分布,一幕不得超过半天,不然其他4幕就会不成比例地紧缩在另半天之内。再现情节与行动所造成的时间差可以安排在幕间来弥补。克赖茨认为古人在多数剧中做到了这些。为了保证时间的限制和再现情节与演出在时间上的统一,剧在结构上势必一开始就要导入中心事件,而之前的事通过人物叙述完成。地点统一性要求剧的场景要有延续性,前后保持不变,因为舞台不变,所以如果剧中地点众多又彼此很远,就不真实。由于演出时间的限制,远距离之间的来往就会失去比

---

① John Dryden. *John Dryden: Selected Criticism*. Ed. James Kinsley and George Parfitt. Oxford: Clarendon Press, 1970: 42.

例。克赖茨在此引入了高乃依的"场景的联系性"(*La liaison des scènes*)概念,用以强调场景之间的紧密关系,同时剧中的人物也必须关系紧密。

利西迪厄斯认为,以高乃依为首的法国人改革了戏剧。他们最严格地遵从了戏剧章法。法国诗人为戏剧时间统一为12还是24小时而争执不休,但至少二十多年来,法国剧作没有超过30小时的。戏剧地点具体到应该统一在一个城市之内。利西迪厄斯还认为,法国人善于判断戏中何处应该演出来,何处只能转述出来。他们只选择在舞台上表演美的事物,而将诸如死亡等不适合或无法真实地在舞台上再现的事物通过间接叙述的方式传达给观众。转述的作用自然也节省了舞台上的空间与时间。在法国人的舞台上,每个人的行为都有理可据,行动之间的因果关系与人物之间的关系都安排得严丝合缝。

尼安德所持观点与前两人大不相同。他认为,英国剧在情节结构上的多样与复杂性使得其人物也丰富多彩,观众在情节的迷宫中其乐无穷,到终点才能发现走出迷宫。僵化地恪守"三一律"使法国戏剧情节贫乏、想象力狭隘。尼安德诘难道:两三天里可能会发生多少美妙的事件,24小时如何包容得下?情节构思的发展变化也不可能包含在如此短暂的时间内。场景的连续性要求也使得法国剧的情节局促、荒谬,因为不同人物往往有不同的处所,不宜同在一处,而在舞台上为了"地点统一"将他们聚在同处就显得荒唐。即使可以同处,几个人物在同一个地点打转转,也非常荒唐。当然尼安德对戏剧时间与地点的看法远没有宽松到中国古典戏曲中的自由程度,但他允许戏剧时间与地点有更大的自由度的观点显而易见。这在某种程度上也代表了德莱顿的观点。

德莱顿剧论的复杂与矛盾性还在于：一方面他反对僵化地严守"三一律"，另一方面他又不赞同完全自由地摆脱"三一律"。这在他《论戏剧诗》一文的后继剧论《为〈论戏剧诗〉一辩》中可以清楚地看到。该文的政治与人事背景比较复杂，但就戏剧理论来说，其主旨是反诘霍华德反对戏剧中用韵诗与用"三一律"。霍华德的戏剧观在当时更具革命性，他认为由于韵诗与"三一律"的束缚不利于更真实地再现自然，因此当代的戏剧就应该完全摒弃它们。既然时间与地点无论远近、长短在舞台上表演起来其真实的程度并无区别，亦即都不真实，因此也就没有必要受"三一律"的限制。但德莱顿坚持认为，戏剧中的时间与地点越接近实际行动中地点与时间，就越接近真实；观众的心里存在着"真实地点与想象地点（real place and imaginary place）"和"真实时间与想象时间（real time and imaginary time）"[①]，舞台上演出的地点与时间越靠近观众想象中故事发生的地点与时间，就会越真实，两者在舞台上表演时在观众心目中确有真实程度上的区别。德莱顿的结论是："每部剧的想象时间必须在情节、人物以及各种事件所允许的范围之内。喜剧不超过24至30小时，因为喜剧的情节、事件以及人物范围较小，可以在此时间里包括在内；而悲剧的构思更繁复，人物更显赫，因此自然需要

---

① John Dryden. *John Dryden: Selected Criticism*. Ed. James Kinsley and George Parfitt. Oxford: Clarendon Press, 1970: 88-90.

更多的时间来调动。"① 德莱顿的"想象时间与地点"戏剧时空观念接近中国古典戏曲中的"虚拟时空"观,但远没有那么自由,而是受到西方"常识"与"理性"的限制。德莱顿在该文中还用亚里士多德的形式逻辑驳斥了霍华德的戏剧悖论。在创作实践中,德莱顿也是自觉地努力遵从"三一律",例如他认为自己的悲剧《暴烈的爱》(Tyrannic Love)之中场景之间的联系紧密无间,时间与地点的统一性方面也超过一般悲剧的要求。② 在《论英雄剧》("Of Heroic Plays: An Essay",1672)中,德莱顿在肯定了戴夫南特爵士(Sir William Davenant,1606—1668)对"英雄剧"的开创性贡献之后,批评他的剧作既缺乏行动的完整与宏大的气魄,又没有人物性格与情节的多样与丰富性。③ 在《论上个时代的戏剧诗》("An Essay on the Dramatic Poetry of the Last Age",1672)一文中,德莱顿还指出了上个时代在布局方面所出现的情节的荒诞、不协调、不真实以及对登台之术的无知。④ 德莱顿坚持一种文学发展观,认为文学创作的总趋势是"今胜于昔",同时各个时代、各个民族又有自己独特的文学娱乐形式,即"凡一代有一代之文类。"⑤ 在《答复赖默先生要点》("Heads of an Answer to Rymer",1677)一文中,德莱顿勾勒出古希腊与英国悲剧诗人之间全面比较的纲要,对亚里士多德的戏剧目的论与

---

① John Dryden. *John Dryden: Selected Criticism*. Ed. James Kinsley and George Parfitt. Oxford: Clarendon Press, 1970: 91.

② Ibid., p. 97.

③ Ibid., pp. 110-111.

④ Ibid., p. 121.

⑤ 王国维:《宋元戏曲史·自序》,王国维:《宋元戏曲史疏证》,马美信疏证,复旦大学出版社,2004年。

情节论进行了新的阐释。他认为戏剧对古希腊人的作用是引起恐惧与怜悯,但对英国人却不一定如此;情节固然是戏剧的基础,但并非最重要的部分。德莱顿在此阐释了情节与其他要素之间的关系:亚里士多德将情节置于首位并不是因为它的重要性,而是因为他是悲剧的基础,即罗念生所解释的悲剧的架子。① 如果人物、行为方式、思想以及修辞都不恰到好处,情节也感动不了观众。比较古希腊与英国的悲剧诗人的原则是首先要分清以下几个问题:1.亚里士多德是如何下的悲剧定义;2.悲剧的目的;3.悲剧的美;4.达到目的的手段。亚里士多德的悲剧定义基于古希腊悲剧,假如他看过英国悲剧,那么其定义可能会是另一样。德莱顿指出古代悲剧有以下不足:情节的狭隘性与人物的单一性。英国人在表现情节的多样性上和感情的新颖程度上都超过古希腊人。德莱顿比较的结论之一是:"如果说古人的情节布局更精当,我们英国人的则更美;如果说我们能在不甚牢固的基础上充分表现出激情,那说明我们的悲剧天赋更大,而在其他所有方面,英国人明显超过古人。"② 德莱顿强调英国戏剧情节的多样性与趣味性使观众期待于悬念之中,而古希腊戏剧情节则使人一眼就看透。对照亚里士多德,德莱顿将悲剧或英雄剧诗的构成做了以下排列:1.情节本身;2.按照部分与整体的关系,安排好情节的顺序与方式;3.人物对白与表演的方式与得体性;4.表现为行为方式的思想;5.表现思想的言辞。在第5

---

① 亚里士多德、贺拉斯:《诗学 诗艺》,罗念生、杨周翰译,人民文学出版社,1984年,第23页。

② John Dryden. *John Dryden: Selected Criticism*. Ed. James Kinsley and George Parfitt. Oxford: Clarendon Press, 1970: 146.

项中,荷马优于维吉尔,维吉尔优于所有其他古诗人,莎士比亚优于所有现代诗人。第2项的意思就是:一个情节应该有开头、中间和结尾,安排得自然而恰到好处,这样,中间部分就不会随意变为开头或结尾,其他部分也是如此,每个部分都环环相扣,就像一串有趣的链条。[①] 德莱顿很欣赏他同时代的法国诗人兼文论家拉潘(Rapin,1621—1687)对戏剧美的评述:悲剧之美不在于绝妙的情节、惊奇的事件以及异乎寻常的事变,而是在于自然而富有激情的话语。他认为莎士比亚就拥有此种美。[②] 通过以上对德莱顿戏剧结构论的阐释,我们可以看出他在基本遵从"三一律"的基础上,提出了为了丰富戏剧情节结构的灵活性问题,最佳的折中办法是戏剧情节结构的整一性与生动性的有机平衡;如果不能两全其美,宁可要其丰富与生动性,只有这样才能打动观众、愉悦观众。

《悲剧批评的基础》("The Grounds of Criticism in Tragedy",1679)是德莱顿的另一篇重要剧论,其中结构论也占有重要位置。德莱顿首先引述了亚里士多德强调戏剧中单一行动、主要构思的必要性,认为古希腊戏剧的目的是引起观众心理的恐惧与怜悯;双线结构,一悲一喜,必然会分散悲剧统一性这一目的对观众的心理作用。但到了罗马时期,特伦斯(Terence)做了革新,他的所有剧本皆双线结构,其原因是他习惯于翻译两种古希腊喜剧,将其编织进自己的作品中,这样两个情节都是戏剧性的,一条为主,另一条为辅。英国戏剧即属此列,观众因而通过

[①] John Dryden. *John Dryden: Selected Criticism*. Ed. James Kinsley and George Parfitt. Oxford: Clarendon Press, 1970: 147.

[②] Ibid., p.149.

多样性获得了愉悦。①这一有关悲喜剧的阐释与意大利诗人瓜里尼在《悲喜剧诗的纲领》中的论述一致。德莱顿本人就写过三部悲喜剧,在《西班牙修士》(*The Spanish Friar*, 1681)序言中,他评述了该剧构思两个情节的创作原因与观众对此的需求,以及写作此类剧的困难。悲喜剧违背了古典悲剧创作的传统,但其总体结构与效果却与中国的传奇剧有某种契合。一般来说,其前部分为悲剧故事,主要人物遭遇厄运,事态向恶的方向突转,而后部分则峰回路转,事态又向善的方向转化,最终以大团圆或矛盾的化解与中和而结束。

德莱顿认为,戏剧行动或情节必须要符合可然律,同时还要绝妙与崇高、接近真实,"因此要创造出可然之事并使之奇是诗艺中最精彩的,也是最难之事;无奇不足以立崇高,无可然不足以愉悦于理性之观众。此情节必再现于舞台而非叙述,是以剧诗别于史诗,然悲剧之目的乃调整与净化恐惧与怜悯之情感。"②德莱顿还比较了莎士比亚和弗莱彻(Fletcher)来说明彼此构思的区别:"莎士比亚主要以恐惧感人而弗莱彻以怜悯。前者的才能更具阳刚、果敢与炽热之气,后者则更温柔、更女性。在情节的形式美方面,即在遵循时间、地点与行动的统一性上,他们皆有问题,但莎士比亚为甚。本·琼生在其喜剧中改掉了此谬误,但莎士比亚在他之前即有规范之作,此剧为《温莎的风流娘

---

① John Dryden. *John Dryden: Selected Criticism.* Ed. James Kinsley and George Parfitt. Oxford: Clarendon Press, 1970: 162-163.

② Ibid., p.164.

儿们》(*The Merry Wives of Windsor*)。"①《暴风雨》也是莎士比亚最符合古典"三一律"剧作法的悲喜剧。

尽管德莱顿并非"三一律"的坚定遵从者,但他还是非常肯定与重视其价值。虽然中西戏剧结构从微观角度有很大差异,但从宏观的情节结构整一性方面,李渔与德莱顿的戏剧结构理念有很大相通之处;李渔在论结构整一性上的话语表述更坚定与绝对,有时失于全面,而德莱顿反而表现得更中庸、面面俱到,往往显得观点暧昧、自相矛盾。

第六节 李渔论"格局"与德莱顿论"幕"和"场"
——中英戏剧外部结构比较

戏剧结构的完整性最显著地体现在中西各自戏剧的外部结构方面,即随着这一文类不断发展成熟而形成的结构的程式化部分。戏剧的外部结构虽然是该文学表现形式的历史与传统的积累、演变的结果,其结构规定性不以某个剧作家的意志为转移,剧作家在此也没有很大的独创空间,但它对于剧本的规范化与体制化具有重要作用,同时也是确定不同具体戏剧文类的最明显标志。所谓戏剧结构的完整性,首先是最宏观的外部结构:开头、中间、结尾,每个主要部分的特征,以及长度。不同戏剧种类对此三部分的安排与其中各部分的命名、所赋予的功能以及

---

① John Dryden. *John Dryden: Selected Criticism*. Ed. James Kinsley and George Parfitt. Oxford: Clarendon Press, 1970: 166.

语言与舞台表现形式都有所不同。西方古典话剧的总体框架结构以"幕"与"场"为单位；中国古典戏曲中杂剧以"本""折"为单位，传奇剧以"卷""出"为单位。彼此的总体框架与各个具体单位既有各自的独特性，又在功能上具有相似性。

传统的戏剧外部结构的体制与规范一般需要一个相当长的发展演变过程，这在古今中外都是如此。按照郭英德的介绍，明传奇戏曲剧本规范化体制的确立开始于明中期文人曲家整理、改编宋元和明前期的戏文剧本，并汲取北杂剧剧本体制的总结与探索。"相对于杂剧，传奇是一种长篇戏曲剧本（通例由20出至50出）；相对于戏文，传奇具有文学体制的规范化和音乐体制的格律化的特征。因此，就内涵而言，传奇是一种文学体制规范化和音乐体制格律化的长篇戏曲剧本。"到了万历元年，明清传奇剧的编剧技巧已经成熟，戏曲剧本体制也已定型。[①]宋元戏文原初的剧本并不分"出""折"或卷，而是整部戏剧浑然一体，演员顺着情节连续演下去[②]，这一点与古希腊的剧作类似。随着明清传奇的戏剧段落的划分，每一部分的具体形式与功能得到更进一步的规范与定型。这种戏曲形式的体制与规范在李渔时代之前就已经成熟，剧作家虽然遵循此体制与规范，但李渔是第一位对此进行自觉而系统阐述的剧论家，他将戏曲的形式体制与规范总括为"格局"，其中的重要组成部分包括"家门""冲场""出脚色""小收煞""大收煞"。

李渔的《闲情偶寄》本身就有着非常严谨、规整的编著体例，

---

① 郭英德：《明清传奇戏曲文体研究》，商务印书馆，2004年，第56—58页。
② 同上书，第63—65页。

全书分"卷""部""章""款"。被称为《李笠翁曲话》的剧论与导演部分主要在卷一和卷二;卷三《声容部》属于与戏剧关系密切的个人美容、服饰以及文艺修养美学部分,此部分介于剧论和导演与其他更广泛生活美学与养生之道中间。每一章开始照例有一段序言,总括各款的中心议题。第六章《格局》被列为词曲部之尾,与第一章的《结构》遥相呼应,前者论戏曲的外部结构,后者论内部结构,可谓首尾相连。第六章《格局》的末款《填词余论》论及剧论家之价值与作用,同时也提出如何评论"优人搬弄之《西厢》"的重要性,从而过渡到下一部分的戏剧导演论。第六章《格局》是这样开场的:

格局第六

传奇格局,有一定而不可移者,有可仍可改,听人自为政者。开场用末,冲场用生;开场数语,包括通篇,冲场一出,蕴酿全部,此一定不可移者。开手宜静不宜喧,终场忌冷不忌热。生旦合为夫妇,外与老旦非充父母即作翁姑,此常格也。然遇情事变更,势难仍旧,不得不通融兑换而用之,诸如此类,皆其可仍可改,听人为政者也。近日传奇,一味趋新,无论可变者变,即断断当仍者,亦加改窜,以示新奇。予谓文字之新奇,在中藏,不在外貌,在精液,不在渣滓,犹之诗赋古文以及时艺,其中人才辈出,一人胜似一人,一作奇于一作,然止别其词华,未闻异其资格。有以古风之局而为近律者乎?有以时艺之体而作古文者乎?绳墨不改,斧斤自若,而工师之奇巧出焉。行文之道,亦若是焉。

李渔凭借自己的戏剧创作与导演经验,在此勾画出"格局"的不同部分的不同规则。已经形成定式不可改变的部分有:开场的角色必须用副末,用几首曲简明地交代作者的创作意图、该剧的大致背景与主要情节,然后以概括全剧的下场诗结束该出。冲场部分必须由主要生角或旦角奠定好主要情节与矛盾的基础。全剧开始应该冷静、平缓,剧终应该激昂、热闹。可变化的部分有:生角与旦角的关系与命运,外末与老旦的身份。这些由于事态、环境的复杂变化都可能随之发生变化。李渔强调变与不变必须把握好规则,不能为了新奇而随心所欲。作品真正的创新之处在于对其核心内容的想象与构思的巧妙,不只在表面形式上新奇。李渔在此可谓胸有成竹,统揽全局,将最基本、重要的戏剧外部结构规则一语道破。之后便是按先后次序对每一个具体部分的详细阐述。

首先是"家门":

> 开场数语,谓之"家门"。虽云为字不多,然非结构已完、胸有成竹者,不能措手。即使规模已定,犹虑做到其间,势有阻挠,不得顺流而下,未免小有更张,是以此折最难下笔。如机锋锐利,一往而前,所谓信手拈来,头头是道,则从此折做起,不则姑缺首篇,以俟终场补入……

"家门"为全剧开场部分第一出中的核心部分,它必须起提纲挈领、统领全局的作用,因此剧作者如果没有十分把握将主要剧情烂熟于心,李渔的建议是先将全剧写下去,待完成后再回过头来补充完成此部分。这与做文章道理相同,先拟就论点与提纲,然后顺着基本构思推演着写下去,其中会有诸多曲折、变化,待正文完成,再回过头去,修改论点,论点修改的多少要遵照之前拟定论点与实际完成的正文的紧密程度而定。李渔特别指出戏剧创作过程中作者综合想象力的特别作用,创作一旦开始,许多细节是难以预料的,因此"自报家门"需要精心修改,才能对全剧总体结构起到统领的作用。在此之前还有一支开场小曲,应该与"自报家门"互相联系,以暗说的形式起"破题"的作用,而"自报家门"则是明说,起"承题"的作用,这样互相配合务必在剧的开头就要吸引住观众。李渔批评了那种在开场曲中文不对题、任意敷衍的结构松散的传统陋习。同时他也指出元杂剧在程式体制方面的不足,认为元杂剧一本四折前面的开场部分的"楔子"在演员登场时太"张皇失次",不适合登场之用,同时也"太近老实,不足法也";而传奇剧的"家门"以及"家门"之前的曲子作为引子则弥补了元杂剧开场的不足。恰到好处的开场结构安排应该是"人手之初,不宜太远,亦正不宜太近"。

接着是"冲场":

> 开场第二折,谓之"冲场"。冲场者,人未上而我先上也,必用一悠长引子。引子唱完,继以诗词及四六排语,谓之"定场白"。言其未说之先,人不知所演何剧,耳目摇摇,得此数语,方知下落,始未定而今方定也。此折之一引一词,较之前折家门一曲,犹难措手。务以寥寥数言,道尽本

人一腔心事,又且蕴酿全部精神,犹家门之括尽无遗也。同属包括之词。而分难易于其间者,以家门可以明说,而冲场引子及定场诗词全用暗射,无一字可以明言故也。非特一本戏文之节目全于此处埋根,而作此一本戏文之好歹,亦即于此时定价。

"冲场"位于第二出中,指剧中的主要角色之一首次登场,其表演形式是以一支悠长的曲子开始,然后以诗、词以及四六骈文为说白,相当于西方古典话剧的独白,戏曲的行话为"定场白",意即在此段独白之后,观众就对该剧的主要人物与主要情节的发展有了较完整的了解,只待欣赏演员进一步具体的表演。李渔认为,此部分比起"家门"更难创作,因为其中的语言与表演已经直接涉及主人公的"一腔心事",即用简明、生动、典雅的话语,对人物情感的直接表现与再现,同时还要"蕴酿全部精神",即间接传达出全剧的主旨。真正的演员表演实际上从这里开始。"冲场"与"家门""同属包括之词",但真正戏剧"代言"的特性实际上从此开始,之前只是一个旁观者对全剧的解说。按李渔的话,其难处在于"明"与"暗"之别。文学艺术最大的魅力之一在于其"隐喻性"。整个冲场的引子和定场诗都必须以隐喻的形式巧妙地暗示出故事的主要情节的发展趋势以及蕴涵的深意,同时也应该显示出剧作者"开手笔机飞舞,墨势淋漓,有自由自得之妙"的开阔、活跃的思路与饱满、顺畅的文笔。因此其难处显而易见。李渔还以切身的经验鼓励和教导"后辈"如何在"入手艰涩"之时,"自寻乐镜,养动生机",切不能"因好句不来,遂以俚词塞责",其结果只能是"走入荒芜一路,求辟草昧而致文明,不可得矣"。李渔在系统论述与解析戏曲的各个有机部分的同时,总是以反面的例证有针对性地指出剧作者特别需要避免的问题,同时起到了剧作指南或类似于戏曲创作手册的作用,有很强的实用性;实际上,这也是作为中国古代最早的职业作家之一的李渔写作《闲情偶寄》的重要目的之一。他总是苦口婆心、循循善诱,时时以"资深"剧作家与评论家的双重身份直接给"学生"以指导。在这一点上,他与德莱顿既有相通又有迥异之处。德莱顿的身份基本与李渔相同,即职业剧作家兼剧评家,都以"卖文"为生;德莱顿在为克伦威尔服务期间以及后来转向保皇派成为"桂冠诗人"的一段时间里,获得过一定的俸禄,而李渔则通过周游全国以向权势新贵们"打抽丰"的形式来补充其大家庭的经济来源。但是,德莱顿的剧论多数写在自己的剧作的序跋之中,目的是为了回击文人雅士们对他的攻击,为了讨好、感激他的赞助人,为了宣传自己的剧作,同时也是与同行探讨戏剧的作法与规律。而在他的几篇独立的剧论中,德莱顿则更深入地阐释了戏剧的本质特征、西方的戏剧传统、各国的具体实践,以及剧评的标准等重大问题,行文与语气显然既不像古罗马的贺拉斯,也不像明末清初的李渔,并没有显示出"好为人师"的"规定性"与"权威性"的风格。德莱顿的剧论自然也有他自己的倾向性,而且有时还很强烈,但他总的来说显得更具"描述性"与"折中性"。

戏曲中的主角自然是生与旦,他们的出场也有基本固定的程式。首先,生、旦出场时间必须在第四出之前,一般在第二、三出中出场,同时他们的父母以及密切相关的人物也同时出场,这样就铺垫好了主要情节发展的基础。即使净角与丑角也不应出场太晚。反之,如果主要人物上场太迟,次要人物反倒先上场,就会造成"喧宾夺主""本末倒置",中心不突出,结构混乱。观众只注意前几出出场的人物,十出以后出场的人物已经是次要中的次要人物了,只起陪衬作用,观众已经无须知道他们的姓名,甚至连面貌都无须记清了。显然,李渔是在充分熟悉传统戏曲套路与了解观众心理的基础上,明确规定了这一程式。这也就是《出脚色》所要说明的中心内容与要求。

由于传统戏曲,特别是传奇剧的情节结构与长度的特点,以及其悲喜交织的复杂内容的特点,在戏曲的前半部结尾往往有一个情节与感情的高潮,被称为"小收煞"。李渔对此是这样阐述的:

> 上半部之末出,暂摄情形,略收锣鼓,名为"小收煞"。宜紧忌宽,宜热忌冷,宜作郑五歇后,令人揣摩下文,不知此事如何结果。如做把戏者,暗藏一物于盆盎衣袖之中,做定而令人射覆,此正做定之际,众人射覆之时也。戏法无真假,戏文无工拙。只是使人想不到,猜不着,便是好戏法,好戏文。猜破而后出之,则观者索然,作者赧然,不如藏拙之为妙矣。

李渔对此部分的要求明确无误:其一,必须在此制造或留有重要悬念,有待在下半部接近结尾处大揭晓;其二,此部分的情节结构需要收敛,动作节奏要紧凑,而气氛要热闹,不要冷清。

在中国古典戏曲宏观结构中,主要人物与主要情节发展到此已经经历了一番起落与磨难,而且在许多剧中矛盾已上升到高潮,但最终矛盾的化解尚需等到该剧下一部中人物活动的聚合,以促成"大团圆之趣",给观众以完满、回味的余地。与此形成鲜明的反差,西方古典悲剧一般来说在"突转"与"发现"中,矛盾激化到顶点之后,很快就进入全剧的尾声,最终以旧秩序的打破、主要人物的毁灭,以及新人的出现与预示新秩序的建立而落幕。而西方的悲喜剧则一般以主人公的落难开始,经过一番艰苦争斗,最终以惩罚恶者、重新获得地位与荣誉、恢复应有的秩序而结束全剧。

戏曲的后半部结尾,即全剧的结尾,被称为大收煞。李渔对全剧最后一出的编剧标准阐述如下:

> 全本收场,名为"大收煞"。此折之难,在无包括之痕,而有团圆之趣。如一部之内,要紧脚色共有五人,其先东西南北各自分开,到此必须会合。此理谁不知之?但其会合之故,须要自然而然,水到渠成,非由车戽。最忌无因而至,突如其来,与勉强生情,拉成一处,令观者识其有心如此,与恕其无可奈何者,皆非此道中绝技,因有包括之痕也。骨肉团聚,不过欢笑一场,以此收锣罢鼓,有何趣味?水穷山尽之处,偏宜突起波澜,或先惊而后喜,或始疑而终信,或喜极信极而反致惊疑。务使一折之中,七情俱备,始为到底不懈之笔,愈远愈大之才,所谓有团圆之趣者也。予训儿辈,尝云:"场中作文,有倒骗主司入彀之法:开卷之初,当以奇句夺

目,使之一见而惊,不敢弃去,此一法也;终篇之际,当以媚语摄魂,使之执卷留连,若难遽别,此一法也。"收场一出,即勾魂摄魄之具,使人看过数日,而犹觉声音在耳,情形在目者,全亏此出撒娇,作"临去秋波那一转"也。

此部分的编剧要点在于给观众以"无包括之痕,而有团圆之趣"与"临去秋波那一转"的艺术感染力。

在《论戏剧诗》中,德莱顿以尤金尼厄斯的口吻对戏剧的外部结构进行了比照性的评述。虽然其目的是要说明古希腊喜剧在结构上的原始与缺陷,但从中我们可以追溯到幕与场在西方发展的总体过程以及古代剧论家们对此的看法。尤金尼厄斯评论古希腊喜剧的缺陷之一是当时的戏剧并没有"幕"(act)、"场"(scene)之分,至少当时"幕"的概念很不明确,因为从现有的剧本看不出有"幕"之分。现代人只能凭剧中的合唱队的合唱来判别当时似乎有"幕"的分隔,但是剧中有合唱多于五次的,因而要以此判别"幕"的区分,那就不止五"幕"了。这一戏剧段落划分的演变轨迹与中国戏曲类似,都需要相当长时间的演出实践才最后确定下来。他引述亚里士多德《诗学》的内容,证明亚氏的确将一部剧分成了四个部分。第一部分为"序曲"(protasis):其作用只是介绍剧中的人物性格,并没有真正进入行动与情节中,相当于"家门"与"冲场"的作用。第二部分为"发展部"(epitasis):剧情在此部分开始发展,并深入进行,预示某重大事件将要发生。第三部分为"高潮"(catastasis):全剧充分展开,情节逆转,观众原来的期待完全被打破,人物的行动陷入新的困境,类似于戏曲的"小收煞"。最后部分为"结局"(catastrophe):真相大白,尘埃落定,情节发展到顶点,一切阻碍戏剧行动的障碍解除,一切回归本真,观众的心理得到满足,相当于戏曲的"大收煞"。后人从亚氏的分类中获得了很大的启示,不断完善戏剧结构,将其分为不同的"幕"与"场"。然而,究竟是何人将戏剧限定于五"幕",这却无人知晓。古希腊人对戏剧并没有明确的分"幕"概念,而到了古罗马时期,"幕"的概念才真正确立。尤金尼厄斯认为,古人的缺陷在于并没有自觉的戏剧结构观,没有艺术的章法,而是凭运气作剧,就像建房没有样板,随意行事。尤金尼厄斯强调,"幕"的多少并不重要,重要的是对于"幕"以及其作用是否有明确概念与自觉意识。这是戏剧体制成熟的重要标志。当时的西班牙与意大利都明确地用三"幕"这一戏剧外部形式。①

德莱顿就戏剧结构的完整性与成熟性所论述的"幕"与"场"的发展形成过程,在中世纪以前就有所论述,其继承与发展在以下的对照中显而易见。

首先还得从亚里士多德的《诗学》原文中找出根源。亚氏对最宏观、最外在的戏剧结构的界定与阐述是从其布局的长度与完整性开始的:

> 按照我们的定义,悲剧是对于一个完整而具有一定长度的行动的摹仿。所谓"完整",指事之有头,有身,有尾。

---

① John Dryden. *John Dryden: Selected Criticism*. Ed. James Kinsley and George Parfitt. Oxford: Clarendon Press, 1970: 30-32.

所谓"头",指事之不必然上承他事,但自然引起他事发生者;所谓"尾",恰与此相反,指事之按照必然律或常规自然的上承某事者,但无他事继其后;所谓"身",指事之承前启后者。所以完美的布局不能随便起讫,而必须遵照此处所说的方式。

再则,一个美的事物——一个活东西或一个由某些部分组成之物——不但它的各部位应有一定的安排,而且它的体积也应有一定的大小;因为美要倚靠体积与安排,一个非常小的东西不能美,因为我们的观察处于不可感知的时间内,以致模糊不清;一个非常大的活东西,例如一个一万里长的活东西,也不能美,因为不能一览而尽,看不出它的整一性;因此,情节也须有长度(以易于记忆者为限),正如身体,亦即活东西,须有长度(以易于观察者为限)一样。(长度的限制一方面是由比赛与观剧的时间而决定的……另一方面是由戏剧的性质而决定的。)就长度而论,情节只要有条不紊,则越长越美;一般地说,长度的限制只要能容许事件相继出现,按照可然律或必然律能由逆境转入顺境,或由顺境转入逆境,就算适当了。①

今人对于文学作品的完整性的认识与要求,就如同对一篇文章一样,已经是理所应当之事,但古人能在两千多年前就如此自觉、清晰地加以阐述,从历史的角度来看是有很强的开创意

---

① 亚里士多德、贺拉斯:《诗学 诗艺》,罗念生、杨周翰译,人民文学出版社,1984年,第25—26页。

的,即所谓原创性。亚氏从人的感官与心理两个基本的美学感知功能方面,最本质地揭示出戏剧长度与完整性的特征与必要性。我国元代乔吉的"作乐府之法"则从如何完成结构的整体性做了概要、生动的描述。亚氏对于戏剧长度的界定实际上具有很大的灵活性,其限制最后只在于观众的体力与心理适应能力上,当然更重要的是作品内部情节的有机性或整一性,后者在法国新古典主义时期发展到了极致,这些在本书前部分已经详细论述过。亚氏的剧论有很高的适用性,其中的原因在于其高度的理论概括与包容性。如果取亚氏"情节只要有条不紊,则越长越美"之言,则我国传奇剧的长度也并不为过,而且其美感也并不逊色。亚氏既限定了一个宽松的框架,又推荐了较理想的戏剧模式,正可谓"无规矩不成方圆",但具体的方圆也可有一定灵活性。德莱顿的基本姿态也具有相当大的灵活度与宽容性。亚氏在第12章介绍了古希腊悲剧的整体结构的程式:开场、场、退场、合唱(包括进场歌与合唱歌)。[①] 这给后来的剧论家在戏剧外结构方面提供了最早的理论依据。与此同时,亚氏对写剧的过程也有指导:

> 情节不论采用现成的,或由自己编造,都应先把它简化成一个大纲,然后按上述法则加进穿插,把它拉长。……大纲既定再给人物起名字,加进穿插;但须注意各个穿插须联系得上……戏剧中的穿插都很短,史诗则因这种穿插而加

---

① 亚里士多德、贺拉斯:《诗学 诗艺》,罗念生、杨周翰译,人民文学出版社,1984年,第36—37页。

长。大纲中的情节是核心,其余都是穿插。①

大纲显然对全剧结构的整体起到了重要的保证作用。特别是对于长篇剧作而言,大纲可以一目了然,在具体的创作中使作者时刻想着各个部分之间的关系,衔接好开头、中间、结尾之间的关系。

贺拉斯在《诗艺》中对戏剧分"幕"做出最早、最明确的规定,德莱顿所引来自以下论述:

> 如果你希望你的戏叫座,观众看了还要求再演,那么你的戏最好是分五幕,不多也不少。不要随便把神请下来,除非遇到难解难分的关头非请神来解救不可。也不要企图让第四个演员说话。
>
> 歌唱队应该坚持它作为一个演员的作用和重要职责。它在幕与幕之间所唱的诗歌必须能够推动情节,并和情节配合得恰到好处。②

其中贺拉斯对幕与幕之间歌唱队所唱诗歌的作用的看法与亚里士多德一致:"歌队应作为一个演员看待:它的活动应是整体的一部分……诗人应使合唱歌与剧情紧密联系,而不应该使歌队唱借来的歌曲。"③此可谓英雄所见略同。实际上,歌与剧情的

---

① 亚里士多德、贺拉斯:《诗学 诗艺》,罗念生、杨周翰译,人民文学出版社,1984年,第56—59页。

② 同上书,第147页。

③ 同上书,第64—65页。

关系直到20世纪在美国的音乐剧创作中仍是一个争论的焦点。美国最著名的音乐剧作词作曲家罗杰斯(Rogers)与海默斯坦(Hammerstein)最后将两者完美地结合在一起,突出地表现在《音乐之声》《国王与我》《南太平洋》等剧作中。

欧洲中世纪的Euanthius在《论戏剧》中也描述过古代戏剧表演形式与结构演变发展到五幕的情形。按照他的观点,古代喜剧和悲剧都是由从前的歌唱演化而来。歌队围绕着香烟缭绕的祭坛在笛子的伴奏下歌唱,时而走动,时而静立,时而围成圈跳舞。后来有人依次从歌队中出来,以不同的韵律对着歌队说话。于是歌队中的人物角色不断增加,道具也随之增加,每个不同类型的人物逐渐拥有了自己的行头。最后,由于不同的演员演出不同的部分,第一部分,第二、三、四、五部分,因此整个剧被分为五幕。① 随着人物角色的增加,整场剧扩展为五幕,观众对情节中插歌唱越来越不耐烦,歌队也就逐渐淡出。古罗马喜剧作家泰伦斯将戏剧的开始、中间与结尾连接的严丝合缝,剧中的一切似乎都来自同一种材料,构成一体。② Euanthius还指出,喜剧分为四部分:"序曲"(prologue),"开场"(protasis),"发展部"(epitasis),"结局"(catastrophe)。"序曲"相当于戏剧的前言,在此可以代表诗人、剧本或者演员向观众开宗明义。"开场"是第一幕也是戏剧的开始。"发展部"是冲突的发展与扩大,也是所有错误的症结所在。"结局"是事件的解决,即通过真相大白来造成皆大欢喜的结果。多纳图斯(Donatus,4世纪)在《论喜剧》中对喜剧

---

① Harold Bloom, ed. *The Art of the Critic: Literary Theory and Criticism from the Greeks to the Present.* Vol. One. New York: Chelsea House Publishers, 1985: 427-428.

② Ibid., pp. 428-429.

的外部结构的论述与以上基本相同,但更详细一些。① 这些与德莱顿的尤金尼厄斯的有关论述几乎完全一样。其中的传承关系显而易见。其实,类似的情况比比皆是,如:本·琼生的《素材集》对古希腊、罗马以及中世纪西方典籍的大量引用,吴梅的《顾曲麈谈》对李渔的直接引用,以及王国维《宋元戏曲史考》中的许多观点皆来自于中国古典剧论的启发。

小 结

综上所述,到17世纪下半叶,中英与中西剧论对戏剧结构重要性的自觉认识已经处于相同的水平,对于戏剧性的核心问题——情节结构的探讨更深入、系统化。李渔与德莱顿代表了当时中英对于戏剧结构探索的最高水平。融抒情、叙事、虚拟、程式化为一体的中国古典戏曲,在"主脑"的统领下,以线性的顺序展开丰富、多样的情节脉络,在张弛有道的气氛中给观众以情感与审美的满足;而主要以模仿行动为中心的西方与英国叙事性古典话剧,在"三一律"制约下的,以"主要情节"为剧情发展的主线,以"次要情节"丰富其内涵,最大限度地突出戏剧主要矛盾冲突,通过"突变"迅速揭示与化解矛盾,在扣人心弦的强烈气氛中,使观众得到心理与情感上的震撼与宣泄。通过比照李渔对"立主脑"的强调与德莱顿对"主要情节"与"次要情节"关系的灵

---

① Harold Bloom, ed. *The Art of the Critic: Literary Theory and Criticism from the Greeks to the Present.* Vol. One. New York: Chelsea House Publishers, 1985: 432-433.

活阐释,我们发现,17世纪下半叶中英戏剧理论都各自背离了自己文化中固有的古典传统剧论,而是强调在其戏剧理论传统中被忽略或贬抑的领域,即中方的古典戏曲结构整一性与英方的古典话剧结构的丰富多样性。而与此同时,他们在论述总体结构效果的目的性方面却颇有趋同的倾向。李渔的剧作与剧论在西方有较广泛的接受度与研究,除了其"娱乐性"目的外,其戏曲结构理论与西方话剧结构理论的某种相通性也应该是一个重要原因。李渔在戏曲结构的评论方式上,话语坚定、绝对,有时失于全面;而德莱顿则表现得非常老道、中庸、面面俱到,时时显得观点暧昧甚至自相矛盾。从微观角度看中英戏剧结构理论,由于其各自戏剧发展史以及文化与民族的差异性,其具体剧论表现形式与侧重点存在很大差异,但从宏观的情节结构整一性方面,从"主要情节"与"次要情节"的关系与作用上,李渔与德莱顿的戏剧结构理念有很大相通之处。

第二章
李渔与德莱顿的戏剧语言论比较

引　言

　　虽然戏剧属于一种高度综合性艺术,但同时又是"语言托起的艺术"。成熟的戏剧必然依托于剧本,而剧本自然是由语言构成的一种文本。除了情节结构首先作为戏剧的总体基础框架外,语言在戏剧中具有至关重要的作用,从审美的角度看,甚至起决定性的作用。因此中西剧论也格外重视对于戏剧语言特征的探讨。中国古典曲论历来都将"词采"与"音律"置于戏曲各个组成要素的首位,李渔虽然主张"结构第一",但他在其曲论总序中也特别明确了"词采"与音律在戏曲中的重要地位。西方剧论始祖亚里士多德早在《诗学》中就专门界定、阐释了语言在戏剧中的作用与特征,后来古罗马时期的贺拉斯,以及古典主义时期的意大利、法国剧论家也都对戏剧语言进行了探讨。英国剧论家德莱顿虽然首肯情节结构在戏剧中的重要作用,但他对英国戏剧语言的特点也进行了详细的评述,甚至引用法国剧论家拉潘对戏剧美的评述来说明戏剧语言的作用:"悲剧之美不在于绝妙的情节、惊奇的事件以及异乎寻常的事变,而是在于自然而富有激情的话语。"① 无论是中国古典戏曲还是西方古典话剧,其中的韵文与非韵文、独白与对话,包括舞台说明,无不是以语言来表述与描绘的;剧情再精彩也必须以语言来实现。除了家喻户晓的精彩戏剧情节结构外,更让人津津乐道的是戏剧中流传几百年的意思相对完整独立的语言片段。李渔与德莱顿对戏剧语言都有专论,在以下范畴与层面上,对他们都十分关注的戏剧语言的功能和特征进行对比分析,有利于揭示中英以及中西剧论在戏剧语言方面的共时以及历时性特征。

第一节　李渔论"贵显浅"与德莱顿论"规范性"
——中英论戏剧语言通俗与明晰性比较

到了李渔时代,由于戏曲自发的原因以及文人雅士的参与和欣赏趣味的演变,中国戏曲语言已经经历了"由俗变雅""由雅趋俗""以俗为美"等几个发展、变化阶段。② 随着戏剧性与戏剧舞台意识在古典戏曲理论中的不断加强,李渔明确提出了"填词之设,专为登场"的戏剧观念。戏剧自古以来都是老少妇孺、官宦平民共同欣赏的"大众艺术",其语言的难易与雅俗程度直接影响着演出的效果与观众的接受程度。作为中国古代少有的"独立"文人、戏曲家及曲论家,李渔无论是从戏剧的本质还是从

---

① John Dryden. *John Dryden: Selected Criticism*. Ed. James Kinsley and George Parfitt. Oxford: Clarendon Press, 1970: 149.

② 参见郭英德:《名清传奇戏曲文体研究》,商务印书馆,2004,第116—149页。

戏曲演出的受欢迎程度以及随之而来的经济效益方面考虑,自然都将戏曲的舞台演出的可观赏性与易理解性置于十分重要的地位。此种戏剧观念对文学剧本创作,特别是对戏曲语言、文字提出了特别的要求,即语言的通俗性与明晰性问题。17世纪英国的德莱顿也是主要以文学创作为生的剧作家、剧论家,他上承古希腊、罗马以及文艺复兴之后的拉丁文化圈所拥有的丰富语言文化遗产,自己却身处文化历史相对要短得多,其文明与语言的积累与精致程度远不如欧洲古老文化圈的英国。以古希腊、罗马为中心的欧洲文明,其戏剧历史源远流长,戏剧语言也同样经历了质朴与典雅交替的变化。基于模仿与叙事性传统的西方戏剧,其"登场性"一直是不言而喻的重要评价标准,这一标准到德莱顿时代仍然有效。因此,"登场性"标准在德莱顿头脑中是清楚的。同李渔一样,德莱顿对戏剧语言同样也提出了"明白畅晓"的要求;但在另一方面,针对相对较短的英语语言以及其更短的戏剧语言历史,对比丰富、规范的欧洲古代文明,特别是高度精致化的古罗马文学语言,德莱顿更关注英语戏剧中的语言规范问题以及与之相伴的戏剧效果。

语言文字在中英戏剧中无论作为剧本还是作为演出都具有决定性的重要意义。针对语言的通俗性,李渔关注的是口语与书面语哪个更适合"登场";针对语言的明晰性,而德莱顿则竭力分辨与纠正戏剧语言意思含混、歧义问题。

紧接着《闲情偶寄》的卷一第一章《结构第一》,李渔按照其总序的安排,在第二章《词采第二》中专门探讨戏曲语言的特点与适宜度。为了明确地揭示戏曲语言的特点,李渔在对戏曲语言的阐释过程中,采用了与其他文类相参照的对比方法。相对于"同是一种文字"的"诗余",制曲之难,可谓"难于上青天"。其主要原因在于曲文的长度,同时在如此之长的套曲中如何达到语言上的尽善尽美。李渔提出的标准是:"首首有可真之句,句句有可宝之字,则不愧填词之名。"由于"诗余"与"曲文"的单位形式不同,选出几"首"符合此标准的"诗余"并不难,但选出几"出"、几"折"甚至几"部"戏曲,其难度可想而知。按照此种文字要求,李渔只选出一部戏曲,即《西厢记》,而它也只是靠近这一标准。可见李渔对戏曲中的"文字"与"文章"之道是极为重视的。德莱顿虽然没有专论戏剧语言的章节,但他在独立成篇的剧论中,如《论戏剧诗》《为〈论戏剧诗〉一辩》《论上个时代戏剧诗》等,以及众多的作品序、跋中,都论述了戏剧语言的风格特征问题。他所参照的语言标准主要是古希腊、罗马拉丁文剧作家与诗人的作品。他从历时的角度对英国戏剧语言的变迁进行了比较并做出了较公允的评价。由于中英语言文化与文学语言不同的发展历史,德莱顿所关注的戏剧语言的具体特征不同于李渔所倡导的戏曲语言标准,但两人对于戏剧语言"登场"时的可理解度的强调是一致的。

综观中国戏曲理论史,戏曲语言的"登场性"与"案头性""时文风"与"本色语"等截然不同的语言风格,历来是中国古代曲论家争论的焦点。①李渔在这一戏曲语言由"通俗"与"典雅"之间的交替变化中,正处于第一次循环的当头,他也是这次戏曲语体

---

① 参见夏写时:《中国戏剧批评的产生和发展》,中国戏剧出版社,1982年,其中叶长海、谭帆、李昌集、陈竹等人的综述。

嬗变的理论代表人物。^①针对以《香囊记》和《伍伦全备记》为代表的"文辞家"们雕章琢句、饾饤堆垛的语言弊端,李渔的前辈曲论家们如何良俊、徐渭、沈璟、吕天成、王冀德等都以各种角度与方式提出了戏曲"本色""自然""当行"等戏曲语言理论与标准。李渔在有选择地继承前人有关戏曲语言"本色"论的基础上,明确、系统地提出了语言的通俗、明了性问题。他在《词采第二》第一款《贵显浅》中,明确提出戏曲语言的用词必须通俗、明了的标准。李渔通过"曲文之词采"与"诗文之词采""元曲"与"今曲",以及汤若士在同一部戏曲《还魂》中词曲之"文字观"与"传奇观"两种迥然不同文风的鲜明对照,明确宣布了戏曲文学语言应有的特征。这一特征的标准即是元曲的语言格调与风采。戏曲语言应当"话则本之街谈巷议,事则取其直说明言。""元人非不读书,而所制之曲,绝无一毫书本气……";"后人之曲,则满纸皆书矣。"元人之曲"以其深而出之浅";后人之曲"则心口皆深矣"。古籍经典自然为戏曲语言增加深意与韵味,但李渔告诫曲作家在用古籍旧事时,必须学会"信手拈来,无心巧合,竟似古人寻我,并非我觅古人。"戏曲语言必须善用口语体入曲,假如有必要用"书"、用"典",也应该尽可能靠近口语体,靠近生活,以取得通俗、鲜活的效果。正如王骥德所形容的那样,"用事"应该"如禅家所谓撮盐水中,饮水乃知咸味,方是妙手"^②。李渔还列举《还魂·惊梦》中"袅晴丝,吹来闲庭院,摇漾春如线""良辰美景奈何天,赏心乐事谁家园"等曲词,认为它们"字字俱费经营,字字皆

---

① 参见郭英德:《明清传奇戏曲文体研究》,商务印书馆,2004年,第142—144页。
② 王骥德:《曲律·论用事第二十一》,《中国古典戏曲论著集成》(四),中国戏剧出版社,1959年,第127页。

欠明爽。此等妙语,止可作文字观,不得作传奇观。"而同一部剧中的另一些句子如《寻梦》一出中的"明放著白日青天,猛教人抓不到蒙魂前,……是这答儿压黄金钏匾",《诊祟》中"看你春归何处归,春睡何曾睡?气丝儿怎度的长天日"等,其风格"则纯乎元人……意深词浅"。事实上,词曲的通俗、典雅或是晦涩与否全在于观众与读者的受教育程度与文化修养,戏曲语言的得体性也只能是一个相对的标准。既然李渔已经将以上所举例的费解之语称为"妙语",它们自有存在的美学价值与特色。王骥德对于曲词的标准是:"其词格俱妙,大雅与当行参间,可演可传,上之上也;词藻工,句意妙,如不谐里耳,为案头之书,已落第二义;既非雅调,又非本色,掇拾陈言,凑插俚语,为学究、为张打油,勿作可也!"① 按照王骥德"大雅与当行参间"的戏曲创作理想境界,汤显祖在《还魂》中典雅与通俗的语言交替运用则恰到好处。何况作为官宦、贵族小姐出身的杜丽娘口出雅丽之曲,这也是符合人物身份的。当然,李渔对元杂剧语言的推崇是有坚实的根据与明确的针对性的。王国维对元曲长处的褒扬可做李渔为何以元曲文体作为戏曲语言标准的注解:首先元曲为"中国最自然之文学";"摹写其胸中之感想,与时代之情状,而真挚之理,与秀杰之气,时流露于期间"。另一个长处是:"其文章之妙……有意境而已矣。"其意境为:"写情则沁人心脾,写景则在人耳目,述事则如其口出是也。"② 此等语言特别是在"登场"之时,必然要求要有通俗与明晰性。

---

① 王骥德:《曲律·论剧戏第三十》,《中国古典戏曲论著集成》(四),中国戏剧出版社,1959年。
② 王国维:《宋元戏曲史疏证》,马美信疏证,复旦大学出版社,2004年,第177页。

第二章 李渔与德莱顿的戏剧语言论比较

德莱顿所选取的戏剧语言标准是古罗马与今人的戏剧语言风格与规范。他竭力倡导戏剧语言的明晰性，批评前辈的剧作家在语言上晦涩、含糊的弊端。在《论上个时代戏剧诗》一文中，德莱顿集中表达了他的戏剧语言不断发展与提高的文艺进化观。这同王国维以及中国古代曲论家之"凡一代有一代之文学"的文学进化观相吻合。德莱顿坚信，在他所处的怀疑一切、事物飞速变化的时代，科学与艺术都在不断前进，戏剧诗自然也不应倒退。他声称英国当代的语言、才智以及谈话的能力比上个时代大为改观、更加文雅，因此戏剧语言也从中受益。首先古今戏剧语言的变化是有目共睹的，但古今戏剧语言孰优孰劣当时却大有争议。德莱顿制定出评价语言是否改进的具体标准：一方面看如何摒弃音律不协、用法不当之旧词；另一方面看如何接受音律悦耳、用法得体、含义丰富之新词。[①] 其结论是：今人戏剧语言上的不妥之处要远远少于古人，其严重性也轻于古人。这一结论的最直接依据即是：今人发现了古人剧作中的问题与错误。今人对于古人戏剧语言错误的发现，说明今人的语言修养与判断力大为提高，他们自己也就能吸取教训，避免类似问题的发生。德莱顿指出，只要仔细读一读莎士比亚和弗莱彻的剧本，读者在每一页都会发现不是某处文理不通就是某处意思含混。今人类似的错误定然不可饶恕，但古人则仍受尊崇，这是因为他们的才气、华美的措辞令人敬佩。他们的语言瑕疵乃时代使然，

---

① John Dryden. *John Dryden: Selected Criticism.* Ed. James Kinsley and George Parfitt. Oxford: Clarendon Press, 1970: 120.

因为英语剧诗的语言当时并没有达到生机勃勃的成熟期。① 虽然此断言尚有待进一步探讨,莎士比亚语言的丰富性与生动性毋庸置疑,但其语言的规范性、稳定性与典雅性与现代英语尚有很大距离。毕竟莎士比亚时代的英语只是现代英语的开端,而德莱顿以他敏锐的语言意识与勤奋的语言实践,在现代英语文体风格不断成熟、稳定的发展进程中起到了十分重要的作用。20世纪西方著名文论家艾略特(T. S. Eliot)对他的评价是:"德莱顿是全面欣赏诗歌的试金石之一。""他是18世纪(英国)几乎所有最优秀诗歌的始祖。""德莱顿的语言风格极为自然……他的用词很精确……""他一直是为英诗确立标准的权威之一。"德莱顿的影响甚至波及拜伦(Lord Byron, 1788—1824)与爱伦·坡(Edgar Allan Poe, 1809—1849)。② 德莱顿明确地指出了古人或前辈的戏剧语言中所存在的含义不清、文体混杂的问题。他认为,甚至在古希腊语完全成熟期的伟大悲剧作家埃斯库罗斯(Aeschylus,前525—前456)的剧作中,用词都过于夸张、堂皇,以至于其中的语义常常含糊不清;其后代珍视他的剧作的内在价值,奖励诗人改编他的剧本,以便舞台演出。③ 德莱顿对自己的同胞,戏剧前辈本·琼生,在尊崇的同时,也指出了他在戏剧语言上欠清晰的问题。首先,琼生在其喜剧语言中大量借用了古罗马的词汇,而没有很好地将这些词汇"本土化",对外族的

---

① John Dryden. *John Dryden: Selected Criticism*. Ed. James Kinsley and George Parfitt. Oxford: Clarendon Press, 1970: 121.

② T.S. Eliot. *Homage to John Dryden: Three Essays on Poetry of the Seventeenth Century*. Paris: The Arden Library, 1978: 1-13.

③ John Dryden. *John Dryden: Selected Criticism*. Ed. James Kinsley and George Parfitt. Oxford: Clarendon Press, 1970: 159.

语言有些"食而不化",因而势必造成语义的晦涩、含混。① 德莱顿随意拿起琼生的剧本《喀提林》(Catiline),不经意中在前几页就挑出11处语言问题,其中包括由于语法造成的语义歧义,还有由于用词造成的语义不清,如用"unfeared"代替"unafraid"(无所畏惧),"ports"代替"gates"(大门)。② 德莱顿认为琼生是英国当时最有学问、语言上最规范的剧作家,连他在戏剧语言中都有诸多问题,那么缺乏琼生的文化修养与缜密的莎士比亚与弗莱彻的戏剧语言问题就更多了。德莱顿还批评一些时髦人士故作高雅,他们不恰当地将大量法语词汇混杂进英语,使英语越发复杂、费解,其结果是"数典忘祖"。③

李渔保证戏曲语言通俗性的另一个方法是在选词上"忌填塞","采街谈巷议"之词句,"于浅处见才";而德莱顿所探讨的是戏剧语言中内容与形式的得体性对于戏剧效果的影响。

在《贵显浅》一款中,李渔重点探讨了戏曲语词在具体比喻或比兴的运用中如何避免深奥、晦涩,保持通俗、浅显、易懂。此类弊端的原因是剧作家个人在原创的过程中在语词表达上过于个性化、过于别出心裁,因而造成在"登场"的情况下语义不清。此类问题属于剧作家无意的失误。另一类戏曲语言弊病则是剧作家故意而为之。李渔在此章最后一款《忌填塞》中,将造成此类戏曲语言难懂的原因概括为三种语病,并揭示出其中潜藏的目的:

---

① John Dryden. *John Dryden: Selected Criticism*. Ed. James Kinsley and George Parfitt. Oxford: Clarendon Press, 1970: 58.

② Ibid., pp. 122-124.

③ Ibid., p. 125.

填塞之病有三：多引古事，叠用人名，直书成句。其所以致病之由亦有三：借典核以明博雅，假脂粉以见风姿，取现成以免思索。……古来填词之家，未尝不引古事，未尝不用人名，未尝不书现成之句，而所引所用与所书者，则有别焉：其事不取幽深，其人不搜隐僻，其句则采街谈巷议；即有时偶涉诗书，亦系耳根听熟之语，舌端调惯之文，虽出诗书，实与街谈巷议无别者。总而言之，传奇不比文章，文章做与读书人看，故不怪其深；戏文做与读书人与不读书人同看，又与不读书之妇人小儿同看，故贵浅不贵深。……人曰：文人之作传奇与著书无别，假此以见其才也，浅则才于何见？予曰：能于浅处见才，方是文章高手。……

造成"多引古事，迭用人名，直书成句"此"三病"的外部原因直接来自中国经书、历史、诗文几千年来丰富、浩瀚的积累，同时也受古代文人文化习得与追求功名利禄传统的影响。中国古代的科举制度孕育出一大批饱读"六经"，浸淫于古诗文中的儒生。这些古代文、史、哲典籍已经化为他们精神生活与语言表达的极其重要部分。他们一旦仕途受挫或是当政仍有余力，就会动用自己的文化储备而涉足或是投身于文学创作。明清传奇剧文人更是如此。传奇剧从十几出到几十出的灵活篇幅与诗、词、曲、赋、散文无所不包的丰富文体形式恰好为他们提供了展示自己才华与抱负的大舞台。才气高、有灵性、阅历丰富、有生活、有敏感性与洞察力的文人就会善于运用文化资源,就像炼金术士一样,点石成金,化腐朽为神奇;否则,他就只能堆砌辞藻,盲目模仿,以图虚名。李渔对后者的揭露一针见血,以警示后人;同时他也传授了既"引古事,用人名,书现成之句",又不为病之秘诀。那就是要避免"幽深"和"隐僻",而要首选"街谈巷议"之句、"耳熟之语""调惯之文"。事实上,即使在今日,大多数人们常挂嘴边的汉语成语都来自几千年前的古语,而一般人却浑然不知,完全融化在自己平常的语言表达之中。词源直接来自古语,词型至今尚无变化,而且仍用于当今平常交流中的汉语成语,其数量之多与生命力之旺盛,恐怕是世界上任何其他语言都无法比拟的。李渔恰好看清了其中的奥妙,并清楚地教给有兴趣作剧、观剧之人。最后,李渔以设问句的形式,再次强调戏曲"贵浅不贵深"的道理,并驳斥了有人认为"浅则才于何见"的谬论。他明确指出:即使完全按文章的标准来论,"能于浅处见才,方是文章高手"。

英语语言发展到德莱顿时代更趋规范与标准化,但其所依托的本民族历史与文化尚没有积累到极大丰富的程度,因此在戏剧语言中引用本民族的典故与传说尚不普遍,只有少量对古希腊、罗马最著名的典故。因此,与李渔以上所探讨的相对照,德莱顿更侧重与探讨诗歌语言的修辞形式对理解和欣赏戏剧内容的影响。17、18世纪英国文坛的一个"关键词"是"巧智之思/巧喻"(wit)。衡量戏剧语言高低的一个重要尺度就是看剧中"智巧"的安排。德莱顿借尤金尼厄斯之口说明,"巧智"(wit)有其实质性内涵,光凭夸张的修辞、硬造的词语并不能使戏剧语言生动起来。最合适的入诗语言应该来自习语与常用语。德莱顿引用了贺拉斯著名的语用标准:"许多词汇已经衰亡了,但是将来又会复兴;现在人人崇尚的词汇,将来又会衰亡;这都看'习惯'喜欢怎样,'习惯'是语言的裁判,它给语言制定法律和标准。"① 贺拉斯还建议:"在安排字句的时候,要考究,要小心,如果你安排得巧妙,家喻户晓的字便会取得新义,表达就能尽善尽美。"② 德莱顿通过对比克利夫兰(John Cleveland, 1613—1658)与多恩(John Donne, 1572—1631)博士的用词说明,表达"智巧"的最佳语言是最显浅之语,最令人羡慕的表达方式是用最通俗的词语表达崇高的思想。克利夫兰用最晦涩之词表达最平庸的思想,而多恩则用最普通的语言表达深邃的思想。③ 这同李渔的"贵显浅""忌填塞"标准一致。德莱顿另一条改进英语语言的标准是如何恰到好处地接受新词。具体有两种方式:一是"进口"外来语,这使英语更丰富,表达更文雅,但必须保持慎重的姿态。二是"旧词新用",也就是贺拉斯所说的:"凭新语境赋予常用词以非凡的表现力,此乃文章高手。"这是措辞问题,也即中国古代文人特别讲究的在文字上的"推敲"或"练字"。作者无须用典,只用最常用字的组合,也可以表现出巧妙、生动的意象,或者精辟的见解。德莱顿还以贺拉斯的"颂诗"(Odes)中的一句为例阐释措辞之妙,如:"此般容颜,一睹销魂。"(et vultus nimium lu-

---

① 亚里士多德、贺拉斯:《诗学 诗艺》,罗念生、杨周翰译,人民文学出版社,1984年,第35—36页。

② 同上书,第139页。

③ John Dryden. *John Dryden: Selected Criticism.* Ed. James Kinsley and George Parfitt. Oxford: Clarendon Press, 1970: 36.

bricus aspici / her face too dangerous to look at)^①英国的"大学才子"之一的马娄(Christopher Marlowe,1564—1593)在其《浮士德博士》(*Dr. Faustus*)一剧中也有类似的句子:"难道就是这般容颜导致万舰齐发,/焚毁伊利昂高耸入云之城楼?"(Was this the face that launched a thousand ships/And burnt the topless towers of Ilium?)^②显然,马娄所用荷马史诗中美女海伦之典故就不如贺拉斯的措辞简明、清晰,但马娄的诗句却更形象。而德莱顿充分肯定了莎士比亚、弗莱彻、琼生对英语语言的提炼所做出的杰出贡献。广而言之,在语言表达上,古希腊的荷马超过古罗马的维吉尔,维吉尔超过所有其他古代诗人,而莎士比亚超过所有现代诗人。^③

但才华横溢的莎士比亚也同样有失误之处。当他的想象力与语言才能过度使用时,他有时就会硬造新词或是滥用比喻。无独有偶,与李渔为了说明曲文的"显浅"性而评价汤显祖曲文的得失一样,德莱顿也选取了莎士比亚两种具有代表性的诗句,来说明其在语言比喻上的得失与对剧本产生的影响。负面的例子选自莎士比亚的悲剧《哈姆雷特》,其中的比喻狂乱、非理性;正面的例子选自其悲剧《恺撒大帝》,其中的情感、场景、思想、语言很自然地一气呵成;还有历史剧《理查二世》,其中的比喻生动、自然、合理。出于对莎士比亚的尊重,德莱顿选取了《哈姆雷

---

① John Dryden. *John Dryden: Selected Criticism*. Ed. James Kinsley and George Parfitt. Oxford: Clarendon Press, 1970: 126.

② Abrams M. H. et al. ed. *The Norton Anthology of English Literature*. 3rd ed. New York: W. W. Norton & Company Inc., 1974: 813.

③ John Dryden. *John Dryden: Selected Criticism*. Ed. James Kinsley and George Parfitt. Oxford: Clarendon Press, 1970: 147.

特》第二幕第二场一段伶人的表演台词,以示此为莎士比亚引用他人的诗句或者模拟他人的诗剧:

去,去,你娼妇一样的命运!
天上的诸神啊!剥去她的权利,
不要让她僭窃神明的宝座;
拆毁她的车轮,把它滚下神山,
直到地狱的深渊。
……
("那蒙脸的王后")
满面流泪,在火焰中赤脚奔走,
一块布复在失去宝冕的头上,
也没有一件蔽体的衣服,
只有在惊慌中抓到的一幅毡巾,
裹住她瘦削而多产的腰身;
谁见了这样伤心惨目的景象,
不要向残酷的命运申申毒詈?
她看见皮洛斯以杀人为戏,
正在把她丈夫的肢体脔割,
忍不住大放哀声,那凄凉的嚎叫——
除非人间的哀乐不能感动天庭——
即使天上的星星也会陪她流泪,
假使那时诸神曾在场目击,

他们的心中都要充满悲愤。

(朱生豪译)

德莱顿对以上两段如此夸大其词、想入非非甚为不满,讥讽写此诗句之人似乎一会儿是修车轮的学徒,一会儿又成了收旧衣的小贩①,完全被感情冲昏了头脑,意象叠赘,一发不可收拾,但缺乏真挚的情感与思想。而当时的普通观众观剧时对诗句的含义也不求甚解,只愿意看热闹,听激昂、震耳之声。与此形成鲜明对照,在《理查二世》第五幕第二场,约克公爵用极为自然、简明、生动的诗句,描述了理查王被废黜后随着胜利者波林勃洛克通过伦敦大街之时的可怜相:②

就像戏院里,
当一个名角下场,
观众冷观后来的伶人,
觉得他饶舌而可厌;
众人的眼睛也正如此,甚或更轻蔑地
向理查怒视:无人高呼"上帝保佑";
无快乐之声欢迎他归来;
只有尘土掷在他神圣的头上,
他只是轻柔、凄婉地将它抚去,
面带泪水与微笑,

---

① John Dryden. *John Dryden: Selected Criticism*. Ed. James Kinsley and George Parfitt. Oxford: Clarendon Press, 1970: 175.

② Ibid., p.176.

表示出悲哀与忍耐;
倘不是上帝特意安排人心如此冷酷,
谁见了能不动情,
就连野蛮人也会同情于他。

(依朱生豪译文改译)

虽然原诗句译成汉语后会丢失原有的某些韵味,但其中的主要意象、情感、思想与想象脉络依然存在。著名诗人、翻译家戴望舒说得好:"真正的诗在任何语言的翻译中都永远保持着它的价值,而这价值,不但是地域,就是时间也不能损坏的。"① 前者充满了虚幻、疯狂、天界的呓语;后者是冷静、真挚、质朴、清晰、尘世的俗韵。德莱顿显然倾向于后者。他盛赞莎士比亚诗句的真正内涵,声称:"假使莎士比亚去掉所有感情冲动造成的夸夸其谈,使用最通俗的表达法,其思想之美依存;假使他的装饰全部烧掉,在熔锅之底仍会存留银子。"② 可惜后人只知道模仿莎士比亚的外表,而没能领会其精髓。德莱顿在此肯定的是有深刻内涵的通俗、自然之美。这与王国维赞扬元曲"自然"之美与李渔提倡曲词"意深词浅"相通。虽然他自己倡导并完善的"英雄剧"也未免于语言虚夸、雕饰之弊,但其作品的通俗、明晰性特征还是十分明显的。艾略特有专文评价德莱顿的语言,认为他善用巧语,在语言表达上能化小事为大事、化卑微为宏伟,但缺乏

---

① 戴望舒:《戴望舒选集》,人民文学出版社,2002年,第135页。

② John Dryden. *John Dryden: Selected Criticism*. Ed. James Kinsley and George Parfitt. Oxford: Clarendon Press, 1970: 177.

感情浓缩之力度;内容广泛,但无深度,缺乏内涵与暗示。①总之,其形高于质,技巧高于内容。德莱顿虽然极为赞赏莎士比亚与琼生所表现的思想深度与人生阅历,但他自己对此只能是一个鉴赏家与评论家,他的戏剧作品却与此语言风格相去甚远。我们可从德莱顿的代表剧作《一切为了爱》《征服格拉纳达》(*The Conquest of Granada*)以及《奥伦-蔡比》(*Aureng-Zebe*)中的诗句看出他自己的语言风格。

李渔与德莱顿都以各自文化传统中最杰出剧作家的具体诗作的得失,来说明各自戏剧语言的标准,这有一定的必然性。其必然性在于选择最具影响力、大家最熟悉的剧作家为例更有说服力,也更具代表性,说明他们对戏剧语言某些特征的关注十分相似。当然这种相似只在一定的范畴之内,至于所比诗句的具体剧情与比喻意象当然大异其趣。

李渔力主戏曲语言的通俗性,提出"贵显浅",但同时还告诫剧作家不能"粗俗"。德莱顿坚持英语戏剧语言的正确与规范性,而要杜绝英语语法与用词上的粗鄙与简陋。

李渔在以上《贵显浅》一款中从正面用事例说明了什么是通俗、明晰的戏曲语言,以及如何做到这一标准。在《戒浮泛》一款,李渔从反面强调如何准确把握语言的得体性,而不能"一味显浅而不知分别",以至于"日流粗俗"。一方面,李渔强调文人对自然语言的甄别和加工是必需的,以避免"俗鄙"。文学语言无论多么靠近生活与自然,它必定是再加工、再创作的产物,需

---

① T. S. Eliot. *Homage to John Dryden: Three Essays on Poetry of the Seventeenth Century.* Paris: The Arden Library, 1978: 10-13.

要恰到好处地取舍与雕琢。即使是以倡导简朴、自然的诗歌语言著称的英国浪漫主义诗人华兹华斯,他在采用"人们真正使用的语言"入诗时,也"实际上去掉了它的真正缺点,去掉了一切可以经常引起不快或反感的因素"。① 作为更通俗化的戏剧诗歌语言自然也不例外。对于"极粗极俗之语",李渔主张要恰当地修改与调整,"止更一二字,或增减一二字,便成绝新绝雅之文"。诀窍在于剧作家对于掌握与运用语言的熟练程度。另一方面,李渔要求曲文的语体必须符合戏曲人物"脚色"的性格特征。生、旦戏曲角色无论担当何种身份,其语言务必有"隽雅春容之度";同样,净、丑角色无论扮演何种身份,皆须有俗朴豪放之腔。与此同时,李渔也举出了元曲中某种不分角色语言一律粗俗的弊病。戏曲语言的俗、雅最重要在于符合人物的具体脚色与身份,这样才能达到"说何人,肖何人;议某事,切某事"的戏曲人物的语言标准。

德莱顿也十分关注戏剧语言文体的雅俗问题。他在提倡戏剧语言通俗、自然的同时,也强调避免语言的"粗俗"化,但是他关注的是语言用法的基本标准问题。在回顾评价英国戏剧语言时,德莱顿从英国戏剧前辈那里特别甄别出种种语法、词法错误。而他的评论对象正是公认在英国语言最严谨、规范的大戏剧家、大学者本·琼生的诗句。以下就是他随意在琼生的《喀提林》一剧中找出的病句与错词:②

---

① 伍蠡甫:《西方文论选》(下卷),上海译文出版社,1988年,第4页。

② John Dryden. *John Dryden: Selected Criticism*. Ed. James Kinsley and George Parfitt. Oxford: Clarendon Press, 1970: 123-125.

Let the long-hid seeds

Of treason, in thee, now shoot forth in deeds

Ranker than horror.

（rank 指"繁茂的"或"厉害的"，可以单独修饰 seeds 或 horror，而用它的比较级与此两个单词搭配则构成矛盾。）

And be free

Not heaven itself from thy impiety.

（置词错误。）

The waves and dens of beasts could not receive

The bodies that those souls were frightened from.

（以介词结尾，标准英语禁止以介词结句。）

Go on upon the gods, kiss lightning, wrest

The engine from the Cyclops, and give fire

At face of a full cloud, and stand his ire.

（Go on upon 重复，give fire at face of a full cloud 含义不清，his 语法指代错误。）

Caesar and Crassus, if they be ill men,

Are mighty ones.

Such men, they do not succour more the cause, etc.

（one 指"一人"，加复数"-s"自相矛盾；they 与 Such men 重复。）

So Asia, thou art cruelly even

With us, for all the blows thee given;

When we, whose virtues conquered thee,

Thus by thy vices ruined be.

(为了押韵违背语法,将are改成了be。)

Contain your spirit in more stricter bounds.

(选自琼生的另一剧作《人人扫兴》*Every Man out of His Humour*: 形容词比较级的双比较词型当时很普遍。)

德莱顿还"严格律己",在自己的诗句中也找出毛病:

What all the several ills that visit earth,

Plague, famine, fire, could not reach unto,

The sword, nor surfeits; let thy fury do.

(介词unto在句尾;之后逗号多余;The sword, nor surfeits顺序颠倒,违背语法结构。)

德莱顿在此关注的是语言形式的基本细节,这对于规范英语的文法、用词显然起到了积极的促进作用。而在莎士比亚时代,无论是英语语法还是用词都还远没有德莱顿时代稳定与规范。因此,德莱顿认为前辈诗人的语言有许多粗糙、不雅之处,包括"英语诗歌之父"乔叟与莎士比亚的语言。同时,德莱顿还指出一些"粗鄙""猥亵"之语也必须在剧本中避免,"文词之于思想,如裙裤之于人身,乃遮羞之衣服也。"①

李渔在《戒浮泛》一款中,在讨论了如何避免曲词粗俗之后,又告诫后人"即景生情"和"贵于专一"为填词之另一要事。李渔认为"文章头绪之最繁者,莫填词若矣",但"总其大纲,则不出情景二字"。"景书所睹,情发欲言,情自中生,景由外得,二者难易之分,判如霄壤。以情乃一人之情,说张三要像张三,难通融于李四;景乃众人之景,写春夏尽是春夏,止分别于秋冬。善填词者,当为所难,勿趋其易。……善咏物者,妙在即景生情。""即景生情"历来是中国古代诗歌抒情传统的核心,我们几乎可以说无此即无中国诗,戏曲继承、发扬了这一传统。而对景与情的探讨,无论在德莱顿剧论中还是诗论中都是缺失的。这主要由于西方偏重叙事与行动的戏剧理论传统,以及17世纪英国诗歌倾向人文远离自然的总体特征的原因。只有在18世纪末的英国浪漫主义诗人华兹华斯的诗作与诗论中,我们才发现对这一问题的探讨。作为反叛17、18世纪英国诗歌传统的代表,华兹华斯对于德莱顿的诗才自然不敢"恭维"。他在1805年写给正在编辑德莱顿作品选的司各特(Sir Walter Scott,1771—1832)表达了对德莱顿的不满:"他的语言缺乏诗的想象力,其原因一定是由于在他的所有作品中,没有一个取自大自然的意象;另外,对维吉尔诗歌的翻译,每遇维吉尔描写景物,德莱顿都会翻得一团

---

① John Dryden. *John Dryden: Selected Criticism*. Ed. James Kinsley and George Parfitt. Oxford: Clarendon Press, 1970: 151. 钱钟书:《写在人生边上;人生边上的边上;石语》,生活·读书·新知三联书店,2002年,第127页。

糟。"①

"即景生情"之妙语在古典戏曲中不胜枚举。如《西厢记·第四本·第三折》:"碧云天,黄花地,西风紧,北雁南飞。晓来谁染霜林醉?总是离人泪。"《紫钗记·折柳阳关》:"怕奏《阳关曲》,生寒渭水都。是江干桃叶凌波渡,汀洲草碧粘云溃,这河桥柳色迎风诉。纤腰倩作绾人丝,可笑他自家飞絮浑难住。"《长生殿·见月》:"黄昏近也,庭院凝微霭。清宵静也,钟漏沉虚籁。一个愁人有谁偢睬?已自难消难受那堪墙外,又推这轮明月来。寂寂照空阶,凄凄浸碧苔。独步增哀,双泪频揩,千思万量没布摆。"《桃花扇·会狱》:"宫槐古树阅沧田,挂寒烟,倚颓垣。末后春风,才绿到幽院。两个知心常步影,说新恨,向谁借酒钱。"可见以上各家无不"情自中生","即景生情"。李渔特别强调作曲要专注于情,"舍情言景,不过图其省力";作曲者"只就本人生发,自有欲为之事,自有待说之情"。要达到此目的,李渔告诫作曲之人,"作文之事,贵于专一";"念不旁分,妙理自出"。

第二节 李渔论"重机趣"与德莱顿论 "巧智"和"修辞格"
——中英论戏剧语言生动性比较

自贺拉斯、锡德尼提出"寓教于乐"的文学观后,西方众多文

---

① James Kinsley and Helen Kinsley. *John Dryden: The Critical Heritage.* London and New York: Routledge, 1971: 323-324.

论家都将文学的娱乐性置于重要位置;戏剧作为一种大众艺术形式,其娱乐性更是受到空前的重视。德莱顿也反复申明剧诗中教诲与娱乐的辩证关系,他认为只有在保证剧诗愉悦人的前提下才能达到教育人的目的。李渔也同样高度重视戏曲的娱乐作用。除了戏剧语言的通俗性外,其形象性与生动性是保证其娱乐性的另一个重要因素。李渔和德莱顿以不同的方式阐释了语言的生动性在戏剧中的作用以及如何达到此目的。

李渔所提出的问题和解决方案是《词采》一章中的另一款《重机趣》。李渔认为:"机趣二字,填词家必不可少。机者,传奇之精神;趣者,传奇之风致。少此二物,则如泥人土马,有生形而无生气。"德莱顿也有类似的比喻,他在盛赞英国戏剧在生动性上超过法国戏剧时说:"法国剧诗之美实际上是塑像之美,而非人之美,因为法国剧诗无诗魂(the soul of poesy)之灵动,诗魂即对性格与情感(humour and passions)的模仿。"① 钱钟书在比较中西文论特点时,也将文章分别比喻成活人之美跟塑像之美:"塑像只有姿,没有态,只有面首,欠缺活动变化的表情;活人的表情好比生命的沸水上面的花泡,而塑像的表情便仿佛水冻成冰,又板又冷。"② 显然,钱钟书对德莱顿的比喻是熟悉的,但钱钟书的比喻更形象、生动,也同样适用于戏剧语言。可见"机趣"是使戏剧作品真正活起来的关键因素。李渔研究专家对"机趣"

---

① John Dryden. *John Dryden: Selected Criticism*. Ed. James Kinsley and George Parfitt. Oxford: Clarendon Press, 1970: 48.
② 钱钟书:《写在人生边上;人生边上的边上;石语》,生活・读书・新知三联书店,2002年,第129页。

的阐释基本趋同①,即"机"为戏曲的内在精神与内容或是创作的灵性,"趣"为外在风貌形式的形象性、生动性与趣味性;"机趣"的有机结合乃内容与形式的完美统一。比较李渔在此前所阐释的宏观"结构"有机论,实际上李渔在此所关注的是微观层面上具体语句的运用与联系,即戏曲语言词句、曲白之间的连贯性与有机性,以此创造出活灵活现的人物性格与情态。人物在舞台上的舞蹈动作、面部表情固然吸引人,但人物的具体曲词与宾白对于刻画人物心理与推动剧情发展仍起着关键作用。

事实上,"机趣"作为诗文、戏曲理论的概念和批评标准在李渔之前已经有了相当的发展。汤显祖就曾用"机"与"趣"来评价诗与曲:"诗呼,机与禅言通,趣与游道合。禅在根尘之外,游在伶党之中。要皆以若有若无为美。通乎此者,风雅之事可得而言。"②"机与禅"表示人的内在的浑然一体的、气息贯注的"精神",表现为"趣与游"的生动与灵活、"若有若无",即李渔所称的戏曲中"超脱"之句、"空灵"之段。吕天成在《曲品》中提到"机神情趣":"本色不在摹勒家常语言,此中别有机神情趣,一毫妆点不来;若摹勒,正以蚀本色。今人不能融会此旨,传奇之派,遂判而为二:一则工藻绘少拟当行,一则袭扑澹以充本色。"③他认为,真正的本色并非是简单的一概用日常口语使戏曲语言通俗就能达到的,今人传奇的弊端是不能将内在的深刻的内涵与外

---

① 参见董每戡(第59页)、杜书瀛(第117页)、俞为民(《李渔评传》,南京大学出版社,1998年,第144页)所表达的类似看法。
② 汤显祖:《汤显祖全集》(二),北京古籍出版社,1999年,第1123页。
③ 吕天成:《曲品》,《中国古典戏曲论著集成》(六),中国戏剧出版社,1959年,第211页。

第二章 李渔与德莱顿的戏剧语言论比较

在恰到好处的语言表达有机地结合在一起,结果造成一种是辞藻绚丽而内容空洞的戏曲作品,另一种则是语言鄙俗、乏味,内容也不可能表现得充实、生动的作品。王骥德在《曲律》中反驳何良俊贬抑《西厢》与《琵琶》而抬高《拜月》,其中直接用到了"机趣"一词:"《拜月》语似草草,然时露机趣;以望《琵琶》,尚隔两尘,元郎以为胜之,亦非公论。"① 显然,王骥德认为《拜月》的构思与内涵却有精妙之处,但缺乏语言表达的丰富性与生动性,但何良俊则认为:"盖其才藻虽不及高(则成),然终是当行。"② 李渔特别提出"重机趣",并为此专列一款,极大地生发了"机趣"这一概念的内涵,对这一概念所做探究的自觉性与系统性上大为超过前人。

深刻、高妙的内涵与自然、得体的语言表达的完美结合才应该是李渔所倡导的曲文的作法。他告诫后人,按照"机趣"的标准,制作曲文"勿使有断续痕,勿使有道学气"。首先,他要求戏曲的各个环节,无论是场次、人物甚或是似乎并不相干的情节都必须巧妙、有机、紧密地联系在一起,特别是通过曲辞的连通,其细密、复杂程度被形容为"如藕于未切之时,先长暗丝以待;丝于络成之后,才知作茧之精"。此乃"机"之不可少也。其次,风流潇洒之曲,缠绵悱恻之情自然要表现的真挚、灵动;即使是忠孝结义之说、悲苦哀怨之情这类严肃话题也要通过自由狂放的形式,淋漓尽致地表现出来,造成"寓哭于笑"的喜剧效果。李渔举

---

① 王骥德:《曲律·杂论第三十九上》,《中国古典戏曲论著集成》(四),中国戏剧出版社,1959年,第149页。
② 何良俊:《曲论》,《中国古典戏曲论著集成》(四),中国戏剧出版社,1959年,第12页。

王阳明讲道学,形象地说明了"机趣"之神妙的效果:一愚人对王阳明反复辩说的"良知"仍不解,便问:"请问良知这件东西,还是白的,还是黑的?"王阳明的回答是:"也不白,也不黑,只是一点带赤的,便是良知了。"此真乃深刻的思想与巧妙的比喻之间恰如其分的有机结合,其中语言表达的玄机可见一斑。

在德莱顿以及西方古典剧论中,与"机趣"最相互应的概念是"wit",其基本含义为"智力、才能、才子、风趣、巧智"。由于该词在其文学理论发展过程中所形成的特殊复杂的内涵,其词义很难准确翻译成简明的汉语词。该词的文论内涵始于16、17世纪的英国,专指文学创作上的"别具匠心",特别指能够创造精妙绝伦、令人惊叹、充满悖论的修辞格的能力。因此,该词常用于描述英国"玄学派"诗歌风格。该词现今的诗学含义即来源于17世纪对于以上文体风格描述的应用,指一种简明、巧妙,特意为制造喜剧的惊叹效果的语言表达方式。[1]可见其意思接近汉语的"巧智",但内涵却更深厚、复杂。显然,这并不只是一个简单的语词表达问题。同我们探讨"机趣"一样,它直接关系到诗歌、戏剧语言的审美标准以及思维、想象与表达等一系列复杂文学创作活动的机理问题。在英国文论中我们同样也可以清晰地看到"巧智"这一概念的发展轨迹,以及德莱顿对此的贡献。回溯"巧智"的历史,该词自莎士比亚时代开始,其含义拓展为机敏、调侃、独创甚或诗歌想象力。到了德莱顿时代,"巧智"几乎就成了"想象力"的代名词,其定义如下:于不同的事物之间看出

---

[1] M. H. Abrams. *A Glossary of Literary Terms*. 5th ed. Fort Worth: Harcourt Brace Jovanovich College Publishers, 1988: 197.

难以察觉的相似性的能力,并能用各种语言资源表达出这种相似性。① 显然,"巧智"起于大脑敏感、活跃的想象力,成于具体语言的巧妙组织,而重点在于通过语词表达的外在体现。德莱顿也是用"巧智"这一概念来评价、分析诗歌或诗剧语言的运用,并生动探究了其内涵。他在1667年给霍华德的一封信中写道:"所有诗歌创作都是,也应该是与巧智有关,诗人之巧智,或者说巧智的写作过程无异于作家的想象能力,就像一条机敏的长耳猎犬驰骋、纵横在记忆的原野上,直到惊起所追寻的猎物;或者不用比喻来解释,作家的这一能力在于如何在记忆中搜寻到想要表现那些事物的种类与构思。落于笔端的巧智就是思想愉快的结晶,或是想象力的产物。"② 在《为跋一辩》("Defence of the Epilogue",1672)一文中,德莱顿将巧智作为评判今人与古人剧诗语言的重要标准,认为莎士比亚、琼生时代的巧智远不如今人的纯正、典雅。连最有学问、最守写剧章法的琼生也只擅长写性格戏剧,缺乏无论作"广义巧智"还是"狭义巧智"的才能。今人擅长作巧智的才能来自当今比古代更文明的优雅的谈话风格,而此谈话风格的改进得益于皇室成员由于见多识广,兼收欧洲古老文明的风范,从而身体力行所起的典范作用。③ 这就是德莱顿对于今人比古人擅长作巧智的原因的最终解释,显然过于偏颇。

---

① William K. Wimsatt, JR. & Cleanth Brooks. *Literary Criticism: A Short History.* New York: Alfred A. Knope, 1964: 229.

② John Dryden. *John Dryden: Selected Criticism.* Ed. James Kinsley and George Parfitt. Oxford: Clarendon Press, 1970: 10.

③ Ibid., pp. 26-129.

在《为英雄诗一辩》中("Apology for Heroic Poetry",1677),德莱顿对"巧智"的定义又变得平朴、简洁:"巧智的定义就是:思想与言辞的恰当结合;或者换一个说法,思想与言辞优雅得体地结合以表达主题。"① 可见,此"思想"与"言辞"的有机结合,与李渔的"机趣"中的"精神"与"风致"是相通的,有异曲同工之妙。但与此同时,李渔"机趣"的概念更广泛,涉及戏曲的各个层面,而德莱顿的"巧智"主要关注戏剧语言与想象之间的关系。实际上,无论是中国古典戏曲中的"机趣",还是英国古典戏剧中的"巧智",都直接探讨了艺术的形象思维与表达的关系问题,艺术内容与形式的有机统一性问题。这些通过李渔与德莱顿各自的阐释与发展,得到了更明确、系统的戏剧语言的评价标准。其中李渔的论说方式比德莱顿要更具自觉性与完整性。18世纪的英国文坛权威、诗歌评论家蒲柏(Alexander Pope,1688—1744)在其长篇诗体诗论《论批评》中对"wit"的内涵在英国文论传统中的积淀做了集大成式的总结。在744行的诗论中,"wit"一词竟以不同的内涵作为主词出现达46次之多[2],其中的含义包括诗人、评论家、沙龙调笑者、智力、思考、言语,任何出类拔萃、独具创意、诗意盎然之特征,甚或是任何具有批判、嘲讽、做作、似是而非、轻佻琐屑之性质,可谓一应俱全。但其中与诗论有关的核心内涵一直延续到19世纪末英国唯美主义诗人、剧作家王尔德(Oscar Wilde,1854—1900)的剧作中,可见其影响之深远。

---

① John Dryden. *John Dryden: Selected Criticism*. Ed. James Kinsley and George Parfitt. Oxford: Clarendon Press, 1970: 142.

② Hazard Adams & Leroy Searle, ed. *Critical Theory Since Plato*. Beijing: Peking University, 2006: 298-306.

李渔与德莱顿对语言"修辞格"都进行过深入的评述,从中我们也可以探究语言的比喻用法对于戏剧语言生动性的影响。李渔在二十二则的《窥词管见》中,详细论述了语言的具体运用问题,其中心虽然在"词"体上,但常与"诗""曲"体相参照,语言中的"琢句炼字"在词曲间有很大的相通性。李渔从几个方面对诗、词、曲进行了区分,同时也阐明了彼此的密切关系。例如,从作者的才学分,词人处于诗与曲的"才不才之间"。(《窥词管见·第一则》)从腔调分,词处于诗的"雅"与曲的"俗"的"雅俗相和之间"。(《窥词管见·第二则》)从字句来分,"取曲中常用之字,习见之句,去其甚俗,而存其稍雅又不数见于诗者,入于诸调之中,则是俨然一词,而非诗矣。"(《窥词管见·第二则》)李渔的"琢句炼字"即是在语言的比喻、修辞上下工夫,以求得表达的新奇与生动。而李渔对达到语言"新奇"的前提是"妥与确,总不越一理字。"他举古人一正、一反两个例子来说明其得失:1."云破月来花弄影";2."红杏枝头春意闹"。此两句皆"蜚声千载上下",但李渔认为前者"词极尖新,而实为理之所有",后者则由于"闹"字而"殊难着解"。钱钟书用"通感"这一心理学与语言学概念,对后者"闹"的用法给予了详尽、精当的解释,纠正了李渔的偏见。① 实际上,按中国传统的修辞归类,两者都属于比兴手法,借用自然事物,通过综合、联想造出新景,用以引入或表达一种特别的心情或情趣;而按现代修辞学的归类,两者都属于比拟修辞格中的拟人,即赋予事物以人的特征。如李商隐的《无题》诗:"春蚕到死丝方尽,蜡炬成灰泪始干。"王之涣的《出塞》诗:"羌笛

---

① 钱钟书:《七缀集》,上海古籍出版社,1994年,第63—78页。

何须怨杨柳,春风不度玉门关。"另一种比拟为拟物,即将人拟作物。如乔孟符的《扬州梦·第三折》:"浓妆呵,娇滴滴擎露山茶;淡妆呵,颤巍巍带雨梨花。"《董西厢》:"桃脸儿通红,樱唇儿青紫,玉笋纤纤不住搓。"①适当地在曲文中加入修辞格自然会增加文采,提高语言的生动性与感染力,但同时还要保证"一气如话"(《窥词管见·第十二则》),方能奏效。无独有偶,德莱顿在《为英雄诗一辩》中也举出了与李渔同样道理的例子,只是用意与李渔相反:李渔是批评别人,而德莱顿是反驳别人对自己措辞的批评。其例句来自他改编自《失乐园》的歌剧《纯真状态》(*The State of Innocence*):"Seraph and cherub, careless of their charge,/ And wanton, in full ease now live at large:/ Unguarded leave the passes of the sky,/ And all dissolved in hallelujahs lie."("大小天使对指控不屑一顾,/ 现在恣意汪洋,自由自在:/ 远离天国之路,畅通无阻,/ 全都沉浸在欢呼之中。")针对"dissolved in hallelujahs"这一比喻,评论家讽刺道,只听说鳀鱼肉可以溶入调料,从没听说天使可溶化在欢呼中。德莱顿的回答是,维吉尔说过"They capture the city, buried in sleep and wine"("他们攻陷了城池,掩埋在沉睡、醇酒之中");既然"城池"可以"buried in sleep and wine","天使"为何不可"dissolved in hallelujahs"。②"dissolved"翻译成汉语"沉浸"算是一种折中,都与物体放入水中有关,而且在汉语中已成为习语,但"dissolved"在英语中的确切含义是"溶化",此前从未用于形容代表人的天使的情态,因而

---

① 转引自陈望道:《修辞学发凡》,上海教育出版社,1984年,第117—119页。

② John Dryden. *John Dryden: Selected Criticism*. Ed. James Kinsley and George Parfitt. Oxford: Clarendon Press, 1970: 140.

遭到众人反对。可见措辞之创新实属不易。

德莱顿在《为英雄诗一辩》(133—142)一文中集中讨论了诗剧中语言的具体比喻用法问题。首先他引用了从古希腊、罗马到当时的意大利、法国的诗论家对于英雄诗的评述,说明亚里士多德、布瓦罗、拉潘等诗论大家对于英雄诗十分重视,最后证明英雄诗是表现人类本质的最伟大的诗歌体裁。此类诗中最重采的笔触给人以最大的愉悦,而历来愉悦读者与观众的作品必然符合模仿自然之原则。古希腊史诗、悲剧以及古罗马诗作中都有激起人们巨大激情的修辞与比喻,因此修辞学成为一种技艺,人们开始系统研究修辞艺术,为修辞格分类命名。语词的误用法与夸张修辞格(catachresis, hyperbole)是最常用的两种,它们在诗句中恰当的运用,能起到语句凸显的特殊效果。如维吉尔的名句:"罗网并不预谋张网捕捉牡鹿。"("nec retia cervis/ ulla dolum meditantur.")"天庭之门朝他怒吼,巨浪撞击着崖壁,轰然回响。"("caeca nocte natat serus freta, quem super ingens/ porta tonat coeli, et scopulis inlisa reclamant/ aequora.")贺拉斯形容埃及艳后克娄巴特拉之死:她"操控着狂野的毒蛇,将黑色之鸩饮入躯体"(She did "asperos tractare serpentes, ut atrum corpore combiberet venenum.")。① 前两个例子同李渔所举的例子基本属于同类别的修辞手法,即拟人法,故意用描写人的词语赋予事物人的思想、行为或情感,使之灵动起来,同时反过来表现人的内心矛盾。后一个例子则巧妙地故意误用动词"饮"与毒蛇的攻

---

① 转引自 John Dryden. *John Dryden: Selected Criticism*. Ed. James Kinsley and George Parfitt. Oxford: Clarendon Press, 1970: 137.

击行为以及克娄巴特拉在当时具体情境下的动作,形成一系列幻觉:美女、毒蛇、毒液、毒酒交错闪现,意象扑朔迷离。夸张的修辞在古典作品中同样造成特殊的艺术感染力,如维吉尔在《埃涅伊特》中对独眼巨人波吕斐摩斯(Polyphemus)的描述:"他穿过大海,/波浪丝毫没有沾湿其巨肋"("graditurque per aequor/ jam medium; necdum fluctus latera ardua tingit.");对卡密拉(Camilla)王后迅捷动作的描绘:"平原上超过风速,/飞越田野,麦苗丝毫无损;/她掠过浪花横跨大海,/双脚腾空向前,毫无湿痕。"("illa vel intactae segetis per summa volaret/ gramina, nec teneras cursu laesisset aristas;/ vel mare per medium, fluctu suspensa tumenti,/ ferret iter, celeres nec tingeret aequore plantas.")① 德莱顿认为,如此打破常规的大胆比喻的目的就是要"造像"(imaging),使一切栩栩如生地立即展现在眼前,给感官以直接的冲击。如此对人类的行动与情感、美与恶、蠢行与禀性做最生动的描述才是好诗的标志。但正如李渔对"新奇"的语言要求为"不越一理字"一样,德莱顿一方面推崇想象所创造的崭新奇观,同时也强调此类意象的生成也必须有理可依。其成立的理据有二:第一是基于将两个或几个自然界中各自单独存在的事物通过想象组合在一起,构成一个新意象,如希腊神话中的"半人半马兽"(hippocentaur)、"狮头羊身蛇尾女怪"(chimera)等;第二是基于自然界中虽不存在,但大众已经普遍接受的事物,如在莎士比亚戏剧《仲夏夜之梦》《暴风雨》中出现的"仙女"(fairy)以及由"魔法"(magic)所产生的神奇效果等。有了此两

---

① 转引自. John Dryden. *John Dryden: Selected Criticism*. Ed. James Kinsley and George Parfitt. Oxford: Clarendon Press, 1970: 138.

类理据,超自然的想象之物才能够被观众或读者接受,而不至于荒唐可笑。实际上,此两类理据同样也普遍存在于中国古典戏曲中,如"龙"与"凤","凤"与"凰","麒麟""貔貅"等人为合成的神兽,以及通过道士炼丹、托梦等方式造成的中国式的"魔法"等等。

第三节　李渔论"意取尖新"与德莱顿论"诗的破格"
——中英论戏剧语言创新性比较

李渔在《结构第一·脱窠臼》中就已经论述过戏曲创作在情节与题材方面的创新性问题。他认为,古人称剧本为"传奇","可见非奇不传,新,即奇之别名也。"在语言层面,李渔在《宾白第四》与《窥词管见》中,在论戏曲的宾白与填词的文字方面也都强调了"新奇"的重要性。德莱顿在《论戏剧诗》中通过尤金尼厄斯嘲讽了古希腊、罗马戏剧题材、情节的狭隘与陈旧,反衬出英国人崇尚丰富、多样与新奇的兴趣。在其他几篇剧作的序言中,德莱顿也对戏剧诗歌语言的创新性表达了自己的见解,其中包括他对"诗的破格"(poetic license)的关注。他的作品中所运用的"诗歌措辞"(poetic diction)也反映出他对语言形式的创新。由于中英两国语言文字的巨大差异,李渔与德莱顿在语言创新的具体例证方面不具可比性,但在语言创新的理念方面,在语言的各个层面以及语言与戏剧其他部分的关系方面有诸多可以参照之处。

  李渔在《宾白第四·意取尖新》中特别指明语言的创新对于戏曲艺术效果的重要性。他以自己论述这一话题的措辞本身来证明新颖的文字表达的重要性。李渔认为,"纤巧"这一特性最适合于传奇的语言,"然纤巧二字,为文人鄙贱已久,言之似不中听,易以尖新二字,则似变瑕成瑜。""纤巧"的仇家是"老实","同一话也,以尖新出之,则令人眉扬目展,有如闻所未闻;以老实出之,则令人意懒心灰,有如听所不必听。白有尖新之文,文有尖新之句,句有尖新之字,则列之案头,不观则已,观则欲罢不能;奏之场上,不听则已,听则求归不得。"李渔在此对于语词作用的描述过于夸大与简单化,但是语词的各个层面的关系确有其微妙之处。结构主义语言学家索绪尔对于作为社会符号的语言的基本性质的阐述很能说明问题的微妙之处。按照语言符号任意性的原则[①],首先"纤巧"与"尖新"各自的能指和所指的关系都是任意的,因此也是可以变换的,所以李渔在表达戏曲语言创新的概念时,可以用"尖新"来替换"纤巧"。与此同时,"一个社会所接受的任何表达手段,原则上都是以集体习惯,或者同样可以说,以约定俗成为基础的"[②]。语言的约定俗成性原则即为李渔用新语词表达新概念提供了理据与基础,同时也制造了障碍。"纤巧"这一能指早已成为中国古典文论中针对语言表达形式的一个重要评价标准,其所指早已约定俗成地"为文人鄙贱已久",因此再用"纤巧"表达戏曲语言的新奇必然仍带有其所指中的贬

---

  ① 费尔迪南·德·索绪尔:《普通语言学教程》,高名凯译,商务印书馆,1980年,第102页。
  ② 同上书,第103页。

义。刘勰在《文心雕龙·谐隐第十五》中对俳辞隐语有以下评论:"纤巧以弄思,浅察以衒辞;义欲婉而正,辞欲隐而显。"显然,此种"用小聪明来卖弄才思,凭肤浅的见解来夸耀文辞"[①]的语言技巧,为历来文人而不齿。虽然李渔从中所取的是"细致、精巧"的语词表达形式之含义,但由于始于刘勰的强大的文论传统对该词所指的限定,李渔也只能选取一个包含更褒扬所指而且更新颖的词语来表达他的所指,即"尖新"。《敦煌曲子词·内家娇》即有此词语:"善别宫商,能调丝竹,歌令尖新。"其含义"新颖、新奇"[②]颇为褒扬,正符合李渔对于戏曲语言所要求的标准。李渔要求戏曲的宾白,从篇章、句子、措辞各个层面皆有"尖新",这样无论是读者阅读,还是观众欣赏,都会"欲罢不能","求归不得"。

同样是谈戏剧语言的创新,德莱顿所根据的是英国戏剧当时的状况,他从不同于李渔的角度发表了自己的见解。何谓新奇与创新?简而言之,新奇与创新就是做前人从未做过之事。在戏剧创作中,从结构布局到语言、动作的再现与表现,体现出既与前人不同又与同代人不同的特质与风貌。在《论戏剧诗》中,德莱顿引用了维吉尔之言,体现了他的创新意识:"我一定要另辟蹊径,只有这样我才能拔地而起。"[③]他认为,各个时代的天才各有所长,各个时代有其独特的文体,英国17世纪后半叶王政复辟时期的戏剧语言要想有突破,必须不同于其前辈的以散文体与素题诗为主的戏剧语言表达形式,而要用韵体诗,即主要

---

① 刘勰:《文心雕龙义证》,詹锳义证,上海古籍出版社,1989年,第549—551页。
② 《汉语大词典》(简编),汉语大词典出版社,1998年,第1181页。
③ John Dryden. *John Dryden: Selected Criticism*. Ed. James Kinsley and George Parfitt. Oxford: Clarendon Press, 1970: 70.

是用"英雄偶句体"诗(heroic couplet)创作剧本。在德莱顿时代,此诗体已经趋于成熟,而到了18世纪的"蒲柏时代",该诗体达到了顶点。因此,德莱顿在此大声疾呼,要创造新时代的戏剧语言形式。他所推向高峰的新剧种英雄诗剧(heroic drama)确实从语言形式与内容上都有所创新,但新奇并不能保证其艺术价值的经典性。英雄剧在英国戏剧史上自然占有一席之地,王政复辟时期的英国剧本至今仍有出版,但其价值更多地在于其历史性与文化性,而缺乏文学艺术的经典性。英雄剧失败的主要原因恐怕在于其中内容与形式的脱离、理想与现实的脱离,以及缺乏对社会与人性广泛而深刻的认识。正如语言作为人类的社会符号,它在其各个层面,能指与所指是密不可分的一个矛盾统一体;同理,在戏剧的构成中,其作为能指的语言部分,其所指也必须充实、丰富、发人深省,这样的完整符号才能拥有长久的艺术魅力。在《一夜恋情·序言》("Preface to *An Evening's Love*")中,德莱顿明确了诗人在戏剧创作中的主要任务,戏剧诗美之所在,比较了一部剧作中各个组成部分的关系,充分肯定了语言对于突出戏剧美感的作用。他认为,故事只是戏剧的基础,更光彩夺目的是在此基础上所创造的新颖的人物、巧妙的情节,以及独具匠心的布局,总之一切都需要诗人创新。诗人给予戏剧以美感的最重要手段是恰到好处地运用语言进行描述与比喻,使一切栩栩如生,这靠的是诗人的奇思妙想(fancy),在悲剧中尤为如此。[①]在《答复赖默先生要点》中,德莱顿转引了法国

[①] John Dryden. *John Dryden: Selected Criticism.* Ed. James Kinsley and George Parfitt. Oxford: Clarendon Press, 1970: 107-108.

剧论家拉潘对戏剧语言的观点,赞同拉潘对语言在悲剧美中所起的作用的认识,这一认识大大超过亚里士多德对语言在戏剧中所起的作用的看法。德莱顿的解释是,戏剧的诸多要素如布局、人物性格、人物举止,以及他们的思想,最终都必须通过语言来传达与表现。可见德莱顿对戏剧语言的运用是极为重视的,语言的新奇性也是他所十分关注的。他自己的语言风格也确实开了一代新风。在评论17世纪英国诗歌的论文集《向德莱顿致敬》中,艾略特认为,德莱顿的戏剧在人物刻画上无新意,虽然他在情节上别出心裁,但其戏剧的生命力在于其"诗歌措辞"所营造的壮观与美妙的艺术效果。① 德莱顿诗剧创造的一个突出特点在于化小为大、化平庸为神奇的语言修辞功力,如在《一切为了爱》中:

How I loved 我多么爱
Witness ye days and nights, and all ye hours, 目睹你的日日夜夜、时时刻刻,
That danced away with down upon your feet, 如羽绒般滑过你的脚背,
As all your business were to count my passion. 因为你的一切就是清点我的情爱。
One day passed by, and nothing saw but love; 一天过去了,除了爱别无他事;

---

① T. S. Eliot. *Homage to John Dryden: Three Essays on Poetry of the Seventeenth Century.* Paris: The Arden Library, 1978: 10.

Another came, and still 'twas only love: 又一天到来了, 仍然只有爱:

That suns were wearied out with looking on, 每日的太阳都看累了,

And I untired with loving. 而我的爱却不知疲倦。

I saw you every day and all the day; 我每天每日、每时每刻望着你;

And every day was still but as the first: 而每天都如同第一天:

So eager was I still to see you more... 如此急切地还想看你……

While within your arms I lay, 我躺在你的怀里,

The world fell mould'ring from my hands each hour. 世界每时每刻从我手中塌落。

（转引自 *Homage to John Dryden*, 10）

在如此平朴的词汇、司空见惯的主题上,构建出如此堂皇、新奇的语词大厦,其中的修辞风格略见一斑。当然,其中缺乏深度、广度与隐喻的复杂性,其效果对21世纪的读者来说几乎是具有反讽与喜剧性的,但古代、过去的爱情诗对当代的读者有哪一首不带有反讽的色彩？就连彭斯的苏格兰歌谣《我红红的玫瑰》现在听起来恐怕也是老生常谈了,而17世纪英国"玄学派诗歌",如多恩的《离别辞：节哀》或玛弗尔（Andrew Marvel, 1621—

1678)的《给羞怯的情人》中充满知性、诡秘、硬朗的修辞风格似乎更对现代或后现代人们的口味。"diction"作为"措辞"(choice of words)的含义出现于1670—1699年。① 德莱顿是最早在《〈西尔维〉序言》("Preface to Sylvae", 1685)中引进并用此含义的英国文人之一。② 丹尼斯(John Dennis, 1657—1734)1701年在其诗歌专著中首次用了"poetic diction"这一词语。③ 康格里夫(William Congreve, 1670—1729)1717年评述德莱顿时盛赞德氏措辞风格的独创性:"在[德莱顿]诗作中,其措辞(Diction)按题材的需要,是如此堂皇、真挚地富有诗性(Poetical),其特质如同纯金一样永存。"④ 约翰逊博士显然熟知康格里夫对德莱顿的评价,他1779年对德氏修辞能力的评价是:"……我国的作家对此种措辞之微妙知晓甚少;……因此在德莱顿之前并无诗歌措辞(poetical diction),[在此之前]我们的词语并没有从日常鄙俗的言辞中提炼出来,也没有摆脱只适合与特定行当的生硬术语的羁绊。……那些诗歌区别于散文之愉悦的词语组合从前很少尝试过:我们过去很少有雅致的言语之花。"⑤ 此后,该词演变为"poetic diction"(诗歌措辞),成为英国诗论中的一个重要概念。德莱顿本人既是这一概念的始作俑者,又是这一概念的突破

---

① *Shorter Oxford English Dictionary*. 5th ed. Oxford: Oxford UP, 2002: 673.

② John Dryden. *John Dryden: Selected Criticism*. Ed. James Kinsley and George Parfitt. Oxford: Clarendon Press, 1970: 198, 205.

③ William K. Wimsatt, JR. & Cleanth Brooks. *Literary Criticism: A Short History*. New York: Alfred A. Knope, 1964: 339-347.

④ James Kinsley and Helen Kinsley. *John Dryden: The Critical Heritage*. London and New York: Routledge, 1971: 266.

⑤ Samuel Johnson. *Lives of the Poets*. A Doubleday Dolphin Book. New York: Doubleday & Company, Inc. A Reprint. 281-282.

者。他在翻译古罗马诗人,特别是维吉尔的过程中,深切地感触到措辞的微妙与重要性。他惊叹维吉尔精妙措辞的不可译性,赞美贺拉斯措辞的典雅与纯净。只有作为诗人与古典诗歌翻译家双重身份的实践与经验才培养了德莱顿对词语用法的敏感度与探索兴趣,开启了后人应用与研究"诗歌措辞"之门。同时他又反对以警句陈言、骈语偶句或是文字游戏式的"诗歌措辞"来取悦读者,而倡导用生动、恰当的语词描述与再现自然之物①,使它们以"不在场"的方式而比"在场"的方式更完美、愉悦地展现在我们面前。他所推崇与效仿的完美的榜样就是古罗马诗人维吉尔。在诗歌创作中,构思、联想、语言表达是一个有机整体,但最终的一切结果都只能通过确切的措辞来实现,而德莱顿认为维吉尔的措辞无与伦比、精妙绝伦,他通过大量的比喻使词语的"所指"与"能指"交替变换,并取得了超乎寻常的感染力,因而最无法模仿,最难翻译。显然,维吉尔的措辞体现了他独特的语言风格,因此也必然是创新的。虽然德莱顿在此评述的是具体的诗句措辞,但同样也适用于对"剧诗"或"诗剧"中语言问题的探究。

李渔虽然在《窥词管见》中对诗、词和曲作了区分,但实际上戏曲几乎包含了中国文学中的所有文类,而词从体裁、调式以及情趣上都更靠近曲,因此李渔对于词中语言创新的评论自然也适用于戏曲语言的研究。李渔道:

---

① John Dryden. *John Dryden: Selected Criticism.* Ed. James Kinsley and George Parfitt. Oxford: Clarendon Press, 1970: 10-12.

第二章　李渔与德莱顿的戏剧语言论比较

> 文字莫不贵新,而词为尤甚。不新可以不作,意新为上,语新次之,字句之新又次之。所谓意新……即在饮食居处之内,布帛菽粟之间,尽有事之极奇,情之极艳,询诸耳目,则为习见习闻;考诸诗词,实为罕听罕睹;以此为新,方是词内之新……言人所未言,而又不出寻常见闻之外者,不知凡几!……词语字句之新亦复如是,同是一语,人人如此说,我之说法独异;或人正我反,人直我曲;或隐跃其词以出之,或颠倒字句而出之,为法不一。
>
> ……所最忌者,不能于浅近处求新,而于一切古冢秘笈之中搜其隐事僻句,及人所不经见之冷字,入于词中,以示新艳……(《窥词管见·第五则》)

大千世界丰富多彩、千变万化,有取之不尽的创作题材。李渔首先从选材、构思入手,强调作者必须密切观察普通生活,从生活实践的细节中汲取灵感与素材。实际上这里关系到作者的视角与选择问题,同时也是其构思与联想的过程。作者对生活中的某个人、事件、片段或场景有所感动或感悟,有感于外,触动在心,这自然会激活储存的记忆,掀起一系列的联想;而在这整个联想过程中,情感、意象与语言紧密地交织在一起,最终越来越清晰、稳定地呈现在脑海中,促成此种综合意象的稳定剂与清晰剂正是词语。词语使人的情感与思想固化与物质化,即付诸文字,才使得文学的反思、交流与欣赏成为可能。如何将"习见习闻"之事与情转化为"罕听罕睹"之诗词,此乃诗人、文人之真才也!因此,"意"与"语"之关系是相辅相成的,"意"为创作之基础与前提,但它必须靠"语"来实现与完成其使命,两者无所谓按李渔所讲的"上"与"次"的关系。普通百姓也会有感动与领悟,但并不能用语词将其固化为富有美感的诗歌;诗人有驱驾语言的高超本领,但若无真凭实感、浮想联翩也不能创作出优美、感人的诗篇。总之,取素材于普通生活,但立意必须要新,在诗词中言前人所未言。从中国文学中诗、赋、词、曲、小说各种文类以及各色文风的更迭,到西方从文艺复兴、新古典主义、浪漫主义到现代主义或后现代主义的转变,其立意与表达无不是独树一帜。具体在文学语言表达,即措辞上,李渔同样提出了"我之说法独异"的主张。在实际创作中,有个性、有抱负的诗人总是竭力不同于前人,也不同于今人,他们始终试图摆脱布鲁姆所谓的"影响的焦虑",以期望创造经典之作,而这一突破自然需要靠语言的表达来最终完成。具体措辞的创新"为法不一",需要依照特定的诗歌情境而定,但可以肯定的是新颖的措辞意味着它既不同于已完成的诗歌词语,又不同于日常的话语,但需要"于浅近处求新"。"意新、语新,而又字句皆新,是谓诸美皆备"(《窥词管见·第六则》),但这只能是一种理想状态,李渔从实践经验出发进一步阐述了在具体创作中如何处理它们之间的辩证关系。他建议:"意之极新者,反不妨词语稍旧。尤物衣敝衣,愈觉美好";但"务使一目了然",防止"玉宇琼楼堕入云雾"。与此相反,"如其意不能新","则全以琢句炼字为工,然又须琢得句成,炼得字就"。而一旦做到了"极新极奇",语言必须自然,"似词中原有之句,读来不觉生涩,有如数十年后重遇故人,此词中化境,即诗赋古文之化境也"。曲中的化境也可从此看出。

第二章 李渔与德莱顿的戏剧语言论比较

李渔化平常为新奇的措辞建议与德莱顿的措辞观以及他的诗歌实践是一致的；但确切地讲，德莱顿倡导的诗歌语言是读书人的口语和较文雅的习语，在此基础上再加上"诗的破格"(poetic licence)这一诗人运用语言的特权。① 所谓"诗的破格"也肇始于德莱顿时代，是英国文学文类样式以及文体风格趋向成熟与自觉的必然结果，其道理就如同李渔对中国古典诗、文、词、曲所作的区分一样。德莱顿在《为英雄诗一辩》中对"诗的破格"有如下界定："诗的破格就是……用韵诗讲述事物的自由，不受散文简朴、谨严风格的限制。这一特性使散文与诗歌相区别。这一特性包括对诗人思想与想象的虚构，而在表达这些思想时，有两种方式：如果这一破格用在单个词上，称为词转义(tropes)，如果用在句段中，称为修辞格(figures)；相对于散文，两种比喻在韵诗中用得更多、更有效。"② 德莱顿对诗人这种特权使用的限度并未给予确定，但他确信"诗的破格"随作者的不同时代和不同语言而变化。如同不同语言有不同习语一样，"诗的破格"在不同语言中不尽相同。另外一个要保证的是诗歌的统一整体性原则，德莱顿直接引用贺拉斯的《诗艺》阐述了这一观点："画家与诗人一直拥有大胆创作的同等权利……但是不能把野蛮的与温顺的结合在一起，也不能把毒蛇与飞鸟、羔羊与猛虎放在一起。"③ 总之，不同性质的事物不能联系在一起。

"诗的破格"在20世纪演变成形式主义文论中的"陌生化"

---

① John Dryden. *John Dryden: Selected Criticism*. Ed. James Kinsley and George Parfitt. Oxford: Clarendon Press, 1970: 141.
② Ibid.
③ Ibid., p. 142.

(defamiliarization)理论。俄国形式主义文论家维克托·什克洛夫斯基(Victor Shklovsky,1893—1984)、罗曼·雅各布森(Roman Jakobson,1896—1982)以及鲍里斯·艾亨鲍姆(Boris Eichenbaum,1886—1959)等人以"形式、程序、结构"为中心,对文学语言进行了细致入微的分析。在被称为形式主义诗学宣言的《作为技法的艺术》("Art as Technique")一文中,什克洛夫斯基首次明确提出了"陌生化"理论:

> 如果我们审视一下一般的感知规律,我们会看到,随着感知成为习惯,一切都会处于机械性与不自觉之中。……如果众多人的复杂生活在不自觉中继续,那么这种生活就仿佛从来就没存在过。而艺术存在着,它唤回人们对生活的感觉;艺术的存在使人们感觉到事物,使石头具有石头的属性。艺术的目的是要给予人们感知事物而非认识事物的能力。艺术的技法就是使事物"陌生化",使形式难懂,增大感知的难度与长度,因为感知的过程本身就是一种审美目的,因此必须延长。艺术是体验事物艺术性的一种方式,而事物本身并不重要。……诗歌的语言是难懂的、粗糙化的、被延迟的语言。①

通过"陌生化",文学语言会使人们获得"耳目一新""意味深长"的感觉;剧诗语言实际上都有某种程度上的"陌生化",起到"新奇"与"升华"的效果,但前提是要保证其通俗性与易懂性。

---

① Hazard Adams & Leroy Searle. *Critical Theory Since Plato*. 3rd ed. Beijing: Peking University Press, 2006: 799-800.

第四节　李渔论"文贵洁净"与德莱顿论"纯洁性"
——中英论戏剧语言精练性比较

中外古典戏剧又称为剧诗,因此衡量古典戏剧的重要标准之一是其中的语言是否有"诗性"。"诗性"语言的突出特点是凝练性与生动性。司空图所谓的"不著一字,尽得风流"①将诗的含蓄与精炼推到了极致。英美诗论家也认为:"诗是文学中最简练、最集中的形式,用最少的词语道出最多的内容……成功的诗永远没有赘词。"②中外诗论对诗歌中语言的简洁与精炼性的要求是一致的。戏剧是诗歌、散文文体的综合,而古典戏剧的语言尤为突出其"诗性"的凝练程度。李渔在《词曲部下·宾白第四》中专列"文贵洁净"与"词别繁减",强调戏曲语言的精炼性,并论证了语言简练与繁复的辩证关系。德莱顿在其《论戏剧诗》以及其他三篇序言中也论述了诗歌语言的纯洁性(purity)问题。李渔与德莱顿对于剧诗语言的精炼性,虽然在其论述的具体方式与角度上不同,但对于其重要性与功能的认识是一致的,探讨的是同一个语言范畴。

戏曲中宾白的语言,由于没有形式的束缚,较容易繁复,而词曲等韵文的语言由于有形式上固定的要求,较不容易繁杂,因此李渔重点谈的是宾白中的语言精练问题,但实际上也同样适

---

① 司空图:《二十四诗品》,何文焕辑《历代诗话》(上),中华书局,2004年,第140页。

② 劳·坡林:《怎样欣赏英美诗歌》,殷宝书编译,北京出版社,1985年,第8、10页。

用于词曲语言的凝练问题。李渔在《宾白第四·文贵洁净》中称："洁净者,简省之别名也。洁则忌多,减始能净……多而不觉其多者,多即是洁;少而尚病其多者,少亦近芜。……意则期多,字惟求少,爱虽难割,嗜亦宜专。"李渔将戏曲语言的精炼性概括为洁净,具体办法是使语言表达从各个层面做到简练、节省;更通俗地讲,就是用最少的话表达最多、最丰富的意思。要做到"意则期多,字惟求少"并非容易,其中包括文学、诗歌语言的各种转喻、比喻、歧义、暗示等能够引起丰富联想的表达方式,以及与其相关的不同层次的语境。李渔还以辩证的角度明确了戏曲语言的多与少的关系。语词的多与少自然是相对的关系,最重要的是必须适合戏曲所要表现的对象与情景,这正像德莱顿的远方亲戚,著名讽刺作家斯威夫特(Jonathan Swift, 1667—1745)所说,好的文体就是"恰当的词在恰当位置"("proper words in proper places")[①]词语的多少还与戏曲的情节结构密切相关。王骥德在《曲律·剧戏第三十》中指出,由于南戏各唱的特点,因此词曲的长短特别需要安排恰当,多数部分"贵剪裁,贵锻炼";但"传中紧要处,须重著精神,极力发挥使透"。因此"无紧要处"务必要"洁净","大头脑"处则需要淋漓尽致、令人玩味。当然,所谓"淋漓尽致",不但要求总体篇幅较长,更要求局部语言细节的凝练。由于汉语的语言文字特点,其简洁、凝练性主要通过"炼字"的方式来实现。唐朝诗人贾岛的"鸟宿池边树,僧敲月下

---

① M. H. Abrams, ed. *The Norton Anthology of English Literature*. Volume I. 3rd ed. New York: W. W. Norton & Company Inc., 1974.

门"中有关"推敲"的典故生动地传达了"炼字"的微妙之处。①王骥德也强调了戏曲语言精练的重要性,他要求语句之间要"上下引带,减一句不得,增一句不得。……一调之中,句句琢炼,毋令有败笔语……"(《曲律·论句法第十七》)他对用字的要求是:"下字为句中之眼,古为百炼成字,千炼成句,又谓前有浮声,后须切响。要极新,又要极热;要极奇,又要极稳。"(《曲律·论字法第十八》)。王骥德还针对舞台效果,对戏曲语言有更具体的要求:"唱曲欲其无字。即作曲者用绮丽字面,宜须下得恰如,全不见痕迹碍眼,方为合作。若读去而烟云花鸟、金碧丹翠、横垛直堆,好摊卖古董,辅缀百家衣,使人种种可厌,此小家生活,大雅之士所深鄙也。"(《曲律·杂论第三十九上》)可见李渔之前的剧论家对戏曲语言与音义关系的精炼性是十分严格的。

不同于西方古典话剧,中国古典戏曲是唱本位,演唱词曲所占用的时间比对白或独白要长得多,有时唱一句甚至需要几分钟,相当于一整篇演讲的时间,因此在有限的时间与篇幅里要表达尽可能丰富的内容,无论是曲词还是宾白,其选择性与精炼性都要超出一般诗歌的要求。词类凝练的语言在古典戏曲中可谓俯拾皆是。例如元代关汉卿《窦娥冤·第三折》中对黑暗世道的控诉:"[滚绣球]有日月朝暮悬,有鬼神掌著生死权。天地也只合把清浊分辨,可怎生糊突了盗跖颜渊。为善的受贫穷更命短,造恶的享富贵又寿延。天地也做得个怕硬欺软,却元来也这般顺水推船。地也,你不分好歹何为地?天也,你错勘贤愚枉做天!哎,只落得两泪涟涟。"此曲直呼"日月""天地""鬼神"等世

---

① 贾岛:《题李凝幽居》,《唐诗鉴赏词典》,上海辞书出版社,1983年,第961页。

间主宰一切的最高权力,通过"清浊""盗跖颜渊""善……恶""贫穷……富贵""命短……寿延""怕硬欺软"等鲜明的对比,惊天地、泣鬼神,强烈表达了一个弱女子对社会不公的极度悲愤与抗议,从而生动地概括了全剧的主题。而马致远的《汉宫秋·第三折》用具体的意象勾画出一幅苍凉、凄美的离别画卷:"[梅花酒]呀!俺向着这迥野悲凉,草已添黄,兔早迎霜。犬褪得毛苍,人搠起缨枪,马负着行装,车运着糇粮,打猎起围场。他他他,伤心辞汉主;我我我,携手上河梁。他部从入穷荒,我銮舆返咸阳。返咸阳,过宫墙;过宫墙,绕回廊;绕回廊,近椒房;近椒房,月黄昏;月黄昏,夜生凉;夜生凉,泣寒螀;泣寒螀,绿纱窗;绿纱窗,不思量!"此曲前部分有整齐的对仗、叠韵,其意境感人至深;后部分有短句重复,意象跳跃式连缀,韵律荡气回肠;整部剧的气氛得到了烘托,主旨得到了强化。王实甫的《西厢记·长亭送别》更为人们熟知,其中的十九支曲文集中体现了该剧情景交融、凝练生动、细腻深刻、真挚感人的艺术魅力。该折从第一曲[正宫·端正好]到最后一曲[收尾],中间通过少量的宾白穿插,有机地将叙事与抒情结合为一体,展现了一幅从"赴长亭""长亭别宴"到"长亭离别"的完整图景,声情并茂、感人至深。明清传奇剧,由于其剧本体制的变化,结构日趋复杂,语言也更为繁富。虽然其中仍有佳句,但比起元杂剧来,其曲文语词的精炼程度尚有差距;但在结构布局的框架上,传奇剧体现出自己善于概括的特点。传奇剧"开场"的第二阕曲总括全剧故事梗概,每出下场诗对本出内容作一小结或是引出下一出的悬念。这两部分所涵盖的内容自然是巨大的,而篇幅只是一首曲或一首绝句。例如汤显祖《紫钗记》开场中的第二阕较完整地概括了整个剧情:"[沁园春]李子君虞,霍家小玉,才貌双奇。凑元夕相逢,坠钗留意,鲍娘媒妁,盟誓结佳期。为登科抗壮,参军远去,三载幽闺怨别离。卢太尉、设谋招赘,移镇孟门西。远朝别馆禁持,苦书信因循未得归。致玉人猜虑,访寻赀费;买钗卢府,消息李郎疑。故友崔韦,赏花讥讽,才觉风闻事两非。黄衣客、回生起死,钗玉永重晖。"紧接着又以四句诗突出了剧情的高潮:"黄衣客强合鞋儿梦,霍玉姐穷卖燕花钗。卢太蔚枉筑招贤馆,李参军重会望夫台。"同样,《牡丹亭》开场第二阕以[汉宫春]概括剧情,然后又以四句下场诗总括主要情节:"杜丽娘梦写丹青记,陈教授说下梨花枪。柳秀才偷载回生女,杜平章刁打状元郎。"李渔的《风筝误》开场第二阕也用[汉宫春]概括全剧:"才士韩生,偶向风筝题句,线断飘零。巧被佳人拾着,彤管相赓。重题再放,落墙东、别惹风情。私会处,忽逢奇丑,抽身跳出淫坑。赴试高登榜首,统王师靖蜀,一战功成。闻说前姻缔就,悔恨难胜。良宵独宿,弃新人、坐守长更。相劝处,银灯高照,方才喜得娉婷。"然后用四句对子强化了全剧的戏眼:"放风筝,放出一本簇新的传奇。相佳人,相着一付绝精的花面。赘快婿,赘着一个使性的冤家。照丑妻,照出一位倾城的娇艳。"显然李渔的语言要更通俗易懂。此种用一阕曲或一首诗总括全剧或一出戏的体制是元杂剧不具备的,它帮助观众或读者先初步了解剧情,引起对细节与悬念的兴趣。可见,戏曲语言的简练性可以从字、句、曲等不同的层次得以落实。当代戏曲理论家张庚对戏曲的精炼性也曾作过精当的总结:"剧诗所能包含的文字和细节比叙事诗要少;也不能跟话剧比……"因此,其"文字和细节都是少而精";同时还要"挑选非常有表现力的细节,有概括性的东西"。他对宾白的要求也是"首先要精炼",同时兼顾节奏感与生动性。①

剧诗与诗歌语言的"精炼性"概念在西方的诗论中也占有重要地位,它在西方文论话语中被称为"经济性"(economy)原则,也就是语言表达的"节俭性"原则。上节谈到的俄国形式主义文论家什克洛夫斯基,在《作为技法的艺术》一文中,就曾综述了这一概念在西方诗论中的影响。语言表达"经济性"的内涵有两个方面:其一,用最少的词语表达最多的意思,即李渔的"意则期多,字惟求少";其二,使接受者用最少的脑力理解最多的信息。前者强调语言所能引起的联想的丰富性与不确定性,而后者强调语言表达的通俗性、确定性与清晰性。显然,前者是文学或诗的语言,后者是实用或应用性语言。剧诗的语言需要兼顾两者的结合,既需要语言丰富的联想与开放性,同时也要满足戏曲在"场上"的可懂性。而什克洛夫斯基恰好是在反对语言"经济性"的前提下,建立起自己的文学语言的"陌生化"理论。他的理念就是要使文学或诗的语言"粗糙化"(roughened)、"陌生化"(defamiliarlized)、晦涩难懂(difficult),以此延迟理解与欣赏的时间,以摆脱感官与灵魂对日常事物感知的"机械性"(automatic),而获得感官与精神对于事物的"新奇感"。但此陌生化的程度必须符合不同时代戏剧语言变化的要求,才能被观众所接受;古典戏剧与当代戏剧对于"陌生化"的接受程度显然大为不同。

---

① 张庚:《戏曲艺术》,中国戏剧出版社,1980年,第47、71页。

德莱顿对剧诗语言的精炼性是从语言的"纯洁性"(purity)的角度来论述的。他首先推崇古罗马诗人与剧作家在文学创作中对于拉丁语使用的纯洁性,继而称赞其后裔意大利作家以及其远亲法国诗人对于其母语掌握的纯熟性,并指出英语纯洁性的开拓者,以此作为当时英国作家在文学语言运用方面的范例。在《论戏剧诗》中,德莱顿通过尚古派克赖茨,首先以古罗马喜剧作家泰伦斯的文体纯洁性为英国戏剧语言的范例,甚至连英国戏剧语言权威本·琼生都是古罗马戏剧诗人的顶礼膜拜者。[①] 德莱顿所谓的语言的"纯洁性",特别指在高度发达的古罗马文化传统的氛围中所形成的成熟的文学语言,即西方所谓的纯正的"古典文学"(classical literature)。其语言特质体现出经过千锤百炼、去粗取精、典雅合体的风范,同李渔的"文贵洁净"有异曲同工之处。两者都是建立在丰厚的文化淀积的基础之上,实际上与语言的"质朴"与"简单"并无缘,但都强调用语必须杜绝"赘言"。虽然李渔积极倡导戏曲的"通俗性",但古代文人所制之曲,包括李渔本人的剧作,与"白话"还有相当大的距离,其高低利弊要依赖于不同时代的戏剧审美标准,甚至不同个人的审美情趣才能定论。中国俗话所说的"雅俗共赏",无论从作品特点的角度还是从欣赏者的角度,不失为一种万全之策,但同时又有丧失其独特性的危险。贺拉斯"措词"的精炼与纯正性也是德莱顿所崇拜的,其用词的准确与谨严、修辞的大胆与堂皇、诗体的专一,以及诗篇的数量,特别是其"颂诗"的成就令人

---

① John Dryden. *John Dryden: Selected Criticism*. Ed. James Kinsley and George Parfitt. Oxford: Clarendon Press, 1970: 29-30.

惊叹。相比之下,英国诗人们,如考利(Abraham Cowley,1618—1667)对品达体诗(Pindaric verse)的模仿引介之作,在纯熟的程度上则相差甚远。甚至连英国的独创性诗人弥尔顿(John Milton,1608—1674)在其浩瀚的诗篇中也不免有平淡沉闷、寻幽仿古、聱牙戟口之语。① 在语言风格精炼性方面同时受到德莱顿赞誉的还有罗马讽刺诗人尤维纳利斯(Juvenal,60?—127?);而另一位罗马讽刺诗人佩尔西乌斯(Persius,34—62)则由于其措词僵硬,比喻无度,缺乏拉丁语用词的纯洁度,而遭德莱顿的贬抑。② 到了文艺复兴时期,在同一片土地上,但丁(Dante,1265—1321)与薄伽丘(Boccaccio,1313—1375)规范、纯化了意大利语。在同一时期,英吉利海峡对面英国的乔叟(Geoffrey Chaucer,1340?—1400)以伦敦方言入诗,成为"英国诗歌之父",从而开始了对英语的规范与纯化。与德莱顿同时代的法国诗人、诗论家布瓦洛(Nicolas Boileau-Despréaux,1636—1711)虽然是英国诗人的对手,也得到了德莱顿的高度赞誉,主要原因是其语言风格的纯净度、言辞的高贵、思想的公正、表达的准确、犀利的讽刺以及押韵的精湛③,显示了德莱顿以文学语言为标准公正评判对手的心胸。德莱顿对词语如此的敏感度与判断力得益于其古希腊、罗马经典文学的修养,同时也来自于他对经典文学翻译的丰富经验。除了古罗马拉丁诗人、文艺复兴时期的文学巨匠以及法国文豪对他们各自语言的贡献,德莱顿

---

① John Dryden. *John Dryden: Selected Criticism*. Ed. James Kinsley and George Parfitt. Oxford: Clarendon Press, 1970: 205-206.

② Ibid., p. 253.

③ Ibid., p. 215.

称自己是英国文学语言纯洁化、规范化的继承人,而这一贡献也得到了诸多英国文学权威或诗人,如约翰逊、司各特以及艾略特等人的充分肯定。德莱顿对自己在《西班牙修士》中的戏剧语言甚为满意,同时他在该剧的前言中提出,剧本要避免与语言纯洁与精炼性背道而驰的弊病,如:思想的矮子却要穿巨人服装,重复啰唆,表达松散,耸人听闻的夸张,十行当一行,虚假的诗行与真正的胡言乱语的混杂等。他认为,戏剧语言的真正精华在于语词的纯洁性,概念与表达的清晰度,胆识与显贵,词语音韵与含义恰到好处的提升,而不是虚夸。一言以蔽之,戏剧语言之精华在于"多一字不行,少一字不可"的状态。戏剧的真美也在于此,而戏院里的灯光、布景、体制,特别是优美的动作皆为舞台之"假美"(false beauties of the stage),不能长久。但是,戏剧的语言美并不能在舞台上被充分地欣赏,而阅读剧本则能更有效地做到这一点。[①] 德莱顿对于戏剧的"案头"之作与"场上"之作的观点在此显然不同于李渔的观点。事实上,他的观点在不同的剧论中摇摆不定,或者说他针对戏剧的不同目的提出了似乎彼此矛盾的观点,但这同时也说明他的戏剧观处于动态之中,服务于不同的目的,正像他所处的动荡时代,他的人生观也是如此。作为一个经济独立的文人,为了生计与眼前的名望,德莱顿必然要重视戏剧"场上"之功能;而作为钟情于语言文字的文人,为了诗歌戏剧与不朽之艺术,他从骨子里又倾向于戏剧"案头"之作的功能。而李渔的观点主要倾向于戏曲的"场上"功能。其中复杂性显而易见。

[①] John Dryden. *John Dryden: Selected Criticism*. Ed. James Kinsley and George Parfitt. Oxford: Clarendon Press, 1970: 189-192.

第五节 李渔论"音律"与德莱顿论"韵律"
——中英论戏剧语言音乐性比较

语言的音乐性体现在节奏与韵律上。由于自然界万物的律动,人类对此有天生的喜好与禀赋。无论中外诗歌都讲究格律与押韵。人们在研究同样由剧诗构成的中国古典戏曲与西方古典话剧时,自然也离不开对诗歌格律与押韵的探索。由于中文与英文间语音与结构的巨大差异,彼此在语言节奏与韵律的具体技术层面上无可比之处,但在较宏观的中间语音结构范畴的层面上,以及其在戏剧中的功能与效果方面进行比较,还是有章可循的。首先,中西诗歌的节奏与韵律都可以通过格律与押韵这两个研究范畴得到说明。属于音调语言的中文诗歌讲究每行中字词间平仄音调的有规律交替性,行与行之间同一位置字词平仄音调的相对性,以构成各种格律形式;同时,各诗行尾部单字韵母的有规律性重复构成不同的押韵形式;各种格律与押韵的组合,以及随之而来的字数与诗行的组合,构成不同的诗体、词体或曲体。属于音节语言的英文与大多数西方语言的诗歌,其格律特点主要看诗行中单词的轻重音节有规律的分布,而构成某种音步排列;其押韵特点在于诗行最后一个单词的最后一个音节或几个音节彼此是否重复,以构成不同的压韵形式,依此构成不同的诗体。李渔所讨论的是戏曲曲文创作中对音律的要求与技术难点,有很强的针对性与实用性;而德莱顿所争辩的则是押韵诗体相对于散文体、素体诗体在戏剧中的合理性与优越性,以及后来他对于戏剧中韵文与散文态度的改变,同样也是针对当时戏剧创作的风气以及自己的创作实践。

虽然李渔着力于开拓戏曲结构与宾白的理论路径,但他着眼于整个戏曲理论的系统性与现实性,并没有忽略或省略戏曲其他部分的客观存在。戏曲中的音律就是他无可回避而又最无理论创新的部分。他结合前人丰富而又严格的传统规定与自己的"场上"经验,对典型的曲文音律难点进行了耐心的讲解并传授了几条"秘诀"。相比之下,德莱顿只是从戏剧文学的本质上论证戏剧语言"押韵"的合理性与必要性,这与本章下节论述的戏剧语体论相交叉,他并没有谈到任何具体的语言的韵律与节奏等技术性问题。

李渔的《词曲部·音律第三》共分九款,有针对性地就曲文音律的具体难点进行了循序渐进的指导。在此章的引言中,李渔历数各种韵文之音律的特点,以此说明其中的复杂与艰难程度无一超过曲词的音律。同时他还具体对比北《西厢》与南《西厢》来说明南北音律之别,以及协调好曲文与音律关系的困难。中国丰厚的、高度精致化的诗歌音律传统发展到戏曲中的曲体,之前已经经历了诗、赋、词等不同阶段的音律体式。曲体除了衬字所提供的自由与灵活度之外,其核心形式结构,特别是连篇累牍的套曲,可以说超过了诗词的复杂与精细,其传统音律体式已经发展到了极致。因此,李渔叹其难自在情理之中,正是由于制曲之难以及其体式的包罗万象,曲文创作则更能彰显作者的才华,使众多文人乐此不疲。在其他条件相同的情况下,韵体自然要难于散体而更富于技巧性与艺术性,更精美与典雅。德莱顿对于韵体诗的难点与优点持有相似的看法。早在《〈对手夫人〉序言》中,德莱顿就明确指出,戏剧中的韵体诗是拉丁文化圈国家文学的精华,英国人应该学习外国诗作的精华。韵体诗的优点是:便于记忆、典雅优美、有章可循。德莱顿特别强调韵体诗有利于约束、调节诗人漫无边际的想象,使语言简练、严谨,以恰当的方式表达"最丰富、清晰的思想",刻画"伟大、高贵的人物性格"。德莱顿列举了莎士比亚之前就出现的英国韵体诗剧,以及之后沃勒(Edmund Waller, 1606—1687)与德纳姆(Sir John Danham, 1614—1669)对英国诗歌韵律的改进与规范,号召要深入实践并进一步完善英国剧诗的韵律。① 但要完成这一使命又谈何容易。在《论戏剧诗》中,德莱顿借利西迪厄斯之口坦言,如此美妙的韵律诗在英国戏剧中没有得到普遍应用,其原因是英国诗人不善于"合律押韵"。② 但当时作韵律诗在欧洲已经成为作诗的标准,因此德莱顿有雄心抱负要改变英国尚无韵律学(prosodia)这种诗歌语言的鄙俗(barbarous)状态。③

与此形成鲜明对照,中国早在南北朝时期就已经有相当系统、成熟的音韵学,如诗人、音韵学家沈约(411—513)著《四声谱》,创四声八病之说,规范、精化了古体诗向律诗转变的韵律规则。元代的音韵学家周德清著《中原音韵》(1324)更是确立了北曲的词韵、曲谱标准,正如李渔所言:"自《中原音韵》一出,则阴阳平仄,画有膡区,如舟行水中,车推岸上,稍知率由者,虽欲故

---

① John Dryden. *John Dryden: Selected Criticism*. Ed. James Kinsley and George Parfitt. Oxford: Clarendon Press, 1970: 4, 6.
② Ibid., p. 48.
③ Ibid., p. 276.

犯而不能矣。"(《闲情偶寄·词曲部上·结构第一》)与德莱顿时代英国戏剧创作的语体现状不同,创作戏曲要遵循曲谱声韵是无可争议的基本创作要求,这除了中国传统作诗法的原因之外,固然是中国戏曲的歌唱性特征使然。因此,李渔在《恪守词韵》《凛遵曲谱》两款中,要求制曲者严格遵循传统曲律。在戏曲韵律上,李渔强调要严格遵循《词谱》《词韵》,这与他在结构、措辞上倡导"尖新"形成强烈反差。他的词曲韵律标准是:"一出用一韵到底,半字不容出入,此为定格。……既有《中原音韵》一书,则犹畛域画定,寸步不容越矣。"填词与作诗同理,虽然曲文可以"偶得好句",甚至"大是元人后劲",或"言言中的,字字惊人",但只有"合谱合韵,方可言才"。这显然是过于僵化地遵从了传统与技巧,重蹈沈氏"格律派"的覆辙,往往容易因韵废义。戏曲之"音韵"与"文辞"能"合之双美"固然很理想,但作为文学剧本的戏曲自然更应重视"文辞"所表达的内容。在《凛遵曲谱》一款中,李渔对自己的观点有所修正,采取了一种更客观、辩证与折中的态度。他说:"情事新奇百出,文章变化无穷,总不出谱内刊成之定格。是束缚文人而使有才不得自展者,曲谱是也;私厚词人而使有才得以独展者,亦曲谱是也。……只求文字好、音律正,即牌名旧杀,终觉新奇可喜。……善恶在实,不在名也。"与此相比,德莱顿虽然在前期大力提倡韵律剧诗,但其观点开始就有一定的灵活性。他首先反对为押韵而在诗行中破坏自然词序[1],强调押韵与措辞必须要有水到渠成的效果;[2] 同时还提示,

---

[1] John Dryden. *John Dryden: Selected Criticism.* Ed. James Kinsley and George Parfitt. Oxford: Clarendon Press, 1970: 5.

[2] Ibid., p. 67.

剧作家应该将韵律作为创作技巧的一个总原则,但不要受其束缚①,毕竟在戏剧中,韵律要符合戏剧题材的要求②,"意思不应成为韵律的奴隶"③。虽然德莱顿坚持认为,韵律诗给戏剧锦上添花④,但他对于剧作家是否要用韵律诗写剧本,持颇为宽容与现实的态度,这要看剧作家个人的才能所在,或者靠对观众反应的预测。⑤ 由此可见,德莱顿以较开明的态度,针对英国缺乏韵律学而大力提倡以韵律诗体写剧,以完善英国戏剧语言的艺术性;而李渔则以保守的态度,严格遵循中国戏曲根深蒂固的韵律传统,强调坚守曲文韵律的必要性。

《别解务头》与以上两款同属于李渔对词曲韵律总体结构的要求。他对"务头"这一备受争议的曲学术语进行了重新阐释:"曲中有务头,犹棋中有眼,有此则活,无此则死。……看不动情,唱不发调者,无务头之曲,死曲也。一曲有一曲之务头,一句有一句之务头。字不聱牙,音不泛调,一曲中得此一句,即使全曲皆灵,一句中得此一二字,即使全句皆健者,务头也。"可见"务头"首先是定音韵的关键词语,同时也是表现意象、表达思想、抒发情怀的关键词语,它承担既联系语词的各个部分,又突出表现主旨的双重功能。对于此独特的中国戏曲术语,德莱顿剧论自然无相对应的术语概念,只有前节讨论过的"巧智"与此有一定联系。

---

① John Dryden. *John Dryden: Selected Criticism*. Ed. James Kinsley and George Parfitt. Oxford: Clarendon Press, 1970: 69.

② Ibid., p. 75.

③ Ibid., p. 97.

④ Ibid., p. 73.

⑤ Ibid., p. 109.

德莱顿论剧诗语言的音乐性的核心是其韵律的合理性与恰当性。争论的对手是他的舅哥和从前的剧作合作伙伴霍华德（Sir Robert Howard, 1626—1698），争论的内容主要体现在《为〈论戏剧诗〉一辩》一文中。德莱顿的观点是：韵律诗体最适合用于悲剧与严肃剧，其理据是古代的英雄史诗与悲剧都用韵律诗，具体形式主要就是英雄偶句体诗。霍华德的观点是：韵律诗不适合悲剧与严肃剧，其理据是戏剧是模仿的艺术，它所模仿的是人物的动作与对话，而人物在对话过程中不可能"出口成诗"，因此以韵体诗为戏剧对话语言不符合模仿的真实性，也就不适合作为悲剧与严肃剧的语言。其实，德莱顿与霍华德的理据皆来自亚里士多德的《诗学》的两个重要概念。一、艺术（包括戏剧）模仿自然。二、悲剧总是模仿比我们今天更好的人；诗人的职责不在于描述已经发生的事，而在于描述按照可然律或者必然律可能发生的事。围绕这两项主要命题，德莱顿与霍华德以韵律诗为焦点展开了辩论。霍华德以前者为依据，采取自然写实的手法，强调戏剧反映现实生活的真实性；而德莱顿则取后者为依据，以艺术唯美的方式，突出戏剧高于生活、更具典型性的特征。德莱顿在《为〈论戏剧诗〉一辩》中明确指出，戏剧的主要目的是愉悦观众，然后才能完成其教诲的功能，而在严肃剧中体现愉悦性的最有效媒介、最能够直接打动观众心灵的，就是韵律诗。[①] 戏剧的对话通过诗艺中各种技巧与装饰得以提升。诗人的模仿不能混同于普通对话，散文体不适于严肃剧，正是因为它

---

① John Dryden. *John Dryden: Selected Criticism*. Ed. James Kinsley and George Parfitt. Oxford: Clarendon Press, 1970: 79.

太接近普通对话的特征。德莱顿强调,戏剧是美的艺术,就如同绘画一样,拘泥于描绘自然的每一个细节出不了杰作,必须要学会艺术创作中的取舍,只取有利于增添作品整体美的部分,而掩盖其缺陷,要学会巧妙地逢迎自然。① 他认为,严肃剧虽然再现自然,但此自然之声调经过了拔高,可谓锦上添花,或就如同雕像必须高于、大于其模仿之对象,才能彰显其美感;最合适的韵律诗体就是"英雄偶句体",而"素体诗"则太靠近普通对话,不适合悲剧与严肃剧的语言体式。② 与此同时,德莱顿还认为,作韵律诗剧勉强不得,要有其才,还要顺其自然。他讥讽霍华德由于"公务缠身",已经远离了缪斯:"失了一位诗人,却添了一位官人。"("The corruption of a poet is the generation of a statesman.")③ 从当时古典戏剧创作的标准看,德莱顿的观点是合情合理的,而从戏剧语言发展的未来看,霍华德却具有远见卓识,已经预见到下几个世纪戏剧语言所通行的表达形式。可见批评观点与理论都有其历史适用性与局限性,像亚里士多德所概括、制定的艺术原理,其中的普适性生命力之长,可谓罕见。对此类戏剧语言的韵律性与再现生活的真实性和审美性等语言本体性问题,李渔没有评述,一是因为这些都是中国古典戏曲文学传统长期以来约定俗成之规,而李渔所关注的是在此条件下,如何在具体的技术层面做到尽善尽美;二是因为古代曲论家历来注重实用的功效,而对更抽象的理论层面无甚兴趣。

---

① John Dryden. *John Dryden: Selected Criticism*. Ed. James Kinsley and George Parfitt. Oxford: Clarendon Press, 1970: 80.

② Ibid., pp. 69-75.

③ Ibid., p. 83.

第六节 李渔论"曲文与宾白"与德莱顿论"韵诗与散文"
——中英论戏剧语体比较

在戏剧语言的语体运用方面,中国古典戏曲有"曲文"与"宾白"这一对语体范畴,其中各自又细分为繁多的子范畴;英国或西方古典话剧的主要语体范畴分"韵文"与"散文",各自也有更具体的分支。中国古典戏曲历来是"曲"本位,以抒情性话语为主,而李渔是将"宾白"提升到与"曲文"相同地位并详尽阐述之第一人,从而增强了戏曲中的叙述性与戏剧性话语。[①] 此创新性可与其"结构第一"相媲美。由于英语古典语言文学传统特征,德莱顿总是以"韵诗"或"诗体"作为文学的最高表达形式,他甚至直接称戏剧为"诗"。与此同时,西方古典话剧的语体历来是"韵诗"体与"散文"体各领风骚,其中有大量的散文体对话与"素体诗"(blank verse)独白或对白;其最突出的话语特征是叙述性与对话性。因此,德莱顿所关注的并不是剧中"散文"体的对话,而是"韵诗"在剧作中的合理性与必要性。李渔提升戏曲中散文体宾白的地位;而德莱顿却坚持强化韵诗体在剧作中的主导地位。两者都对彼此的戏剧语言传统作了某种修正,但德莱顿的复杂性在于,他开始在"英雄剧"中实践并倡导用"偶韵"诗体创作剧本,而自从《一切为了爱》以后,他在实践上又放弃

---

① 参见何辉斌:《戏剧性戏剧与抒情性戏剧:中西戏剧比较研究》,中国社会科学出版社,2004年,第13—33页。

"偶韵"诗体而采取一种折中的办法，转向"素体诗"形式，并且在其剧论中对此进行了明确的辩解。

李渔之前明确专论"宾白"的曲论家只有王骥德。他在《曲律》中专辟一章简明地阐述了"宾白"在戏曲中的作用，为李渔的深入论述打下了基础。王骥德在《曲律·论宾白第三十四》中主要论述了宾白的种类与特性、宾白在戏曲中的难度与重要性、对其语言措词以及音调的标准，以及如何合理运用宾白等基本问题，但其论述只是梗概性的。例如，他指出："定场白稍露才华，然不可深晦……对口白须明白简质，用不得太文字……句字长短平仄，须调停得好，令情意宛转，音调铿锵，虽不是曲，却要美听。诸戏曲之工者，白未必佳，其难不下于曲。"他要求宾白要"洁净文雅，又不深晦……'行乎其所当行，止乎其所不得不止。'"我们从中已经可以看出李渔在《词曲部下·宾白第四》中所要论述的主要方面。王骥德的论述较中庸、平稳，李渔则更明快、决断。李渔用八款详细、系统地论述了戏曲宾白的特征，特别是对创作宾白的要求。其中本章的引言部分论述了宾白的特征与重要性，《声务铿锵》《文贵洁净》《词别繁减》对宾白的措词与音调的要求是王骥德《曲律》中所提到的，其他四款论宾白语言的得体性，另有《意取尖新》论宾白语言的创新，都是李渔的独到之处。在此章引言部分，李渔指出，宾白的作用"当与曲文等视，有最得意之曲文，即当有最得意之宾白，但使笔酣墨饱，其势自能相生……文与文自相触发……"曲文与宾白相辅相成的有机关系在此昭然若揭。宾白在叙述情节发展、揭示矛盾冲突方面最有临场性与清晰度，给人以外在的悬念与紧张，而曲文则更善于深入而微妙地描摹与抒发人物的情感与心理,给人以内心的震撼与启迪。事实上,中国戏曲之宾白从功能上可分为:定场白、对口白、旁白等;从语体上可分为:散文体、赋体、诗体、词体等。而曲体则因为其必须配乐的音乐性成为戏曲中独一无二的单独范畴,因此戏曲总的语体可以分为"曲"与"宾白"两大部分。然而,西方古典话剧中很少有配乐的歌曲,因此它并无"曲"与"白"之分。其功能可分为:开场白(prologue)、对白(dialogue)、独白(monologue)、下场白(epilogue)等;其语体可分为:散文体(prose)、素体诗(blank verse)、韵诗体(verse)等。与此同时,中外戏剧语体中在纯散文体与各种韵诗体之间都有一种中间文体:中方有赋体,西方有素体诗。虽然德莱顿写过两部歌剧(opera),《纯真状态》(*The Sate of Innocence*)与《亚瑟王》(*King Arthur*),其中必然是以韵体诗为歌词,但此类韵体诗并没有发展成熟到像"曲文"一样专门用于配乐与歌唱。因此,德莱顿所关注的只是韵体与无韵体在古典话剧中的合理性问题。虽然戏曲中的宾白种类复杂,李渔所关注的宾白种类主要是无韵体,即散文体的创作问题。李渔的"结构第一""立主脑""一线到底"等情节结构创作理念客观上要求强化宾白的叙事与对话功能。李渔在促使中国戏曲理论从"作曲"论到"作曲"论与"作剧"论兼顾的转变过程中,无论从理论阐述到戏曲创作实践都做出了范例。他在《词曲部上·结构第一·密针线》中声称,传奇之义理分为三项:"曲也,白也,穿插联络之关目也。元人所长止居其一,曲是也,白与关目皆其所短。"在《词曲部下·宾白第四》的引言中,李渔又指出:"自来作传奇者,止重填词,视宾白为末着,常有白雪阳春其调,而巴人下里其言者……元以填词擅长……在元人,则当时所重不在于此,是以轻之。"可见,李渔认识到了元杂剧的弱点,有意识地要在传奇剧中弥补这两项缺憾。他对中国戏曲理论的最大贡献也是对于结构与宾白的论述。其"十种曲"中每一部作品的关目无不潇洒灵动、巧夺天工。[①]此种关目的设计与发展在很大程度上是要靠大量宾白的叙事与推进。因此,李渔对于戏曲结构与宾白的论述相辅相成、互相促进。但与此同时,李渔在曲文方面的成就,甚至于整个传奇剧传统在曲文方面的成就在某种程度上要逊色于元杂剧在曲文语言表述方面所取得的辉煌。

如果以韵体诗与无韵体散文在戏剧语言中的作用与合法性作为比较的标准,德莱顿的立足点几乎与李渔背道而驰。他所倡导并创作的"英雄剧"的语言皆以"英雄偶韵体"诗为主导,相当于中国戏曲中的韵诗体"曲文"。而他的戏剧语言主张却遭到了同代文人的强烈反对,彼此对其合理性从戏剧的本质上、从哲学的层面,进行了长期、激烈的辩论。其中辩论的中心论据与逻辑主要散见于德莱顿的《论戏剧诗》《为论戏剧诗一辩》以及《论英雄剧》等剧论中,并没有形成详细、系统的论述。而在《奥伦-蔡比》(*Aureng-Zebe*, 1675)与《一切为了爱》的序言中,德莱顿宣称,最终放弃了坚持使用"英雄偶韵体"诗为主要戏剧语言形式,而转向自由度更大的"素体诗"的形式。而对于纯散文体的戏剧语言形式,德莱顿显然认为是戏剧语言的自然组成部分,因此并

[①] 具体分析可参见胡元翎:《李渔小说戏曲研究》,中华书局,2004年,第241—276页。

无专论。因此,相对于李渔对于散文体的宾白的详细评述,德莱顿在此方面实际上留下了空缺。

小　结

由于中英语言的巨大差异性,中英戏剧语言的可比性显然不能在具体的运用上,而是在更高层面上的语言的戏剧功能、效果、范畴等方面。本章选取李渔与德莱顿具有代表性的有关戏剧语言的论述,如通俗与清晰性、生动性、创新性、精炼性、音乐性、语体特征等方面,分析阐释了他们是如何按照本民族语言文化特征和参照传统戏剧审美标准,来评价各自戏剧中语言表达形式的优劣。李渔与德莱顿都重视大众对于戏剧的接受程度,因此他们各自从语言的口语性与规范性角度评价戏剧作品,这是针对中国古典戏曲语言高度文人化、书面化和英国古典话剧语言尚未精细、固化而做的纠正与改革。语言的生动性突出地表现在如何结合好灵动的思绪与巧妙的言辞的关系上。李渔以"意取尖新",德莱顿以"诗的破格"为标准阐释了达到语言创新的途径。通过"洁净"与"纯洁"化,戏剧语言得到了精炼。语言的音乐性都是中英戏剧所强调的,戏曲的"音律"服务于歌唱,英剧的"韵律"服务于说白。在曲文高度发达的情况下,李渔强化了宾白的重要性;在无韵诗与散文为主流的情况下,德莱顿提出了以韵诗到底的戏剧语言新概念。他们都以各自不同或相近的方式努力倡导并实践彼此相通的戏剧语言标准。

第三章
李渔与德莱顿戏剧人物论比较

引　言

在亚里士多德的戏剧六要素中,人物性格排在第二位。亚氏认为:"悲剧的目的不在于模仿人的品质,而在于模仿某个行动;剧中人物的品质是由他们的'性格'决定的,而他们的幸福与不幸,则取决于他们的行动。他们不是为了表现'性格'而行动,而是在行动的时候附带表现'性格'。"[①]这一西方古典戏剧理论传统同样影响了德莱顿对戏剧要素的论述。虽然德莱顿也同样将人物性格置于情节之后,但人物性格在戏剧中的作用是任何剧论家都不可回避的话题。德莱顿在多篇剧论中穿插了对戏剧人物诸多因素的评述。在中国古典戏曲理论中,虽然关注戏曲人物的剧论并不普遍,但还是出现了一些对戏曲人物性格的重要评述,如汤显祖的"主情论"、冯梦龙的"脚色主意论"、金圣叹的"人物中心论"等。李渔对于戏剧人物的评论散见于《闲情偶寄·词曲部》的多个章节中。事实上,戏剧的核心必然是对人物

[①] 亚里士多德、贺拉斯:《诗学　诗艺》,罗念生、杨周翰译,人民文学出版社,1984年,第21页。

的再现与刻画,一切情节都需要人通过行动与语言来表现,人物自然要贯穿戏剧的始终。李渔与德莱顿对于戏剧人物的评述也都穿插在评论戏剧要素的各个部分,并没有集中的论述,他们对于各个要素的阐释必然也说明戏剧人物的特性与命运。西方对于人性价值的自我认识,经过文艺复兴文化运动,已经发生了很大的变化。在16、17世纪,英国出现了以展现人物特点为中心的戏剧种类,如"性格喜剧"(comedy of humours)与"风俗喜剧"(comedy of manners)。到了18、19世纪,黑格尔对戏剧要素进行了重新界定:"戏剧的主要因素不是实际动作情节,而是揭示引起这种动作的内在精神……这种内在精神,就它在诗里作为诗而表现出来的来说,最好用诗的语言来表达,因为诗的语言是表达情感和思想的最富于精神性的工具。"[①] 显然,黑格尔对戏剧中的情节、人物精神、语言等要素进行了整合,勾勒出彼此更加有机、紧密的复杂关系。追溯李渔与德莱顿在彼此剧论中对戏剧人物的阐释,我们不难发现,他们在人物刻画的真实性、人物性格的复杂性以及人物关系方面都有不同程度的发现与分析。

---

① 黑格尔:《美学》(第三卷,下册),朱光潜译,商务印书馆,1997年,第256页。

第一节　李渔论"说何人肖何人"与德莱顿论"人物性格合理性"
——中英论戏剧人物真实性比较

无论是以西方古典话剧的模仿说为标准,还是以中国古典戏曲的代言说为根据,表现戏剧人物的真实性都是戏剧创作的基本要求。虽然中英对戏剧真实性内涵的要求与规范不尽相同,但其共同点都是要求戏剧人物的行动、语言与外表必须符合其相应的年龄、性别、职业、社会身份、情境等因素。与此同时,英国剧论一方面强调如何更自然地再现人物特征,同时还重视人物行为举止的内在理据;中国曲论则在戏曲传统程式化、虚拟化的基础上,注重人物表现形式的审美趣味与艺术性。李渔言说戏曲人物的真实性的关键词是"说何人肖何人";德莱顿则从"人物性格"的内在逻辑性的角度,论述人物再现的可信度。

首先是戏剧人物的典型化与个性化相对于人物类型化与单一化问题。

剧作家在剧本中主要是通过戏剧语言来刻画人物。剧中人物的词曲或宾白首先要符合人物的特性。因此,针对人物刻画的真实性,李渔首先通过《闲情偶寄·词曲部·词采·戒浮泛》与《闲情偶寄·词曲部·宾白·语求肖似》两款加以论述。在《戒浮泛》中,李渔道:

> 无论生为衣冠仕宦,旦为小姐夫人,出言吐词当有隽雅

春容之度；即使生为仆从，旦作梅香，亦须择言而发，不与净丑同声。以生旦有生旦之体，净丑有净丑之腔故也。……填词义理无穷，说何人肖何人，议某事切某事……以情乃一人之情，说张三要像张三，难通融于李四……《琵琶·赏月》四曲，同一月也，牛氏有牛氏之月，伯喈有伯喈之月。所言者月，所寓者心。牛氏所说之月，可移一句于伯喈？伯喈所说之月，可挪一字于牛氏乎？夫妻二人之语，犹不可挪移混用，况他人乎？

李渔在此论述了两个层次的人物的特征。首先，第一层次是按照戏曲程式化要求所规定的总的人物类型，即"生旦有生旦之体，净丑有净丑之腔"。在中国戏曲的创作与表演的发展进程中，"经过长期的艺术磨炼，性格相近的艺术形象及其表演程式、表现手法和技巧逐渐积累、汇集而形成行当"。戏曲人物形象的创作与表演，"既要求性格刻画的真实、鲜明，又要求从程式上提炼和规范"①。戏曲的角色行当对人物性格作出了总括的分类，首先使戏曲人物形成了生、旦、净、丑的类型化格局。但是戏曲创作与表演的高标准是要达到人物的典型化与个性化，千人一面的单一性人物性格既不能吸引人，更不能打动人。同属旦角的崔莺莺、杜丽娘、霍小玉，她们所呈现的秉性与精神世界显然不同；崔莺莺的矜持与才气、杜丽娘的痴情与执着、霍小玉的侠气义胆，都是她们个性的突出表现。同属于生角的张生、柳梦梅、李益也表现出不同的才气，经历了不同的命运。类型化的人

---

① 黄克保：《脚色行当》，张庚主编：《中国大百科全书·戏曲曲艺》，中国大百科全书出版社，1983年，第170页。

物范畴需要进一步丰富与细化,通过别具一格的生动的艺术形象,体现出某类人的某种本质特征。因此典型化与类型化的关系必须处理得恰到好处,才能创造出真正的戏剧艺术品。在人物类型化的第一层次的基础上,第二层次的典型化才真正体现出剧作家的独具匠心,李渔对此提出的要求是"说何人肖何人,议某事切某事"。要塑造生动、逼真的人物形象,戏曲作家需要调动他对人性、生活、社会等全方位的知识与经验的储备,并充分运用曲、白以及歌舞等综合手段,将人物活灵活现地再生于舞台或重现于读者的想象中。表现人物生动性与真实性的核心动力是人物的情感、欲望与意志,它们通过人物的言语与动作,传达给观众;对白与行动又反过来刺激或激励人物情感与意愿的变化,引起连锁反应,不断激化矛盾,最终以和解或毁灭解决矛盾冲突,从而结束整部戏剧。

人物的情感、欲望与意志体现在细微处,千差万别,因此,李渔强调"情乃一人之情",人物的性格、言语与动作一定不能雷同。李渔以《琵琶·赏月》为例,解说面对同样的月色,牛氏与伯喈所抒发的何等异样的情怀。夫妻两人的情态都不可能融合,更何况是表现剧中其他人物之间的矛盾关系。戏剧人物中最微妙、最变化多端的是其个人的情绪与情怀,剧作家依此生发出人物无限的情态与举止。黑格尔的刻画戏剧人物的理想模式可作为参照:"……这种真正的一般性综合了人物性格的具体性与思想和目的的客观性,所以真正的诗要把直接现实中具有特征和个性的东西提高到起净化作用的普遍性领域中去,而且特殊与一般这两方面互相和解(达到统一)。对于诗的语言,我们也觉得它既不能脱离现实生活及其真实的特征,又要提高到另一领域,即艺术的理想领域。"① 这种人物性格的个性与普遍性、特殊性与一般性的有机结合的辩证关系是生动、真实而深刻表现戏剧人物的有效方法。李渔虽然并没有如此理性地辨析矛盾的两个方面,但他已经通过事例具体地阐释了这两个方面的关系。

具体在创作或演出中如何落实戏剧人物的真实性,李渔在《宾白·语求肖似》中对此有以下论述:"言者,心之声也,欲代此一人立言,先宜代此一人立心。若非梦往神游,何谓设身处地? 无论立心端正者,我当设身处地,代生端正之想;即遇立心邪辟者,我亦当舍经从权,暂为邪辟之思。务使心曲隐微,随口唾出。说一人,肖一人,勿使雷同,弗使浮泛。"李渔在此明确提出"代人立言"这一戏剧的本质属性和"代人立心"这一剧本或是舞台人物塑造的基本方法。王骥德早在《曲律·论引子第三十一》中对"代人立言"这一戏剧本质特征就有涉略:"须以自己之肾肠,代他人之口吻……我设以身处其地,模写其似……"王氏在此直接论述的虽然是"引子"的创作方法与规则,但同样也适用于人物性格的塑造。李渔之后的王国维博古通今、学贯中西,将中国戏剧,即戏曲,界定为:以"代言体"②,"合言语、动作、歌曲,以演一故事"③。至此,"代言体"被确定为"中国之真戏曲"的重要本质特征之一。由此可见,李渔在中国戏曲创作观念与戏曲人物塑造的理念的发展进程中起到了承前启后的重要作用。李渔在此已经探究到剧本与人物创作心理的领域。剧作者要真实、生动地塑造戏剧人物形象,首先要洞察人物心里,无论所预

---

① 黑格尔:《美学》(第三卷,下册),朱光潜译,商务印书馆,1997年,第258页。
② 王国维:《宋元戏曲史疏证》,马美信疏证,复旦大学出版社,2004年,第122页。
③ 同上书,第57页。

设的人物性格与品质"端正"还是"邪辟",从里到外都必须"梦往神游"地发挥想象力,以"设身处地"的创作状态,达到"心曲隐微,随口唾出"的"本我"与"他者"有机融合的视阈。此视阈展现在舞台上就会与观众的视阈再次相融合,激活又一轮想象与情感的愉悦与陶冶。这又涉及创作心理与观剧心理间的错综复杂的互动关系。比较而言,李渔的这种创作理念更靠近前苏联戏剧理论家斯坦尼斯拉夫斯基(Konstantin Stanislavski, 1863—1938)的体验派演剧体系中要求创作者不是模仿形象而是"成为形象"的创作原理。而中国戏曲的固有特征更符合另一位同时代的前东德戏剧理论家布莱希特(Bertolt Brecht, 1898—1956)的表现派演剧体系中所要求的"间离效果"与"突破第四堵墙"的创作要求。布莱希特正是通过了解中国戏曲验证了其理论的有效性,并得到了进一步的启发。中国古典戏曲的创作与表演在某种程度上预示与应和了这两大戏剧表演体系的核心理念,形成了两者的某种综合。李渔在此款中还再次重申了他在《词曲部·词采·戒浮泛》中已经申明了的人物创作标准:"说一人,肖一人,勿使雷同,弗使浮泛"。在《宾白·词别繁减》中,李渔"手则握笔,口却登场,全以身代梨园,复以神魂四绕,考其关目,试其声音,好则直书,否则搁笔,此其所以观听咸宜也"。这体现出李渔重视戏曲演出的真实、生动效果。李渔的《宾白·字分南北》与《宾白·少用方言》说明了人物语言要同他们的社会身份、地理环境相协调,不能主观地单一化。《宾白·时防漏孔》强调人物的行为、动作以及语言都要符合人物的性格特征。人物塑造被观众或读者所感知与欣赏必然要通过人物的任何外在形式,首当其冲的是人物的言语。因此,李渔虽然并没有专论戏曲人物,但对人物塑造的评述可以说贯穿其剧论始终,特别体现在以上有关戏曲语言的几款中。相比较而言,德莱顿对戏剧人物的论述则更集中而深入。

如第一章所述,德莱顿将情节作为戏剧的结构基础,只有地基牢固,上面的一切建筑才能安稳。地基固然重要,但人们亲眼目睹或直接感觉到的是地上的部分。德莱顿在《论悲剧批评的基础》一文中,将这些"地上"部分按顺序排列为人物性格、思想以及语言表达。[①] 戏剧的主题只有通过情节、人物习性(manners)、性格(characters)和激情(passions)的综合,才能展现出来。要保证刻画戏剧人物性格真实性的重要条件是:"不要表现好人的性格就全好,也不能表现坏人就全坏。在诗剧中,刻画一个恶人只是因为他天生就恶,这是无缘无故地制造出一种结果;无正当理由而使人物恶贯满盈是制造一种超过其原因的结果。"[②] 德莱顿在此申明,要真实地刻画戏剧人物的性格,就必须充分地展现其因果关系。这种强调逻辑因果关系的理性思维方式,同当时法国理性主义时代的古典主义文学思潮相一致,同时也预示着18世纪英国理性时代的新古典主义文学思潮的到来。诗人只有依靠深厚的学识与广泛的阅历,才能形象生动地依照人物的特性、年龄、性别、气候以及其现状等,展现出纷繁多样的性格形成与故事发生的缘由。德莱顿对真实、有效地表现戏剧人物性格有以下要求:1. 每一个戏剧人物的举止必须明确,

---

[①] John Dryden. *John Dryden: Selected Criticism*. Ed. James Kinsley and George Parfitt. Oxford: Clarendon Press, 1970: 166.

[②] Ibid., p. 167.

其意向必须通过行动与话语表现出来。2.其举止与习惯必须符合人物特征,如年龄、性别地位等,因此,如果诗人赋予人物以国王的地位、行动与言辞,这一人物就必须表现出尊严、气度、专权,因为这些符合国王的一般习性。3.人物的相似性,即诗人所描写的人物必须与他所了解与听说的人物特征一致,比如描绘一个战场逃兵,说他就是大帝亚历山大,这就荒唐可笑了。4.最后一个特点是,人物特性必须一致。①

同李渔的戏剧人物论相对照,德莱顿对人物性格的阐述也分第一层面的类型化的范畴和第二层面的更具体、形象地表现人物特征的人物个性范畴。德莱顿对人物个性在戏剧中的作用也进行了细致的分析。他对个性的界定是,个性来自习性这一大的人物类型。在一部诗剧中,个性就是剧中人物间的区别性特征;人物必须个性鲜明,否则就会流于人物形象的单一化、形式化,而失去生动性与真实性。与此同时,个性又有其丰富的内涵,不能只包含一种美德、恶行或一种激情,它是各种并行不悖的品质的集合。例如:一个人物可以开明与勇敢,而不能既开明又贪婪;喜剧人物福斯塔夫的个性是集骗子、懦夫、贪婪者和小丑为一身,因为这些品质并行不悖。但每个人物必须显示某一种压倒其他品质的美德、恶行或激情,以突出人物的个性与形象。只有人物的个性充分鲜明、形象生动地展现在舞台上,观众才会感到人物的真实性,从而被人物角色所打动,达到通过引起怜悯与恐惧得到净化的效果。如果剧作家只专注于对惊险奇妙

---

① John Dryden. *John Dryden: Selected Criticism.* Ed. James Kinsley and George Parfitt. Oxford: Clarendon Press, 1970: 168.

的情节构筑,而忽略对人物个性的饱满与丰富的刻画,剧作就会缺乏目的性而陷入混乱。喜剧中过多的意外情节与悲剧中过量的情节急转都会流于此弊病。莎士比亚的多数人物个性鲜明,弗莱彻的则含糊不清,琼生的人物堪称个个鲜明。① 可见人物性格刻画的好坏决定整个人物塑造的真伪。德莱顿通过定义、分析、举例、对比,将戏剧人物个性的创造置于戏剧要素的多维关系之中,客观辩证地平衡了彼此在戏剧总体创作中的作用。

德莱顿论戏剧人物个性塑造的另一个原则是"法自然"("followed nature"),也就是人物性格的塑造要符合其相应的年龄、品质、国家、地位等人性与社会的本来特征。德莱顿还是举莎士比亚为楷模,在他所创造的无数人物中,《暴风雨》(The Tempest)中纯属人造怪物卡利班(Caliban)甚至都没有超越可信度的界限,它的一切戏剧表现都符合造就它的双亲的本质属性,而这些属性是被本文化圈的观众所普遍接受的。德莱顿感慨莎士比亚非凡的创造力与原创精神,是后人模仿的榜样;而模仿弗莱彻只是描摹一位描摹者。② "法自然"的原则同德莱顿同时代的法国古典主义剧论家布瓦洛(Nicolas Boileau-Despreaux,1636—1711)的观点相类似。布瓦洛在《诗的艺术》中针对戏剧人物写道:"你打算创造一个新的人物形象?/那么,你那人物要处处符合他自己,/从开始直到终场表现得始终如一。/作者常常不知不觉地太风流自赏,创造出来的英雄便个个都和他一样……/自然在人们身上原就十分适应而又多变。/每种感情都

---

① John Dryden. *John Dryden: Selected Criticism*. Ed. James Kinsley and George Parfitt. Oxford: Clarendon Press, 1970: 168-170.

② Ibid., p. 171.

说着一种不同的语言……"①布瓦洛认为,逼真即是自然,即是美。"逼真乃符合常理的艺术真实,'自然'乃审美对象的艺术真实。"②德莱顿的"自然"显然也是艺术的真实,而非自然主义之真实。

艺术上"自然"的反面是生编硬造、无中生有的"杜撰"。李渔在《词曲部·结构·戒荒唐》中,对此进行了强烈的抨击:"王道本乎人情,凡作传奇,只当求于耳目之前,不当索诸闻见之外。无论词曲,古今文字皆然。凡说人情物理者,千古相传;凡涉荒唐怪异者,当日即朽。"中国戏曲中的"自然"即要符合"人情物理"。刻画人物必须基于生活的现实基础,表现其品格与行为都要有耳闻目睹的根据,但这一基础与根据提供了创作的真实素材,想象力按照艺术真实将其重新组合成具有典型形象的人物。"世间奇事无多,常事为多;物理易尽,人情难尽。"个别的"人情""常事"是真实的,它们构成了戏剧创作丰富的源泉,也是人物塑造的根本,但创造完成了的人物所再现的是一种既有综合性又个性化的形象,而不是现实生活中真实个体的直接写照。这也反映了李渔"传奇无实,大半皆寓言耳"(《词曲部·审虚实》)的戏曲创作理念。李渔举例道:"欲劝人为孝,则举一孝子出名,但有一行可纪,则不必尽有其事,凡属孝亲所应有者,悉取而加之。"这虽然过于简单化,但可以看作戏曲刻画典型人物的一种观念。李渔还建议,戏曲中无论是选事还是选人,都要遵循对古代题材"实则实到底",对当代题材"虚则虚到底","虚实"不应混

---

① 伍蠡甫主编:《西方文论选》(上卷),上海译文出版社,1988年,第299页。
② 同上书,第289页。

用的原则。(《词曲部·审虚实》)此处对虚实关系的阐述过于绝对化,但不妨是一种稳妥的编剧方式;实际上,无论对于元代剧作家还是莎士比亚,在古今人物的刻画上,都时常突破这一界限,而赋予人物以更多的光彩、更深的寓意。

人物性格最生动的部分是由"情"而生发出来的喜怒哀乐。李渔与德莱顿对于人物角色之情的戏剧作用都十分重视。李渔强调"人情事理",德莱顿论说"合情合理"。德莱顿认为,激情自然属于人物个性的组成部分,其中包括愤怒、仇恨、爱慕、野心、嫉妒、报复等心理、情绪特征。"能自然地描述这些激情,艺术地推动这些激情,是赋予诗人最大的褒奖之一。"① 真实地刻画人物是"自然地"与"艺术地"的有机结合。要做到这些,诗人必须具有良好的理性判断,熟悉道德哲学的原则,否则,他将不能恰到好处地展现人物激情,不是过了就是少了,或是该展现时没做,不该展现时反倒做了。德莱顿特别强调戏剧创作艺术的重要性。无论是诗人还是演员,在他具有天赋的基础上,必须学会创作艺术,这样才可能掌握好戏剧表现的分寸。他引用朗吉努斯(Longinus,213?—273)来强调艺术的重要性:"如果艺术地运用激情,话语就热烈而崇高;否则,就没有再比不合时宜的强烈激情更荒唐了。"② 在此可以进一步看出英国前理性时期在戏剧领域的体现。德莱顿所论述的戏剧人物激情必须在艺术的"合理性"范围之内。戏剧家必须明察观众心里,循序渐进地调动观众的情绪,不然耗尽自己的精力也不能激起观众的热情。德莱

---

① John Dryden. *John Dryden: Selected Criticism*. Ed. James Kinsley and George Parfitt. Oxford: Clarendon Press, 1970: 171.

② Ibid., p. 172.

顿纠正前人对亚里士多德所谓诗人不是天才就是疯子这一论断的误解,他认为亚氏的原意应该是诗歌属于巧智之人,而不属于疯子。德莱顿警告说,缺乏理性判断,过于繁杂、热闹的情节与场面会弱化人物性格与话语,使人物形象趋同,此乃戏剧创作之大忌。如同前面所述,李渔同样认为"情乃一人之情",戏剧人物刻画必须突出个性,避免雷同。德莱顿认为,剧本中、舞台上,如果人物的激情表现得过于外露,满场打打杀杀、大喊大叫,争斗不休,人物个性就体现不出来,剧中的男男女女就都成了一种人,自然就不能真正从心灵上感动观众。他告诫道:"不能调和好想象力与理性判断之人就不要装模作样地写剧本。"[①]

中国传统文化中对"情"有"七情""六欲"的说法,即七情:喜、怒、哀、惧、爱、恶、欲(《礼记·孔运》);六欲:生、死、耳、目、口、鼻(《吕氏春秋·贵生》)。中外任何文学作品皆离不开描写、表现人的"七情""六欲",特别是侧重于人物内在心理特征的"七情",戏曲作品当然也不例外。李渔在《演习部·选剧·剂冷热》中,对戏曲表现人物情感的方式,表达了与德莱顿相同的观点:

> 予谓传奇无冷热,只怕不合人情。如其离合悲欢,皆为人情所必至,能使人哭,能使人笑,能使人怒发冲冠,能使人惊魂欲绝,即使鼓板不动,场上寂然,而观者叫绝之声,反能震天动地。是以人口代鼓乐,赞叹为战争,较之满场杀伐,钲鼓雷鸣,而人心不动,反欲掩耳避喧者为何如?

---

① John Dryden. *John Dryden: Selected Criticism*. Ed. James Kinsley and George Parfitt. Oxford: Clarendon Press, 1970: 173.

>岂非冷中之热,胜于热中之冷;俗中之雅,逊于雅中之俗乎哉?

李渔针对当时舞台上只热衷于"热闹"的弊端,竭力推荐"外貌似冷而中藏极热,文章极雅而情事近俗"的剧本用于演出。可见李渔十分关注剧本内涵的丰富性,而不只是看重热闹、娱乐性强的剧作。他的选剧与作词曲的标准是"合人情"之理。剧本与演出只有深入细致、生动具体地表现好世间的真情,才能真正地感动读者与观众的心灵。戏剧中的"热闹"作为一种场面的调剂、表现情节冲突的高潮、人物矛盾的激化等,必须运用得恰到好处,才能起到烘托人物、突出主题的戏剧效果,绝不能为"热闹"而"热闹"。中国戏曲中的全本经典剧目无不是以文戏为主,武戏为辅,"冷热"结合,注重人物个性的细腻刻画,给人们留下了深刻而隽永的人物形象和与之相随的对人性、人生、社会的万千感慨、思索与启迪,如《窦娥冤》中窦娥感天动地的冤案所展示的社会悲剧,《西厢记》中崔莺莺追求爱情与封建门第观念的冲突,《牡丹亭》中杜丽娘所表现的渴望爱情与受封建伦理压抑的矛盾,《长生殿》中唐明皇与杨贵妃个人缠绵悱恻的情感纠葛与帝国兴衰存亡之间的抉择,以及《桃花扇》中李香君与侯方域的爱情的悲欢离合所表现的国家兴亡之感,等等。李渔与德莱顿自己的剧作,虽然在人物刻画的深刻性、复杂性与丰富性上并没有达到经典戏剧人物的水准,但在具体人物形象的塑造上也各有特色。李渔的喜剧人物具有真实性与个性鲜明的特点;德莱顿的悲剧人物倾向于理想化与类型化。

第二节　李渔论"人情难尽"与德莱顿论"人物个性"
——中英论戏剧人物性格复杂与多样性比较

同刻画戏剧人物真实性密切相连的是对人物性格复杂性的认识。大千世界中可以大致分出几种类型的人,同时每个人的性情又千变万化。如何塑造出个性独特同时又能够充分代表某一类人的人物形象是对每一个优秀剧作家的挑战。认识不到人物性格的复杂性,就无从表现它,因而也就不能够刻画出丰富、生动的人物形象。李渔与德莱顿虽然对此并无详细、深入的专题论述,但两人在不同剧论中的字里行间从不同的角度都阐发了自己对此问题的认识。

李渔在其剧论伊始就阐明戏曲创作的复杂性:"填词之理变幻不常,言当如是,又有不当如是者。如填生旦之词,贵于庄雅;制净丑之曲,务带诙谐:此理之常也。乃忽遇风流放佚之生旦,反觉庄雅为非;作迂腐不情之净丑,转以诙谐为忌。诸如此类者,悉难胶柱。"(《词曲部·结构第一·引言》)古典戏曲既有对生、旦、净、末、丑等人物角色程式化的传承,又有对落实到某个具体人物个性的细致刻画。由于剧情中所表现的社会、人物关系与情感的微妙变化与多样性,每一个具体人物自然依照剧情的发展、语境的变化,展现出独特、鲜明的个性,可谓"一套程式,万千性格"①。反过来讲,正是由于人物性格本身的丰富性与多样性,才使得情节中的各种矛盾错综复杂,不断激化、升级,直到最终以大团圆的喜剧形式解决矛盾,或以毁灭或幻灭的悲剧形式结束。情节由人物与事件构成。某人做了一件意想不到的事情,或者某件令人惊异的事情发生在某人身上,而与此同时,这事件还富有普遍性意义,这就构成了戏剧性的情节。可见,人物不可避免地、自始至终地成为戏剧的中心。戏剧人物的复杂性来自于其内在的禀性与情思与外在的环境与压力的互动与升华,最终构成王国维所谓的艺术的"意境"。"意境"之美在于其复杂性、含蓄性、丰富性,情景交融、情境交融。所有这一切当然得自于剧作家对人生的阅历与感悟,更得自于如李渔所谓"想入云霄","神魂飞跃,如在梦中,不至终篇,不能返魄收魂"(《词曲部·结构第一·引言》)的神奇艺术想象力的作用。此艺术之"第二自然"使得人物性格更加复杂也更富有戏剧性。李渔以辩证、发展变化的态度,论述了填词之理与刻画人物之理,此理确实"悉难胶柱"。

李渔还从人物的情感与情态方面论述了人物性格之复杂,同时也揭示出塑造生动、鲜明的戏剧人物可能性的广阔前景。他说:"物理易尽,人情难尽……即前人已见之事,尽有摹写未尽之情,描画不全之态。"(《词曲部·结构第一·戒荒唐》)人物的丰富情感与复杂性格会导致无数的新鲜事件可供描述,同时在现已发生的、已经被描绘的事件中,由于作者不同的禀性与才能,所利用的角度不同,也还潜藏着大量等待发掘的人物之情态。

---

① 胡元翎:《李渔小说戏曲研究》,中华书局,2004年,第196页。

从中国传统文化的宇宙观与人文观来看,万物是由气、道、阴阳、五行、八卦等基本概念构成。依据阴阳刚柔的基本品性,古人将人物性格按类型分类。刘邵在《人物志》中对人物类型的分类有12种:强毅、柔顺、雄悍、惧慎、凌楷、辩博、弘普、狷介、休动、沉静、朴露、韬谲。其中阳刚类为:强、雄、凌、弘、动、露。阴柔类为:柔、慎、博、狷、静、谲。① 可见,人物性格的基本类型就已经达到12种,各种之间在一定条件下可以融合,每一种又都可以延伸、扩展,共同形成具体人物的个性。这样的交叉、组合与延展、扩充,形成不同的排列与模式,构成丰富多彩、生动鲜明的人物个性。李渔本人剧作中的生旦人物形象就富有鲜明、独特的个性,如《奈何天》中丑角阙里侯的拙朴与善良,《比目鱼》中谭楚玉的忠诚与痴情,《慎鸾交》中华秀的沉稳与真挚;《玉搔头》中刘倩倩的刚烈与忠贞,《意中缘》中杨云友与林天素的侠肠义胆,《凰求凤》中三女子在婚姻上所表现出来的独立自主、坚忍不拔的精神。可见,性格特征中的阳刚与阴柔之间也可以有转化与融合,塑造出颇具创意的人物形象。

无独有偶,德莱顿在评价莎士比亚的剧作风格时也使用了阳刚与阴柔的概念与标准。他以阴阳为主线,比较评价了莎士比亚与其他剧作家的性格特点,以及他们的剧作所体现的人物情感与性格特征。他认为,相对于法国戏剧,以莎士比亚为首的英国戏剧更富于阳刚之气(masculine fancy)。② 莎士比亚善于刻画阳刚之情(manly passions),而弗莱彻更阴柔,专注于描述

---

① 转引自张法:《中西美学与文化精神》,北京大学出版社,1994年,第201页。
② John Dryden. *John Dryden: Selected Criticism*. Ed. James Kinsley and George Parfitt. Oxford: Clarendon Press, 1970: 56.

男女之情。莎氏写友情,同时在描写爱情上也是弗莱彻之师;弗莱彻具有温柔之心,莎氏有更仁慈的心胸。德莱顿相信,友情既是美德又是激情;而爱情本质上只是激情,偶尔可变成美德。优良的品性结成友情,娇柔的禀性促成爱情。莎氏具有博大的胸怀,他的作品包容所有人物的个性和激情;而弗莱彻则颇多局限于狭隘,他虽描写爱情尽善尽美,但对于荣誉、雄心、复仇等所有更强烈的阳刚性质的情感无所涉及或不善描绘。"总而言之,他只是莎士比亚的一只胳膊(a limb of Shakespeare)。"[①] 德莱顿以阳刚为博大、宽广、崇高之性格特征,对其赋予了更多的褒奖内涵;阴柔也不可或缺,但终究归于纤细、狭窄,而处于从属地位。

英国古典戏剧中有关人物刻画的另一组重要观念是德莱顿对于人物性格(humours)的分析,其具体形象早期主要体现在本·琼生所谓的"性格剧"中,而此类剧中对于人物性格的刻画的理论基础,来源于古希腊对于决定人物生理、心理以及伦理特征的称之为"humours"的"四种体液"(4 chief liquids of the human body known as humours)的观念。这四种体液包括:血液(blood),如同潮热之气,体现为勇敢、亢奋;黄胆液(yellow bile),如同干热之火,体现为暴烈、易怒;黏液(phlegm),如同冷湿之水,体现为冷漠、淡泊;黑胆液(black bile),如同干冷之土,忧郁、愁闷。其中哪一种体液占据主导,或者这四种体液中有任何不平衡的状况,都将导致个人性格上的极端特征。因此,在英国伊丽莎白时代,"humour"一词就用来表达人物的"性情""情

---

① John Dryden. *John Dryden: Selected Criticism*. Ed. James Kinsley and George Parfitt. Oxford: Clarendon Press, 1970: 177.

绪"或者"特别的性格"。直到17世纪初,人们还常用该词对人物进行分类。而"humour"一词的现今含义"幽默"晚至18世纪初才出现。① 显然,德莱顿在剧论中反复所谈的"humour(s)"属于前者。同中国传统人物性格类型相似,西方的"四种体液"代表了人物性格的总体类型,每一项都可以演变、扩展,各项之间也同样会交叉、融合、变化,形成丰富多彩的具体人物性格,通过剧作家的艺术想象,人物个性会变得愈加复杂莫测。

德莱顿所论的人物特性体现在对"humour(s)"的阐发。他最早在《论戏剧诗》中通过尼安德论及戏剧人物性格的塑造。人物性格主要通过语言来表现,正像本书第二章中论述戏剧语言的生动性时所引德莱顿的比较评述:法国剧诗中的人物不如英国剧诗人物那般灵动,因为法国剧诗缺乏诗的灵魂,而诗魂正是对戏剧人物性格与情感(humour and passions)的生动、巧妙的模仿。② 德莱顿责难法国戏剧缺乏对人物性格丰富、细致的刻画,就连法国头号戏剧大师高乃依的多数剧作也不例外,虽然其戏剧结构与设计严谨精巧、匠心独具。自从法国红衣主教黎塞留(Cardinal Richelieu,1585—1642)故去之后,莫里哀(Molière,1622—1673)等人才有机会进行戏剧改革,写出了类似于英国悲喜剧的作品,使人物更具活力。而在德莱顿时代,法国新剧中的人物性格却仍趋于单一化、简单化。德莱顿的尼安德不为夸张地声称,法国新剧中所刻画的全部人物性格总和还不如本·琼生

---

① William Flint Thrall and Addison Hibbard. *A handkook to Literature*. New York: The Odyssey Press, 1960: 230.

② John Dryden. *John Dryden: Selected Criticism*. Ed. James Kinsley and George Parfitt. Oxford: Clarendon Press, 1970: 48.

某一部剧本中的人物性格丰富而多样化。① 德莱顿对本·琼生的推崇仅次于莎士比亚,可见他对戏剧人物性格多样化的重视。德莱顿推举本·琼生为刻画人物性格的典范。而在琼生所塑造的人物形象中,最逗观众喜爱的是在舞台上再现那种"刻板之人"(mechanic people)。② 德莱顿以琼生的《沉默女人》为样板,对如何刻画人物性格特征进行了深入的分析。在此一部剧中,琼生就塑造出九到十个形形色色的性格与特性,而且每一个性格都很有愉悦性。每个人都有自己所关心之事,但同时又完全服务于主要情节设计。德莱顿在此比较了其中的一个人物默劳斯(Morose,意为性情古怪、刻板)与莎士比亚的喜剧人物福斯塔夫(Falstaff)。默劳斯老头的最大特点是,除了他自己的说话声之外,其余声音他都烦。福斯塔夫的特性是:又老又胖、既乐天又胆小、醉醺醺、色迷迷、虚荣、撒谎。有些评论家贬抑默劳斯的形象刻画,说他太特别,不具有普遍性,因而就不自然真实;而福斯塔夫的形象更具普遍意义,因而真实可信。德莱顿辩析道:首先,默劳斯的人物特性原形来自琼生的一个熟人;其次,人物特性(humour)是指通过人物极度夸张的对话所表现出来的不同于任何其他人的性格特征,因此从具体形象上来说也就不可能具有普遍性。相比较而言,福斯塔夫集人物性格中的多种特性为一体,因此更具有普遍性,而他自己的突出特性是言语上的

---

① John Dryden. *John Dryden: Selected Criticism*. Ed. James Kinsley and George Parfitt. Oxford: Clarendon Press, 1970: 49.

② Ibid., p. 58.

巧智。① 从以上可见戏剧人物性格刻画的复杂性与多样性。实际上,这是戏剧人物性格塑造的不同层面与不同角度的问题,是剧作家在创作过程中专攻不同的结果。琼生善于在一部剧中创造众多人物,每一个人物突出表现单一的特性,而各种人物合在一起仍能展现出丰富、多样的人物性格;而莎士比亚则既能综合多人的个性为一体,又能突出某单个人物的特性。在对《沉默女人》的剖析中,德莱顿专门论述了"人物特性"(humour)这一概念的来龙去脉。他认为,古希腊、罗马的"旧喜剧"完全缺乏对人物整体特性的刻画,而只是演示人物某些古怪、奇特之处,博得观众一笑。古人的"新喜剧"确实试图再现人物的禀性与情绪,但只是流于类型化的模仿,不免太多雷同。② 李渔同样要求人物刻画要"说一人,肖一人,勿使雷同"。两者可谓英雄所见略同。法国人虽然有同"humour"对应的单词"humeur",但在人物刻画中并没有发挥其内涵,而只是模仿其滑稽相。德莱顿在此对"humour"做了英国式的界定:"'humour'指某一个人特有的某种极端的习性、激情或性情,此迥异特性当即使他与众不同;对这种人物特性生动而自然的再现往往使观众得到某种恶意的快感,这有他们的放声大笑为证,因为来自于习惯之事最易于使人发笑,而此类发笑只具有偶然性,因为再现之人正好古怪、奇特。愉悦感是刻画人物特性之根本,但要求模仿要自然。这些人物特性的描绘来自于对个别人的观察与了解,这是本·琼生独

---

① John Dryden. *John Dryden: Selected Criticism*. Ed. James Kinsley and George Parfitt. Oxford: Clarendon Press, 1970: 60.

② Ibid., p. 60.

到的才能与天赋。"① 在论述人物性格时,德莱顿使用了三个不同层面的主要术语:"manners"的意思最宽泛,指促使人的行为举止的习惯性,即习性;"characters"的意思居中,指较典型人物的性格;"humours"的意思较窄,如上所述,指一个人区别于其他人的特别性格,即特性。剧作家通过这三个层面的某一层面,或者彼此的交叉与逾越,表现出戏剧人物性格与形象的多样化与复杂性。

第三节 李渔论"贯串只一人"与德莱顿论"中心人物"
——中英论戏剧人物关系比较

戏剧人物之间的关系决定着整个戏剧结构的安排和情节的发展。这一特点在中外剧论中皆然。本书第一章有关戏剧结构论的比较对此已有所涉略。其中,李渔在《结构第一》与《格局第六》有关戏曲结构的两章中都提及戏曲人物关系问题。德莱顿也是在阐述戏剧结构情节时,论及戏剧人物关系的合理安排,主要体现在《论戏剧诗》与《论讽刺》两篇文论中。比较而言,德莱顿的论述更集中和深入。

李渔的"一人一事"之"主脑"观,明确表示了他对于戏曲人物主次分别的重要性。他认为:"一本戏中,有无数人名,究竟俱

---

① John Dryden. *John Dryden: Selected Criticism*. Ed. James Kinsley and George Parfitt. Oxford: Clarendon Press, 1970: 60-61.

属陪宾,原其初心,止为一人而设……后人做传奇,但知为一人而作,不知为一事而作。"但实际情况却相当复杂。此"初心"与"一人"在创作过程中以及完成后在观众或读者心目中多有变数,有时与某些剧本中其他人物之间呈现出难分伯仲的局面。就拿李渔所举的剧本例子为例,他认为《琵琶记》中的"一人"是蔡伯喈,《西厢记》中的是张君瑞。蔡伯喈与张君瑞在各自的情境中与其他众多角色相比自然是头号主人公,但各自与赵五娘与崔莺莺相比,则很难确定剧作者"初心"中谁为头号主人公。各自作者对两对人物显然都倾注了大量的情感与心血的投入,使各自两人的性格与命运难解难分、相得益彰。读者会依自己的兴趣与背景以及当时的审美标准从中读出自己最喜爱的人物为主要人物;观众则通过演员的"二度创作"来选取表演最精彩的角色为主角。从以上两个剧本来看,赵五娘与崔莺莺的人物形象刻画反倒更细腻、生动而具有个性化,更感人至深、令人回味。金圣叹的看法即与李渔相悖:"《西厢记》只写得三个人:一个是双文,一个是张生,一个是红娘。其余如夫人,如法本,如白马将军,如欢郎,如法聪,如孙飞虎,如琴童,如店小二,他俱不曾着一笔半笔写,俱是写三个人时,所忽然应用之家伙耳。……若更仔细算时,《西厢记》亦止为写得一个人。一个人者,双文是也。"① 金圣叹对于该剧人物关系的层次与位置的评析可谓精当。而金圣叹的"读法"与李渔的"观法"的差异来自于他们各自的审美情趣以及欣赏该剧的方式。李渔称金圣叹所评"乃文人

---

① 金圣叹:《读第六才子书〈西厢记〉法》,陈多、叶长海选注:《中国历代剧论选注》,湖南人民出版社,1987年,第276页。

把玩之《西厢》",那么他自己的评论可称为"尤人搬弄之《西厢》。"(《词曲部·格局·填词余论》)

李渔认为古代传奇剧《荆钗记》《刘知远》《拜月亭》《杀狗记》之所以成为经典,其中一个重要原因是,这些剧"止为一线到底,并无旁见侧出之情。……以其始终无二事,贯串只一人也"。(《词曲部·结构·减头绪》)李渔突出戏曲中心人物的观点是与他的"结构第一"观点相辅相成的,有利于增强戏剧性和丰富人物个性的刻画。除此之外,戏曲中心人物与其他人物关系的安排也左右着戏曲情节的发展。李渔的"虚则虚到底""实则实到底"的观点又从选取古今人物作为题材的角度,来审度各自人物关系的匹配,古今人物不允许错位在同一部剧中,否则乃"词家之丑态也",从"模仿"现实的标准来看,则失去了根基,而纯粹成为只为了取乐的闹剧或荒诞剧了。但从剧本格局角度,李渔又将戏曲的"一部之主"定位生旦以及他们的父母,并规定他们"不得出四五折之后",然后出来的是净丑角色,十出以后出来的则皆是无关紧要的陪衬人物了。戏曲中人物的出场次序也都已经程序化,从中我们可以确定他们的重要性与彼此的关系。但实际上,在许多古典曲目中,如前所述,我们很难明确地区分生旦哪一位占主导地位。这首先是因为在现实生活中,男女间由于内在与外在原因产生的矛盾纠葛使得他们互相依存,难分主次;其次,古典戏曲多为双线甚至多线情节结构,而其中每一个角色在不同的场次中各自是绝对的主角,先以平行,后以交叉的方式推动整部戏曲的发展。但总的来讲,古典戏曲中流传至今最具光彩的主导人物往往都是旦角,如窦娥、赵五娘、崔莺莺、杜丽娘、霍小玉等等。而在西欧以及英国悲剧中,起主导作用的角色必定是男主人公,女性人物做配角。与此相对照,在西欧的喜剧中,我们则更难分出哪位是占主导性的角色,诚如尼柯尔所论:"任何种类的喜剧通常总是有赖于人物之间的相互作用;而在相互作用中,没有一个人物可以比别的人物重要到可以成为一个独立的主要角色的。……大部分喜剧之不同于悲剧的地方乃是在于,喜剧往往是无主人公的、是现实主义的……"①

德莱顿对戏剧人物关系的分析较李渔更深入。《论戏剧诗》中的四位辩论者,除了尤金尼厄斯之外,其他三位对此都有评述。首先,克赖茨赞誉法国人在遵守"三一律"方面可与古人媲美,他们通过人物之间的密切关系,将每一场紧密地连接在一起。法国舞台上从来不空场,每一位后上台的人物都必然与已经在台上的人物密切相关,所有剧中人都彼此认识,彼此都有一定的关系。②利西迪厄斯通过贬抑英国戏剧人物关系的松散,从反面印证了克赖茨有关法国戏剧对人物间的关系安排得更密切、严谨的论断。他指出,在英国当代戏剧中,每部剧在演出过程中有一半的人物彼此不相识,演员各自扮演自己的角色,而只是到了最后一幕又都聚在一起。他认为,英国的悲喜剧尤为不合情理,简直就是"犯了疯病"(fits of Bedlam),喜、怒、哀、乐毫无定性,是正剧与闹剧的大杂烩;英国的舞台尚残留未开化的原

---

① 阿·尼柯尔:《西欧戏剧理论》,徐士瑚译,中国戏剧出版社,1985年,第181—182、224页。

② John Dryden. *John Dryden: Selected Criticism.* Ed. James Kinsley and George Parfitt. Oxford: Clarendon Press, 1970: 28.

有习性。① 而法国戏剧的情节单一性、行动整一性正好限制了人物的数量,因而也便于避免人物关系发展的松散与拖沓。继而他又以驳斥其同胞中的一位评论家贬低法国剧本人物单一为契机,大肆夸奖法国戏剧人物安排的严谨与巧妙。该评论家的诘难是:法国剧一般只有一个主人公,一切安排与关注都在这一人身上,其他人只是依附于他,起衬托的作用。而利西迪厄斯的观点则是:古今中外,经典剧作都是以突出戏剧中心人物为优点,因此此人必须是行动的最大承担者;这在现实事物中也是如此,只要有人群之处,就有领头人,承担最大的风险,享有最高的荣誉。另一方面,突出中心人物并非意味着忽略次要人物,每个人物都在剧中扮演自己的角色,共同为戏剧的主要情节服务。古代戏剧中唯一与剧本情节无关的人物是开场人(protatic person)②,相当于明清传奇剧第一出开场中的"副末",而法国戏剧将此人物也设计成与该剧主要情节相关联。可见法国剧作家在戏剧设计安排方面精益求精的风格。李渔在《格局》一章论述了人物上场先后与人物角色重要性的关系;德莱顿借利西迪厄斯之口强调了人物上场、下场必须与在场人物密切相关的重要性。③ 德莱顿的"代言人"尼安德则更欣赏一部剧中有"更多的光彩人物"(more shining characters)。他认为,戏剧人物越多,情节也就越多样化,也就更激动人心,但前提是结构安排必须有条不紊,整体美感保留完好,情节的多样化不能流于令人费解的偶

---

① John Dryden. *John Dryden: Selected Criticism*. Ed. James Kinsley and George Parfitt. Oxford: Clarendon Press, 1970: 40-41.

② Ibid., p. 44.

③ Ibid., p. 47.

然事件的混杂体。① 戏剧是综合性的艺术,其中包括多种成分与要素,以及对于它们之间关系安排的技艺,无论是单一情节与单一主人公还是复合情节与多元化主人公都可以产生经典之作,这要看剧作家的才气、阅历与对人生的领悟,法、英古典剧作的实践即说明了此道理。就此问题,德莱顿通过其剧论中人物的辩论也表现出某种不确定性。当代的戏剧理论家对此已有新的综述。英国著名戏剧理论家阿·尼柯尔(Allardyce Nicoll,1894—1976)在《西欧戏剧理论》一书中就系统论述了戏剧在西欧戏剧发展过程中所呈现的五彩缤纷的形态,其中就包括古典戏剧主人公从单一到多样化,直到现当代无主人公的戏剧,它们都可以成为经典作品。②

第四节 李渔改编《琵琶记·寻夫》《明珠记·煎茶》以及《南西厢》与德莱顿重写《安东尼与克莉奥佩特拉》《暴风雨》以及《特洛伊罗斯与克瑞西达》——李渔与德莱顿改编与重写旧剧对塑造人物形象的影响比较

戏剧的故事情节揭示人物性格,戏剧人物性格又铺陈故事

---

① John Dryden. *John Dryden: Selected Criticism*. Ed. James Kinsley and George Parfitt. Oxford: Clarendon Press, 1970: 52.
② 阿·尼柯尔:《西欧戏剧理论》,徐士瑚译,中国戏剧出版社,1985年,第二章、第四节。

情节的发展,两者相辅相成,共同表达或者暗示某种思想、信念或者真谛,即主题。剧作家的创作离不开对这三要素的酝酿与构思,而且很难分清彼此的先后与主次。无独有偶,李渔与德莱顿都对前人的经典剧目进行了改写或重写,其中的变化必然也涉及以上三要素。李渔一共改编了前人6部旧剧,重写2部:改编了高明(1306?—1359)的《琵琶记·寻夫》、陆采(1497—1537)的《明珠记·煎茶》、李日华改编的《南西厢》的许多出、高濂(1527?—1603?)的《玉簪记》、施惠的《幽闺记》、朱素臣的《秦月楼》。除此之外,李渔的《蜃中楼》依元代尚仲贤的《柳毅传书》和李好古的《张生煮海》重写而成,《比目鱼》借鉴了元代柯丹丘的《荆钗记》而重新创作。① 德莱顿重写了莎士比亚的《安东尼与克莉奥佩特拉》(Antony and Cleopatra)、《暴风雨》(The Tempest)以及《特洛伊罗斯与克瑞西达》(Troilus and Cressida)。李渔与德莱顿改编或重写经典剧目的目的其中有三点是相同的:其一,改其语言风格以适应当时观众的欣赏趣味与接受能力;其二,改其情节、人物、主题以符合当时观众的审美情趣、道德标准;其三,改其疏漏之处以符合规范与情理。其中任何改动都直接影响戏剧人物形象的内涵与其在剧中所处的地位。

李渔在《演习部·变调》中专门论述了改变剧本的原则与方法,包括《缩长为短》和《变旧成新》。"缩长为短"相对比较简单,主要是依照观众的观剧兴趣、精力与时间,采取适当的"减省""增益"之法,甚至可以"一席两本","一举两得",以满足不同观

---

① 参见烙兵:《李渔的通俗文学理论与创作研究》,经济管理出版社,2004年,第248—256页。

众的需求,同时又能保持剧本之精华。"变旧成新"就要复杂得多,其中包括改变者相当多的创意,特别是新的内容如何与旧内容自然衔接的关键问题。李渔巧妙地将"旧剧"比喻成"古董","古董之可爱者,以其体质愈陈愈古,色相愈变愈奇"。古董为宝,"非宝其本质如常,宝其能新而善变也"。李渔的戏曲改编原则是"仍其体质,变其丰姿";其中体质即"曲文与大段关目",丰姿即"科诨与细微说白"。通过改变其科诨与说白可以使旧剧入今日之"世情三味","虽观旧剧,如阅新篇"。另一个改编的方法是补改旧本传奇的"缺略不全之事,刺谬难解之情"。李渔对《琵琶记·寻夫》与《明珠记·煎茶》的改编即属此例。在《琵琶记·寻夫》改本中,李渔首先更改了原剧中少妇赵五娘独自一人千里寻夫这一不符合当时人物身份与道德操守的疏漏,而是借剧中原有的义士张大公的仆人这一次要人物,增加此仆人送赵五娘入京寻夫的情节,随之加入相关联的对白与科诨,更突出了赵五娘忠孝、守节的性格特征。其次,李渔大胆地为赵五娘加入了一整套北曲,以便她在寻夫的路上弹唱,权充盘费。而这套北曲恰好符合赵五娘的身世与境遇,可谓如泣如诉、情真意切、感人至深,给人以一种悲怆的气氛。李渔还加入了许多科介提示,使赵五娘具有更多的动作性,人物形象比原剧更具体、生动。对《明珠记·煎茶》的改编同样是借用原剧已有的次要人物王解元之妾、无双幼年随婢采苹,作为为宫女煎茶之人,伺机与无双小姐联系。原剧用塞鸿一男子为宫女煎茶显然既不符合宫廷的规矩,也不符合百姓的情理。同样,这一变更也改变了此出中主要人物的说白与科诨,使人物形象更加鲜明、逼真、合情合理。李渔在《演习部·变调·变旧成新》中还提及对《南西厢》中《游殿》《问斋》《跃墙》《惊梦》的科诨,以及《玉簪·偷词》《幽闺·旅婚》的宾白同样作了大幅度的改编,得到了词曲作者们的赞许。由于该改本无流传,所以具体区别不得而知,但可想而知,对于其中宾白与科诨的改编必然也会丰富人物形象,增强他们的戏剧效果。

李渔改编剧本直接着眼于其"登场"效果,而德莱顿则主要以戏剧的文学性与规范性为目的,完全重写了整部原有的英国戏剧经典剧本。德莱顿自己最钟爱的剧作《一切为了爱》即以莎士比亚的《安东尼与克莉奥佩特拉》为原形而重新创作完成。《一切为了爱》保留了莎氏原剧中几乎所有重要情节,但其语言、情节的细节、人物性格、表现方式以及主题倾向,则都完全是德莱顿的创造。莎剧《安东尼与克莉奥佩特拉》与"三一律"无缘。其地点从埃及的亚历山大里亚到意大利罗马、墨西拿、密西嫩、叙利亚平原、希腊雅典等等不一而论,甚至在每一幕中都要变换几个相距遥远的地点,真可谓随诗人的想象任意驰骋,时间自然也就没什么限制。其中主要人物的行动也变化多端。而德莱顿的《一切为了爱》则是从相当于原剧中间的第三幕第七场开始,即安东尼与恺撒决战之时,戏剧行动发生地点始终局限于埃及的伊西斯神庙,在整部剧中保持未变,因而时间也自然约束到最小限度。主要人物的行动得到了集中与统一。德莱顿在该剧的"序言"中自豪地声称:该剧符合三一律的标准,其严格程度超过了英国戏剧界的标准,其行动整一性尤为突出,没有次要情节,其中的每一场都做到了为主要情节服务。[①]那么德莱顿保留莎

---

① John Dryden. *John Dryden: Selected Criticism.* Ed. James Kinsley and George Parfitt. Oxford: Clarendon Press, 1970: 150.

氏原剧故事细节的方式必然是靠所保留的主要人物通过口头叙述与转述来完成，而不是直接演出来。这种长篇叙述在剧中显得非常沉闷、单调；它丧失了莎剧中虽由于变换太多而显得不免有些零碎，但仍非常紧张、生动的气氛。但德莱顿的长处在于，通过此结构调整，所有戏剧中心都集中到安东尼、克莉奥佩特拉与奥克泰维娅三者身上，而莎剧中的众多人物如恺撒、庞贝等皆隐到了幕后。德莱顿将几乎所有细节都加在了这三个人物身上，因此突显了剧中的主要人物，特别是提升了奥克泰维娅这一形象，而该形象在莎剧中则微乎其微。德莱顿特别编出奥克泰维娅携她与安东尼的两个孩子"千里寻夫"的极富戏剧性的场景，让奥克泰维娅使出浑身解数，与克莉奥佩特拉面对面争执，劝安东尼回心转意。这些都是莎剧中所没有的。同时德莱顿对有关克莉奥佩特拉的性格刻画也与莎剧有所不同。德莱顿的克莉奥佩特拉的性格中没有莎氏的克莉奥佩特拉性格中的狡诈、放荡、狂傲，而表现出痴情、固执、懦弱的特征。德莱顿将许多激化矛盾、导致悲剧的细节都归咎于双方的仆人与侍从，这显然是不现实的，但却达到了烘托"爱情至上"这一主题，或者告诫世人引以为戒的目的。莎士比亚所展现的画面比德莱顿要宽广、复杂、现实得多，而德莱顿则更侧重于对个人感情的理想化、浪漫式的描述。德莱顿在该剧中的结构与语言上比莎剧更精致、典雅、规范，但无莎氏的磅礴大气。德莱顿与大名鼎鼎的戴夫南特爵士合作对《暴风雨》的改写，主要是增加了一个米兰达的妹妹，又给她妹妹配上一个情人。为了与从未见过青年男子的米兰达相呼应，米兰达妹妹的这个情人也从来未见过女人。同时，德莱顿还为卡利班加了一个叫西克拉克斯的妹妹，又给爱丽儿配了一个名叫米尔查的精灵作新娘。这样一来,该剧就变成了人物众多、次要情节与主要情节平行、重复,形成恰与对《安东尼与克莉奥佩特拉》重写相反的策略与结果。其效果自然是热闹非凡,但也不可避免地流于一场滑稽闹剧。《特洛伊罗斯与克瑞西达》是莎士比亚的早期"习作",德莱顿自然有更好的改写理由。他在该剧的"序言"中声称:莎氏在开始对人物塑造充满激情,但很快就冷下来,将他们弃置一边。剧名中的两个主要人物并没有像悲剧中的人物一样最终消亡,背信弃义者也没有得到应有的惩罚。原剧甚至连幕都未分,在结构上也是漏洞百出。但他毕竟是莎氏的作品,其中有其闪光的思想。① 因此,德莱顿做了一番去粗取精、去伪存真的工作。他加减了许多场,以使结构尽可能连贯,去除了不必要的人物,丰富与突出了主要人物,同时更新了其语言,使其更典雅,同时也更靠近德莱顿自己时代的英语。

李渔与德莱顿对经典剧本的改写或重写,其目的、方法与效果虽然有诸多差异,但其理据都是依照当时观众或读者以及他们自己所坚持的审美与道德标准,可以理解为,他们努力做到"与时俱进"。如以上所述,改写后的一个突出变化就是通过结构细节的增减、调整,影响人物性格与形象,继而改变或影响全剧的演出效果和主题倾向。

---

① John Dryden. *John Dryden: Selected Criticism*. Ed. James Kinsley and George Parfitt. Oxford: Clarendon Press, 1970: 160.

小　结

　　对于戏剧人物的塑造与评述,在19到20世纪的现实主义剧论中得到了充分的发挥。英国戏剧早在莎士比亚时代就注重人物个性的刻画,德莱顿继承了这一传统,展示、分析了这一英国戏剧优势。侧重与主观抒情、写意的中国戏曲并没有特别强调戏曲人物性格的独特作用,在李渔的剧论中也没有独立的章节论述该问题,但对于人物类型的程式化与人物个性的独到之处同样穿插在各章节中。戏剧人物的真实性是他们所共同要求的。两人都强调人物刻画中个性与共性的有机结合,人物性格必须合情合理,而避免人物形象趋于类型化和单一化。表现戏剧人物性格的复杂性与多样性极大地丰富了人物形象的内涵,李渔与德莱顿都承认人性中既统一又相悖的特性,为戏剧人物刻画提供了广阔前景。英国古典剧论对人物性格从生理到心理都有连续不断的论述,而中国曲论则更关注外在环境对人物的影响。戏剧人物的关系既能够更深刻地揭示人物个性,也是情节结构的核心。李渔努力通过树立单一的主要人物来紧缩戏曲历来松散的情节结构,而德莱顿则在承认中心人物的重要性的前提下,赞扬英国戏剧有众多人物所形成的多样性与生动性,甚至允许喜剧中多主人公与多情节的合理性。李渔与德莱顿所改编的剧本对原作各种戏剧要素的变更是多方面的,其中对人物刻画的影响尤为突出,使人物形象更合理、突出、鲜明。

第四章
李渔与德莱顿戏剧思想论比较

引 言

文学作品的思想性古今中外都是一个争议突出的问题。从柏拉图"非诗"到孔子"删诗",其中心都是围绕文学作品对于人与社会的影响与作用问题。同时文学作品的思想性也总是与其审美属性成对出现,形影不离。亚里士多德巧妙而深刻地解决了其老师的悖论,贺拉斯后来以折中的形式明确了文学作品"寓教于乐"的作用,似乎最终解决了这一悖论,但实际则不然。直到如今,"教诲至上""艺术之上"或者"寓教于乐"的观点和与其相应的实际文学作品仍然并存,甚或在不同的时期各显千秋。戏剧作品以及对其批评的标准也不例外。李渔与德莱顿在论述戏剧作品的思想内涵与作用方面,显现出非常微妙的相似性,但两者的表现方式与角度由于社会文化的差异又呈现出诸多不同。

第一节　李渔与德莱顿论戏剧功利性比较

如果将文学理论大致分为功用诗学与表现诗学[①]，李渔与德莱顿的剧论显然属于前者。更确切地讲，他们的戏剧理论基本可归于功利性戏剧理论的范畴。"功利性"的哲学、伦理学核心是：人们行为的对与错是由其结果对大多数人所产生的幸福与满足感的大小而决定的。功利主义伦理学代表，英国哲学家和法学家边沁（Jeremy Bentham，1748—1832）认为：人的行为动机由快乐与痛苦而决定，幸福可以由快乐的多少来衡量。[②]此论固然使复杂的人类情感与精神过于简单化，但"快乐感"确实是幸福的重要因素。李渔与德莱顿都是持娱乐第一的戏剧理论家，这与戏剧自古以来就是通俗、娱乐文学的本质属性是相一致的。功利性首先考虑的是通俗性，即受大众的欢迎程度，这样才能影响大众，同时使作者名利双收；同时，功利性还意味着给大众以审美的快感与道德上的满足感这双重功能。李渔与德莱顿首先关注的是前者，但同时也关注后者。至于强调抒发作者个人情怀、追求个性自由、天马行空、独往独来的表现诗学的特征，其主流突出表现在18世纪末、19世纪初之后的浪漫主义文学思潮中。李渔与德莱顿作为17世纪中国与英国最早的独立、自由文人、作家，他们在其剧论中偶尔也多少表现出一点表现主义诗学性质的情怀，但并不占主导；同时他们更为关注的是如何不依

[①] 参见狄兆俊：《中英比较诗学》，上海外语教育出版社，1992年。

[②] *The New American Desk Encyclopedia*. 3rd ed. New York: A Signet Book, 1993: 1254-1255.

靠当时的皇权贵胄体制而实现自己独立的经济生活。因此,审美功利性、道德功利性以及经济功利性三者都是他们所共同关注的,但两人的剧论都突出了审美功利性,其次是道德功利性,而经济功利性由于其不同的属性,在剧论中只是有所暗示。

审美功利性主要从戏剧对于观众与读者的"娱乐性"表现出来。有关李渔及其作品所表现的才气、风趣、幽默与"娱乐性",现代中外学者与李渔研究者如鲁迅、周作人、林语堂,美国的韩南、埃里克·亨利等多有评述,形成了相当大的共识。①特别是埃里克的专著《中国的娱乐:李渔的喜剧》(1980)更明确了李渔作为中国古代喜剧通俗、娱乐大师的称号,继而引发了后来的学者对李渔的通俗性与娱乐性进行了一系列有意识的进一步评论。虽然李渔《闲情偶寄》的剧论部分并没有直述戏剧的娱乐性功能,但他所系统、详尽探讨的制曲"技巧",主要目的都是围绕戏曲的舞台效果,其不言而喻的核心仍然是戏曲的"娱乐性"。李渔的剧论更倾向于制曲的"技术"层面,因而并没有像亚里士多德或者德莱顿那样从哲理与范畴化的层面深入探究戏剧的来龙去脉。亚里士多德的剧论是纯粹学者型的,德莱顿的剧论是半学者、半剧作家型的,而李渔的剧论则主要是戏曲作家型的。因此李渔的剧论长于应用,而短于论理。然而,通过广泛研读李渔的其他作品,如其剧作、序跋、书信等,李渔对于戏剧的"娱乐性"的充分肯定是确定无疑的。任何通俗作家通过各种方式竭力取悦于读者或者观众都是自然之事,李渔在其喜剧作品《风筝误》

---

① 参见《李渔研究资料选辑》,《李渔全集》(修订版,第十二卷),浙江古籍出版社,1992年。

中就曾直言不讳地表达了此意图:

> 传奇原为消愁设,费尽杖头歌一阕;
> 何事将钱买哭声?反令变喜成悲咽。
> 惟我填词不卖愁,一夫不笑是吾忧;
> 举世尽成弥勒佛,度人秃笔始堪投。

可见,李渔认为古人作传奇剧的首要目的是取悦大众,消减生活中的烦恼与忧愁,同时作者也希望获得传道与经济上的双重收益。其中的通俗性和商业性显而易见。衡量观众对戏曲的欢迎程度类似于今日计算电视的收视率、电影之票房收入与畅销书的发行量。今日所谓"纯文学"作品显然在当下的销量,即读者的数量上很难与畅销、通俗读物抗衡,但事实上,经典文学作品拥有古今中外的读者,因而其读者总量必然要超过通俗作品"一时一地"的惊人销量,而随着时代的变迁、人们审美观的变化,某些通俗作品也可能沉淀为经典。另一方面,作为文人的李渔,也十分重视戏曲作品的"文学性",即作品语言中的匠心与思想内涵中的深度。他在《闲情偶寄·演习部·选剧》的三款中明确地表达了自己的态度:他推崇"黄绢色丝之曲,外孙齑臼之词"。他坚持选剧的优师必须是"文理稍通之人",同时"必籍文人墨客,参酌其间"。通俗与经典实难"双美",李渔自己的作品主要还是属于前者。

给大众带来娱乐与欢快的同时,戏曲作者自己的心理状况与精神世界又如何哪?李渔在《古今笑史·序》中坦言其中的酸甜苦辣:"无如世之善谈者寡,喜笑者众,咸谓以我之谈,博人之笑,是我为人役,苦在我而乐在人也。试问:伶人演剧,座客观场,观场者乐乎?抑演剧者乐乎?"[①]李渔在此虽然谈的是笑话谐语,但也道出曲作家"苦在我而乐在人"的全身心为观众与读者服务的艰辛。除此之外,曲作家的创作自然也有不可抗拒的灵感冲动与想像力的自由驰骋,以弥补现实生活中的种种困苦与束缚。李渔在《闲情偶寄·词曲部·宾白第四·语求肖似》中,淋漓尽致地表白了自己戏曲创作之快感。他声称:"文字之最豪宕,最风雅,作之最健人脾胃者,莫过填词一种。……予生忧患之中,处落魄之境,……惟于制曲填词之顷,非但郁藉以舒,愠为之解,且尝僭作两间最乐之人,觉富贵荣华,其受用不过如此,未有真境之为所欲为,能出幻境纵横之上者。"戏曲家的人生真可谓苦乐参半,但他们对生活的感受力与表现力非常人可比,因此能够传达的思想内涵也就更深刻、更具普遍性。

至于审美功利性与经济功利性的关系与悖谬,李渔在《与陈学山少宰》的信中流露出百般无奈:

> 渔自解觅梨枣以来,谬以作者自许。鸿文大篇,非吾敢道;若诗歌词曲以及稗官野史,则实有微长。不效美妇一颦,不拾名流一唾,当世耳目,为我一新。使数十年来,无一湖上笠翁,不知为世人减几许谈锋,增多少瞌睡?以谈笑功臣、编摩志士,而使饥不得食,寒无可衣,是笠翁之才可悯

[①] 《李渔全集》(第十二卷),浙江古籍出版社,1992年,第30页。

也!①

　　李渔对自己的创新性喜剧才能颇为自负,其作品也很畅销,他以出版、卖文、组织家庭戏班"打抽风"为谋生手段,但结果仍然是"饥不得食,寒无可衣"。其中的原因是复杂的。首先,在李渔的时代,商业化社会的种种萌芽虽然已经在江浙经济发达的都市出现,但大众娱乐的商品化还远没有形成制度,因而即使其作品畅销,剧目受欢迎,也保证不了创作者的稳定收益,而家庭演出也没有一个正当的商业舞台。再有,当时的封建社会制度自然也没有正式保护知识产权的法规,致使金陵、苏杭贪贾盗版猖獗,迫使李渔"违安土重迁之戒"。②另外,"以四十口而仰食于一身"③对于一个文人也的确负担太重。但实际上,李渔还是过度夸大了自己的贫困之状,从他自己所描述的居住环境来看,李渔之贫只是与那些富裕的官宦、商贾对比而言,而绝非底层普通百姓之贫。生活上的困顿也使李渔有更多的感悟与同情。在当时的社会环境中,要做一个经济上、精神上完全独立的文人,其难度可想而知。

　　对于文字以及戏曲的道德教诲作用,李渔主要集中在《闲情偶寄·凡例七则》中以四款加以申明。《闲情偶寄》的第一个目的是"点缀太平"。李渔称其时代为"海甸澄清,太平有象,正文人

---

　　① 《李渔全集》(第一卷),浙江古籍出版社,1992年,第163页。
　　② 李渔:《与赵声伯文学》,《李渔全集》(第一卷),浙江古籍出版社,1992年,第167页。
　　③ 李渔:《上都门故人述旧状书》,《李渔全集》(第一卷),浙江古籍出版社,1992年,第224页。

点缀之秋也"。在此"鼎新之盛世",文人自应当以崭新的作品为新帝王朝代唱赞歌。何况作为"帮闲文学"[①]的代表人物,李渔为了生活只能做识实物者,以"草莽微臣"的身份,"敢辞粉藻之力"。但实际上,李渔"粉饰太平"为虚,"掩人耳目"为实,以避免当权者对其作品的禁令与封杀。李渔的时代处于明清之交,实际上当时社会动荡,百姓处于极端困苦之中,这些在李渔的诗文中时有反映。到了《闲情偶寄》完成的时候,清朝满人已经统治中华大地二十七年,社会矛盾有所缓解,政治、经济逐步稳定,但还远未达到"太平盛世"的程度,因此李渔的赞美之词实为权宜之计,凡例中空洞的赞美丝毫也没有体现在书中的实质内容里。面临朝代更迭,许多文人都会选择避免与当权者冲突、保全自我的策略,而从事个人真正感兴趣的事业。这在德莱顿从共和派转到保皇派,从清教徒转到天主教徒的生涯中也得到了同样的验证。

第二个目的是"崇尚俭朴"。生活上节约简朴是中华民族传统伦理中的美德,也是世界各民族的传统道德中所提倡的。李渔的《闲情偶寄》除了前三部论戏曲创作、导演、挑选、培养演员与节俭无关外,后五部论述了在节俭的基础上如何提高生活质量,学会养生之道,其中还常常发挥、引申,谈如何做人的道理。第三个目的是"正风俗"。李渔认为,"风俗之靡,日甚一日"的原因是人们毫无原则地"喜新而尚异",纠正的办法是要"有道有方",一切都必须"不失情理之正"。他称自己的《闲情偶寄》"皆

---

① 参见鲁迅对此的评述,《从帮忙到扯淡》,《鲁迅选集》(第四卷),人民文学出版社,1983年,第191页。

极新极异之谈,然无一不轨于正道"。最后一个目的是"警惕人心"。李渔声称:"风俗之靡,由于人心之坏,正俗必先正心。"他自己的《闲情偶寄》"纯以劝惩为心……正论不载于始而丽于终者,冀人由雅及庄,渐入渐深,而不觉其可畏也。劝惩之意,绝不明言,或假草木昆虫之微,或借活命养生之大以寓之者,即所谓正告不足,旁引曲譬则有余也。"其中尤以《种植部》中的花草树木寓做人之道理。但事实上,全书的道德寓意并不占主导,其中的内容还是以审美情趣与生活的艺术为统领。李渔在其《誓词》中的表白对其戏曲作品的用意亦是一种佐证:

> 窃闻诸子皆属寓言,稗官好为曲喻。《齐谐》志怪,有其事,岂必尽有其人;博望凿空,诡其名,焉得不诡其实?矧不肖砚田糊口,原非发愤而著书;笔蕊生心,匪托微言以讽世。不过借三寸枯管,为圣天子粉饰太平;揭一片婆心,效老道人木铎里巷。既有悲欢离合,难辞谑浪诙谐。加生、旦以美名,既非市恩于有托;抹净、丑以花面,宜属调笑于无心。凡以点辍剧场,使不岑寂而已。但虑七情以内,无境不生;六合之中,何所不有?幻设一事,即有一事之偶同;乔命一名,即有一名之巧合。焉知不以无基之楼阁,认为有样之葫芦?①

李渔以上所言似乎自相矛盾。一方面,他自称"好为曲喻";另一方面,他又说自己"原非发愤而著书……匪托微言以讽世",

---

① 《李渔全集》(第一卷),浙江古籍出版社,1992年,第130页。

"不过借三寸枯管,为圣天子粉饰太平……凡以点缀剧场,使不岑寂而已"。但考虑到李渔的实际处境,其中的矛盾表明了李渔戏曲功利观的复杂性。他既要以戏曲作品迎合观众以及当权者,又想保持文学作品独立的审美价值与社会意义。李渔说:"传奇无实,大半皆寓言耳。"(《词曲部·结构第一·审虚实》)实际上,文学皆寓言,这已经成为对古今中外文学性质的定论与常识。《誓词》既表达了李渔的文学观,即文学所包含的"可然律"或普遍性,而非"事实性",同时也阐明了他作为文人所坚守的人格或职业道德。

对于文学、戏曲的审美功利性与道德功利性的关系,李渔在《香草亭传奇·序》中有一个较全面的概述:

> 从来游戏神通,尽出文人之手,或寄情草木,或托兴昆虫,无口而使之言,无知识、情欲而使之悲欢离合,总以极文情之变,而使我胸中磊块唾出殆尽而后已。然卜其可传与否,则在三事:曰情,曰文,曰有裨风教。情事不奇不传;文词不警拔不传;情文俱备,而不轨乎正道,无益于劝惩,使观者、听者哑然一笑而遂已者,亦终不传。是词幻无情为有情,既出寻常视听之外,又在人情物理之中,奇莫奇于此矣。而词华之美,音节之谐,与予昔著《闲情偶寄》一书所论填词意义,鲜不合辙,有非"警拔"二字足以概其长者。三美俱擅,词家之能事毕矣。《香草亭》一出,《拜月》、《牡丹》二亭不忧鼎之缺一足矣。[①]

[①] 《李渔全集》(第一卷),浙江古籍出版社,1992年,第47页。

李渔对《香草亭传奇》的溢美之词似乎过矣,但重要的是,他在此把衡量戏曲的标准表达得全面而彻底:情、文、有裨风教,"三美俱擅,词家之能事毕矣。"

如上所述,从李渔的戏曲作品与其剧论中所强调的戏剧效果来看,他的戏曲"娱乐"观是确定的,但他在剧论中并没有有意识地直接阐述这一论题。比较而言,德莱顿对这一命题有非常明确的意识,而且在其剧论中反复多次地直接论述了这一问题。德莱顿直述戏剧的功能与作用首先是"娱乐",同时也明确了"娱乐"与"教诲"之间的关系。他对此最早的论述来自《论戏剧诗》中的尤金尼厄斯:"……(古人的戏剧情节)并没有完全满足戏剧的目的之一,即悦人(delight),而在教育人的目的部分,他们的谬误就更多了:他们不是惩恶扬善,而常常表现出奸恶者当道,忠顺者倒霉的结果。《美狄亚》一剧就展现了一场血淋淋的复仇景象,它使美狄亚乘龙车脱险,逃避了惩罚。"[①]尤金尼厄斯认为古人的戏剧并非完美的榜样,按今人的标准,既缺乏娱乐性,也没有实现以惩恶扬善为目的的"诗的公正性"(poetic justice)。在《答复赖默先生要点》第41条中,德莱顿针对戏剧的教育意义对比了古希腊与英国悲剧的不同作用:"……惩恶扬善是悲剧最恰当的目的,因为它展现生活的样板。人们对罪人不如对无辜者那样易起怜悯之心,而恶人受惩罚与无辜者遭痛苦是英国悲剧的本质特征。与此相反,在古希腊悲剧中,无辜者常常

---

① John Dryden. *John Dryden: Selected Criticism.* Ed. James Kinsley and George Parfitt. Oxford: Clarendon Press, 1970: 34.

不幸,而恶人则逃脱惩罚。"造成这一差异的原因部分可能是因为古希腊戏剧更受宿命论的影响,而英国戏剧则侧重于表现人类意志的力量。德莱顿本人在《为〈论戏剧诗〉一辩》中则更进一步明确表示:"如果韵诗能悦人,足已,因为悦人虽然不是诗的唯一目的,但它是诗的主要目的(chief end);教诲的功用只能处于第二位,因为只有悦人之诗才能起到教诲作用。"①在同篇中他还说:"我承认,我的主要努力就是要取悦于我所处的时代。假如这个时代的喜好是低喜剧、琐事、讥笑,我愿意强迫我的才能就范于此,但我本人更擅长写韵诗(悲剧)。本人的性格中缺乏喜剧所需的快乐因子(gaiety)。我的人物对白拖沓、沉闷,人物性格乖僻、缄默。总之,我不是那种在人群中斗趣、俏皮之人。"②德莱顿以非常坦诚、客观、实用的态度表明了自己对于戏剧审美功利性与道德功利性辩证关系的看法。但作为文人、戏剧理论家,德莱顿对戏剧的本质属性与功能有更深刻、复杂的看法。在同一篇文章中,他说:

> 取悦于人应该是诗人的目的,因为戏剧就是为愉悦他们而作,但这并不意味好剧总使人喜欢,或人们喜欢的剧总是好剧。现今人们的兴趣是喜剧,因此为了使他们高兴,我就写喜剧而非严肃剧,眼下我依从他们的趣味。然而,从道理上讲,这并非意味喜剧从本质上就比悲剧更受欢迎,因为戏剧种类的本质部分是不变的,就像人自然是理性之生灵

---

① John Dryden. *John Dryden: Selected Criticism*. Ed. James Kinsley and George Parfitt. Oxford: Clarendon Press, 1970: 79.

② Ibid., p. 81.

一样,但人们的看法会变化,在另一个时代,甚或本时代,严肃剧也可能会高于喜剧。①

可见,观众的喜好并不是评判好剧的唯一标准,这同前面将"悦人"定为戏剧的主要目的形成了某种悖论;但文学的经典性与通俗性事实上往往就是一种悖论。经典文学作品内部的某种本质审美属性是稳定不变的,但不同时代的审美趣味的潮流又是不断变化的,经典作品一时的受众可能有限,但它不会消亡,而在另一个时期,很可能会重新受欢迎。虽然德莱顿所钟爱的剧种是更靠近英雄史诗的悲剧或英雄剧,但由于当时观众的审美倾向以及为生活所迫,德莱顿只能选择娱乐性与商业性都更强的喜剧作为取悦于观众的剧种,而不像其同代大诗人弥尔顿那样不向大众趣味屈服,坚持自己对人生、文学与社会所固有的信念与责任。

德莱顿在《一夜情·序》中对悲剧与喜剧的主要功能作了进一步划分:

> 如此,悲剧完成其中的主要职责,那就是用事例来教育人;但喜剧则不然,其主要目的是娱乐(divertisement)与悦人……(虽然教诲是否应该成为喜剧的目的颇有争议)至少我本人确信教诲只是其第二位的目的。诗人的任务就是要人笑:他写性格,就是要嘲弄愚蠢;写巧智,虽然不一定使你

---

① John Dryden. *John Dryden: Selected Criticism.* Ed. James Kinsley and George Parfitt. Oxford: Clarendon Press, 1970: 84.

笑,但要你感到某种更高贵的快感。诗人为了治愈蠢行或人性的瑕疵,将其揭示于众,但其治愈之法并非立竿见影。其效果是先作用于观众的劣根性,观众见到对丑行的再现而发笑,随笑而生的羞愧感教导人们纠正我们品行中的荒唐。①

悲剧作用于观众的戏剧效果自然不同于喜剧,德莱顿对悲剧作用的界定同亚里士多德的悲剧"怜悯"与"净化"(catharsis)论一致,但亚氏对于悲剧的界定有其复杂性,其中catharsis一词既有使平庸、卑微的情感与灵魂"净化"与"升华",又有将不健康、有害的情绪与心理"宣泄""涤荡"出去的内涵。而遗憾的是,对于亚氏在《诗学》中所许诺的在后部分对喜剧的论述,则由于《诗学》的残缺而不得而知,德莱顿在此对喜剧功能的论述可以作为亚氏缺憾的一种补充。实际上,德莱顿虽然强调喜剧悦人的第一性,但他还是指出喜剧在笑中纠正人们在日常生活中荒唐与错误的第二性。戏剧的娱乐性与教诲性总是相辅相成的。德莱顿在不同的文章中反复论述两者的关系,如《答复赖默先生要点》的第48条:"诗的重要目的是教育人(to instruct),实现的办法是使教育人的载体悦人,因为诗歌是艺术,所有艺术都必然具有益处(profit)。"②《论讽刺》:"有关诗歌的目的性,还是让实际利益第一吧。娱乐虽属第二位,但首先受大众欢迎。比起受

---

① John Dryden. *John Dryden: Selected Criticism*. Ed. James Kinsley and George Parfitt. Oxford: Clarendon Press, 1970: 105.

② Ibid., p. 149.

人尊敬来,谁不更愿意受人喜爱?"①但德莱顿对此的看法归纳起来还是离不开贺拉斯"寓教于乐"的观点,但若两者不能兼得,取其"乐"。德莱顿在《为英雄诗一辩》中还论述了要使戏剧悦人的基本条件:"我在此大胆声言,诗歌在技艺娴熟的前提下,最大胆的笔触是那些最悦人的部分。"②写诗必须要有娴熟的技艺,而技艺的获得与提高要靠模仿古典作家精品与不断的练习,这是古典主义文论历来所强调的,德莱顿在继承这一传统的同时还增加了大胆创新的必要性,即所谓"最大胆的笔触"。这与李渔的"非新奇不传"的观点相一致。

最后,德莱顿在《特洛伊罗斯与克瑞西达·序》中,无论是在理念上还是在语言表达形式上,都圆满地完成了对诗歌与戏剧功利性的总结:"愉悦地教育人是一切诗歌的总目的。(To instruct delightfully is the general end of all poetry.)哲学也教育人,但其实施办法是训导式的,不能悦人,或者不如事例悦人。因而用事例净化情感是悲剧特有的教育人的方式。"③通过以上的例证与论述,显而易见,德莱顿在不同文章中反复论述戏剧娱乐与教育性的关系,但每一次都有所不同的侧重与比照,如两者的前后因果关系、他们在不同剧种中作用的差异,甚至于戏剧与哲学教育人方式的不同等。我们从中也可以较全面地看到德莱顿对这一问题的思索不断补充、推进的历史轨迹。

李渔与德莱顿都强调戏剧劝人为善的道德目的。在喜剧

---

① John Dryden. *John Dryden: Selected Criticism*. Ed. James Kinsley and George Parfitt. Oxford: Clarendon Press, 1970: 259.

② Ibid., p. 136.

③ Ibid., p. 164.

中,它主要是以讽刺的形式来实现该目的,但两人都认为,剧作家不能以戏剧讽刺为工具进行恶意的人身攻击,以达到个人报私仇的卑劣目的。

对此,李渔在《结构第一·戒讽刺》中有详细的阐述与告诫:

> 窃怪传奇一书,昔人以代木铎,因愚夫愚妇识字知书者少,劝使为善,诫使勿恶,其道无由,故设此种文词,借优人说法与大众齐听,谓善者如此收场,不善者如此结果,使人知所趋避。是药人寿世之方,救苦弭灾之具也。后世刻薄之流,以此意倒行逆施,借此文报仇泄怨。心之所喜者,处以生旦之位;意之所怒者,变以净丑之形。且举千百年未闻之丑行,幻设而加于一人之身,使梨园习而传之,几为定案,虽有孝子慈孙,不能改也。噫,岂千古文章,止为杀人而设?一生诵读,徒备行凶造孽之需乎?……凡作传奇者,先要涤去此种肺肠,务存忠厚之心,勿为残毒之事。以之报恩则可,以之报怨则不可;以之劝善惩恶则可,以之欺善作恶则不可。……

可见,李渔坚信戏曲文章乃"天下之公器"(《词曲部·结构第一·引言》),不可用于泄私愤、报私仇,必须考虑其社会影响。与此同时,李渔还强调了有关文学作品与主旨的重要性与社会、道德意义:"凡作传世之文者,必先有可以传世之心,而后鬼神效灵,予以生花之笔,撰为倒峡之词,使人人赞美,百世流芳。传非文字之传,一念之正气使传也。"

关于文学的讽刺、教诲作用,德莱顿在《论讽刺》一文中有详细论述。虽然此文以探讨讽刺文学为中心,但实际内容颇为庞杂,其中包括冗长的献给查尔斯伯爵的颂词、诗歌的来源、讽刺文学在古希腊、罗马以及英国的历史、介绍与比较主要讽刺诗人及剧作家的特征、史诗、悲剧等等。该文其中有相当一部分专门论述了讽刺文学的功用问题。其针对性显然是反击乔治·维利尔斯(George Villiers, 1628—1687)等人以讽刺剧《彩排》(The Rehearsal)对德莱顿本人以及他的英雄剧的嘲讽。德莱顿对讽刺在戏剧中的功用以及讽刺诗人的用意的论述与李渔在此方面的评述不谋而合。德莱顿声称,他并不在乎有人以贝斯(Bayes)这一戏剧人物讽刺他,因为首先该讽刺剧作者本人就是贝斯;另外,该剧离题太远,根本就没切中要害,因而对德莱顿本人并无损伤。他所在乎的是此类讽刺剧对公众的恶劣影响。"这些无聊的讽刺作者虽然对我无害,但他们对公众却起着危险的示范作用。某些聪明人可能会步其后尘,混淆是非,诋毁无辜的男人和贤淑的女人们。"①德莱顿将贺拉斯的作品分为两类,一类是反击其个别凤敌的嘲讽诗作,另一类是扬善惩恶的讽刺诗作,称为"罗马讽刺诗"(Roman satire)。德莱顿特别推崇的是第二类讽刺作品,因为贺拉斯借此"纠正其时代的恶习与谬误,指导人们过幸福与高尚的生活"②。而前者只是泄私愤,当时在英国被称为私人间的"嘲骂"(lampoon),恰像李渔在《词曲部·结构第一·戒讽刺》中所论:"武人之刀,文士之笔,皆杀人之具也。"德莱顿

---

① John Dryden. *John Dryden: Selected Criticism*. Ed. James Kinsley and George Parfitt. Oxford: Clarendon Press, 1970: 213.

② Ibid., p. 253.

也认为"嘲骂""是一种危险的武器,其中大部分是非法的……我们在道德上没有权利诋毁他人的名誉。这种名誉一旦诋毁将不可恢复。"①德莱顿解释说,只有两种原因允许人们迫不得已写私人嘲骂之作。一是出于报复:当事人受到极恶劣的人身攻击,无他法可以应对,只有以嘲骂之作给予回击。但以基督教宽恕一切的道德伦理,此法亦不可取,因此德莱顿自己声称,虽然他已经是现世最遭诋毁的诗人,但他仍以宽恕与沉默应对一切。二是出于揭露公众的恶人:当某人已经成为人人喊打之徒,诗人有义务讽刺、抨击之,以便使其改邪归正,大众从中吸取反面教训。但此类有责任感的诗人实在难得,即使出了几位,其才智也不足以完成这一使命。②因此剧作家务必要戒除私心,应当以宽厚、豁达的胸怀,以娱乐观众为首要目的,以教育观众为最终目的,专心从事戏剧创作。

第二节 李渔与德莱顿论戏剧题材比较

要表现戏剧思想性的基本载体是戏剧作品的题材。题材"即作品中具体描写的、体现主题思想的一定社会、历史的生活事件或生活现象。它来源于社会生活,是作者对生活素材经过选择、集中、提炼、加工而成的。作者选什么题材,如何处理题

---

① John Dryden. *John Dryden: Selected Criticism*. Ed. James Kinsley and George Parfitt. Oxford: Clarendon Press, 1970: 253.

② Ibid., p. 254.

材,取决于他的创作意图和所要表现的主题,受其阶级立场、世界观和社会实践的制约。"①对此李渔与德莱顿都有所阐述,其重点集中在题材的新旧与是否符合情理方面。李渔在《结构第一·脱窠臼》中论述道:

> "人惟求旧,物惟求新。"新也者,天下事物之美称也。而文章一道,较之他物,尤加倍焉。戛戛乎陈言务去,求新之谓也。至于填词一道,较之诗赋古文,又加倍焉。非特前人所作,于今为旧,即出我一人之手,今之视昨,亦有间焉。昨已见而今未见也,知未见之为新,即知已见之为旧矣。古人呼剧本为"传奇"者,因其事甚奇特,未经人见而传之,是以得名,可见非奇不传。新即奇之别名也。若些等情节业已见之戏场,则千人共见,万人共见,绝无奇,焉用传之?是以填词之家,务解"传奇"二字。欲为此剧,先问古今院本中,曾有此等情节与否,如其未有,则急急传之,否则枉费辛勤,徒作效颦之妇。

李渔在此就戏曲题材提出三个方面的问题:其一,题材主要集中在戏曲的故事情节上;其二,题材是否直接采自于生活而非现成的文学作品;其三,题材是否来自非戏曲类文学作品。首先,戏曲题材的核心应该是一个有意思的故事,有令人称奇而且耐人寻味的情节,并且由个性十足的人物演绎而成。其次,这种故事的来源是剧作家通过观察、体验生活直接采集到的;另外,

---

① 《辞海》(文学分册),上海辞书出版社,1981年,第11页。

剧作家也可以通过博览群书、独具慧眼在其他文类的作品中找到适合于戏曲演出的此类故事情节。但在实际戏曲创作中,还有一种情形是借用前人现有戏曲作品的基本情节重心创作。另外,还有的戏曲创作主要是剧作家想象力的综合产物,而并非基于某个事件、人物或确切的来源。这些题材来源在李渔本人的戏曲创作中都有所体现。

那么,一概求新奇的题材是否就能出好作品哪?李渔的答案是否定的。问题的关键是能够在题材的运用过程中"推陈出新"。只是偶然、奇特的事件与人物显然不能构成好戏曲的题材,好的题材必须既要包含新奇的外在动作又要包含具有长久普遍意义的内涵,或是从看似普通、平常的人物事件中发现不平常的因素和深刻的意义,即李渔所谓的"人情物理"。戏曲题材的可能性在于善于发现与挖掘,因为"世间奇事无多,常事为多;物理易尽,人情难尽"。李渔在《结构第一·戒荒唐》中就表明了如此看法:

> 王道本乎人情,凡作传奇,只当求于耳目之前,不当索诸闻见之外。无论词曲,古今文字皆然。凡说人情物理者,千古相传;凡涉荒唐怪异者,当日即朽。……人谓家常日用之事,已被前人做尽,穷微极隐,纤芥无遗,非好奇也,求为平而不可得也。予曰:不然。世间奇事无多,常事为多;物理易尽,人情难尽。……此言前人未见之事,后人见之,可备填词制曲之用者也。即前人已见之事,尽有摹写未尽之情,描画不全之态,若能设身处地,伐隐攻微,彼泉下之人,

自能效灵于我。授以生花之笔,假以蕴绣之肠,制为杂剧,使人但赏极新极艳之词,而竟忘其为极腐极陈之事者。此为最上一乘。

李渔还在《结构第一·审虚实》中进一步论述了利用古代与当今题材的不同途径与方法。他首先以两分法将戏曲的基本题材分为"古代"与"当今"两类,对其采用的方法按性质不同分为"虚"与"实"两种。李渔对此界定如下:"古者,书籍所载,古人现成之事也;今者,耳目传闻,当时仅见之事也。实者,就事敷陈,不假造作,有根有据之谓也;虚者,空中楼阁,随意构成,无影无形之谓也。"古代之事自然是通过文字的形式传到当今,其中可能有不同的文本与文类、不同的知名度,剧作家按照自己的意图、当时观众的审美趣味来选材、创作。古人古事"书籍所载,古人现成之事也",今人必须以"实"的方法将其入剧。采用古代题材作剧有诸多难点,在人物塑造方面,"使与满场脚色同时共事之为难也";在故事情节方面,"使与本等情由贯串合一之为难也"。其原因是,古代人物事件"传至于今,则其人其事,观者烂熟于胸中。欺之不得,罔之不能,所以必求可据,是谓实则实到底也。"当今的人物与事件为"耳目传闻,当时仅见之事也",无书籍可考,既无定论也非家喻户晓,因此赋予作者更大的想象空间与创作的自由度。此类题材在创作过程中适于采用"虚"的方法;"则非特事迹可以幻生,并其人之姓名亦可以凭空捏造,是谓虚则虚到底也。"李渔特别告诫剧作者,采用古代题材的作剧方法"实则实到底";而利用当今题材的剧作方法"虚则虚到底",两者绝不能混用,否则会造成"虚不似虚,实不成实"的丑态。李渔还以辩证的观点从戏曲的题材与创作的关系方面论述了传奇的虚构性与寓言性这一文学的区别性特征,其核心类似于古希腊亚里士多德所谓的悲剧所再现的"不可能之可然率"(impossible probability),英国古典主义所倡导的诗所表现的"普遍性"(universality),以及今人所谓的文学之"典型性"(typicalness)。

李渔自己的戏曲作品"十种曲"的题材主要分两大类别:爱情与婚姻、社会时弊与不公。题材包括来自依本事的创作、依前人剧作的改编、借鉴前人剧作的构思,以及纯粹艺术虚构。其特点是通俗性、当代性和丰富性。[①]

德莱顿也同样关注戏剧题材的新与旧、古与今的问题。他在《论戏剧诗》中借不同人物围绕这一话题展开了辩论。代表英国古典主义的尤金尼厄斯就题材问题比较了古希腊与英国戏剧。他贬抑古希腊的悲剧题材大多数选自家喻户晓的底比斯(Thebes)或特洛伊(Troy)的故事情节,或者至少是那两个时代的故事。这样的老题材翻来覆去地上演,观众们在看之前对此就早已熟烂于心,因而失去了任何新鲜感。他比喻道,试想,假如一个人每天都吃同样的菜,那还有什么味道可言。千篇一律的陈旧题材自然使观众丧失兴趣,戏剧的主要功能之一的娱乐性也就随之消失。古罗马的喜剧题材则大多取自古希腊诗人们的故事情节,毫无新意可言,人物、事件都极为狭窄。[②]这样,无论

[①] 骆兵:《李渔的通俗文学理论与创作研究》,经济管理出版社,2004年,第187—189页。

[②] John Dryden. *John Dryden: Selected Criticism*. Ed. James Kinsley and George Parfitt. Oxford: Clarendon Press, 1970: 32.

是古希腊还是古罗马戏剧作家都是做模仿之模仿,比柏拉图所贬斥的"离真理三层远"的诗人离真理就更远了。与此相对照,英国戏剧作家并不刻意模仿古人,而是直接模仿自然本身,这样就有更多创新的可能性。

与此相反,代表法国古典主义的利西迪厄斯却大肆称赞法国悲剧情节的优点,其原因恰好与尤金尼厄斯的观点相悖。利西迪厄斯认为,法国悲剧题材的优点在于它总是以人们已知的故事为基础。这完全符合贺拉斯的教导:一定要从人们熟悉的事物中创作。当然这也符合亚里士多德的戏剧规范。法国人认真临摹古人剧作,继而超过了他们,因为古人的剧作以人们熟知的已有的诗作情节为题材,而法国人则将可信的虚构情节与真实性有机地结合在一起,修改人物命运的安排,灵活运用历史事实,褒奖美德,使人不得不信以为真,为之动容。与此相对照,利西迪厄斯贬抑英国戏剧,认为莎士比亚的历史剧只是选自众多帝王的编年史,或是把几十年的事件统统挤进两个半小时内演出。英国的做法并不是模仿自然,而是缩小了自然,用颠倒的视角观察自然,当然就不能更多地接收自然的意象,也不能完美地再现生活。这种方法不能使剧作娱乐于人,只能使人难以置信。①

德莱顿在《为〈论戏剧诗〉一辩》中,就戏剧的形式与题材的取舍有以下比拟:散文体不适合用于严肃剧的一个重要原因正是因为它太靠近日常对话的特征。纯熟的画家都认为,绘画画

---

① John Dryden. *John Dryden: Selected Criticism.* Ed. James Kinsley and George Parfitt. Oxford: Clarendon Press, 1970: 41-42.

得太像了并不好。画出每条线、每个形状并不能产生优秀作品,而应该只取能构成整体美感的部分,巧妙地装点自然,突出某些美的部分,掩藏其余的缺陷部分。①戏剧选材也是同样道理,必须依照作者的意图、观众的趣味而有所取舍。德莱顿在选材的运用上突出给人以美感的部分;而李渔在题材的选择上则强调"人情物理"。在《一夜情·序》中,德莱顿介绍了他本人如何借鉴与利用素材以及如何创新,维吉尔(Virgil 70—19BC)与塔索(Tasso 1544—1595)如何借用与创新,以及莎士比亚怎样借鉴与创新。德莱顿自己对戏剧素材与题材可以说采取了"拿来主义"的态度。无论是传奇故事还是小说,或是外国剧本,他只要喜欢就尽情地取来做基本结构,在其基础上构筑,以适合英国舞台。在这一过程中,他加入了种种奇思妙想。德莱顿自己形容道,剧本的写作就像建造一艘大船,大船完成时,一切都随之变化,所建之原木早已难见踪影。他自己改编、创作的《一夜情》就是个例子。原剧是西班牙语,名为《伪占星师》(*El astrologo fingido*),后由年轻的高乃依改编成法语,后又翻译成英语。德莱顿去除了其中某些无娱乐性的情节,强化了某些情节,又增加了一些原剧中没有的部分;其中的某些人物与语言也作了调整与改变,其结果是成了他自己的一部新作。②维吉尔采用的是古希腊诗人的题材,塔索用的也是古希腊题材,但是是维吉尔未用过的,同时塔索还用了维吉尔自创的题材。莎士比亚所采用的旧有题材就更多了,如罗马悲剧《裘力斯·凯撒》《安东尼与克莉奥佩特拉》

---

① John Dryden. *John Dryden: Selected Criticism*. Ed. James Kinsley and George Parfitt. Oxford: Clarendon Press, 1970: 80.

② Ibid., pp. 106-107.

《雅典的泰门》等的题材皆来自普卢塔克(Plutarch,46?—120?)的《希腊罗马名人传》(*Lives of the Noble Grecians and Romans*);历史剧以及悲剧《麦克白》《李尔王》等来自霍里希德(Raphael Holinshed,?—1580?)的《英格兰、苏格兰、爱尔兰编年史》(*Chronicles*);《一报还一报》《奥瑟罗》来自辛西欧(Giraldi Cinthio,1504—1573)的《故事百篇》(*Hecatommithi*)中的情节。[①]弗莱彻的戏剧题材来自西班牙小说。只有本·琼生的戏剧情节是自己构思的,但他本人对古人的借鉴更是超过任何人。德莱顿认为,故事题材只是戏剧的基础,要让戏剧精彩纷呈、引人入胜,功夫在于加入更新、更美的人物、事件、构思、语言、想象等要素。这同李渔所倡导的在戏曲题材上"推陈出新"是并行不悖的。

德莱顿本人戏剧作品的题材以爱情为主,同时还包括荣誉、勇敢、正义、自由、宗教信仰、政治权利斗争等。例如:英雄剧《征服格拉纳达》以宗教信仰与政治权利斗争为主线,塑造了阿尔曼佐为自由、荣誉、爱情而战的英雄形象;《一切为了爱》以安东尼与克莉奥佩特拉的爱情故事为中心,以罗马三执政官之间的权利斗争为背景,大肆渲染了为爱情这一崇高的激情而甘愿牺牲一切的悲悯的勇气;《摩登婚姻》以科奥尼达斯与波利达莫斯的王位之争为主线,同时穿插了罗德菲尔和梅兰瑟、帕拉米德和多拉丽斯的爱情纠葛。德莱顿在《论英雄剧》中还特别对英雄剧的题材作出以下界定:"英雄剧应该在某种程度上是对英雄史诗的

[①] 参见 G. Blackemore Evans. "Chronology and Sources". *The Riverside Shakespeare*. Boston: Houghton Mifflin Company. 1974: 47-56; John Dryden. *John Dryden: Selected Criticism*. Ed. James Kinsley and George Parfitt. Oxford: Clarendon Press, 1970: 307.

模仿,因而爱情与勇气应该是它的题材。"①而在对英雄史诗的界定上,德莱顿与英雄剧的开拓者戴夫南特爵士的观点存在分歧。戴夫南特爵士的判断标准是:"英雄诗应该有为人熟知的、易懂的外在形式,它更适合于人生中更普通的行为与情感;简言之,它更像自然之镜反照我们普通的习性,比古人或今人都更能展现实际的美德。"对此,德莱顿认为,戴夫南特爵士是以戏剧或舞台诗(stage poetry)来关照英雄诗的形式,继而试图将英雄诗分为五部分,代表戏剧的五幕,又模仿构成戏剧幕的场,将每部分分为若干章。②这是依照戏剧的特点逆向地界定英雄诗的特征。德莱顿自己的评判标准是:"英雄诗的法则并不排除人物性格的丰富性与事件的多样性,而是将它们提升得更高,给予诗人更大的想象自由,将一切描绘得高于舞台的普通比例,高于生活中普通的词语与行为。"德莱顿还引用拉丁作家的论述来界定英雄诗该有的特征:"诗所记录的不是真事,那是历史学家的强项。拥有自由精神的诗人一定要运用引喻和介入神谕……以便再现受灵感之人的预言,而不是精确地表现诅咒之词语的真实性。"③从以上对英雄诗的不同界定,可以看出德莱顿所倡导的英雄剧的本质特征,因而也就可以明确英雄剧在选材上的局限性与表现上高于普通生活的主观、理想化的特质。

---

① John Dryden. *John Dryden: Selected Criticism*. Ed. James Kinsley and George Parfitt. Oxford: Clarendon Press, 1970: 110.

② Ibid., p. 111.

③ Ibid.

第三节 李渔与德莱顿论戏剧主题比较

戏剧题材与主题紧密相连,但又有区别。针对李渔与德莱顿的剧论,对两者做区别性分析有助于更细致地探究他们对戏剧思想性的看法。如上节所述,戏剧题材是戏剧内容的来源,其界定比较明了、容易,其类别也比较灵活,它可以宽泛地分成诸如社会、历史、政治、军事、宗教、情感等题材,也可以更细地分为如揭露贪官污吏、罗马三执政官的权力斗争、吴越之战、爱情、复仇等题材。而主题的界定则要复杂得多。主题的定义如下:

> 文艺作品通过描绘现实生活和塑造艺术形象所表现出来的中心思想。是作品内容的主体和核心。是文艺家经过对题材的提炼和对形象塑造而得出的思想结晶,也是文艺家对现实生活的认识、评价和理想的表现。文艺家在创作过程中如何确定形式和结构,也必须服从表达主题的需要。……由于作家、艺术家的立场、观点或创作意图的不同,相同的题材可以表现出不同的主题;作者的思想水平、生活经验和艺术表现手法也会直接影响主题的深度和广度。①

如果说题材为"明",主题则为"暗"。主题是作者用适当的题材经过精心组织与构思,以具体的形象所要表达或暗示的主要意图。其最使人困惑的挑战是作者本人对此的不确定性与读

---

① 《辞海》(文学分册),上海辞书出版社,1981年,第11页。

者对此理解与反应的多样化。这也是文学最吸引人的魅力之一。对主题谈论最多的来自小说理论,而戏剧理论则较少评论主题问题。戏剧与小说虽然一个"演"故事,另一个"讲"故事,但彼此有许多共通之处,因此借用小说主题理论来阐释戏剧主题是有意义的参照。美国新批评派学者布鲁克斯(Cleanth Brooks,1906—1994)和沃伦(Robert Penn Warren,1905—1989)在《理解小说》(*Understanding Fiction*,1943)一书中对主题有如下解释:"主题就是话题所产生的含义。它归结于对整个故事所隐含的思想的评述。它是对作品中人物与事件的看法与阐释以及作品给人的启示,是整个叙述体对人生的普遍而统一观点的具体表现。它是我们从所讲述的故事中所领悟到的人生经验——总是直接或间接地涉及某种对人性与人的行为价值的论断。"①简而言之,主题即作品的中心思想,是对所述主要内容的价值评定,是作品从内容到结构这一有机整体最终给人的启示,其复杂性和不确定性不言而喻;而题材主要指作品内容的来源以及其总的类别属性,具有相对稳定、明确、易判断的特性。至于主题与故事本身复杂而密切的关系,西方小说理论先驱亨利·詹姆斯(Henry James,1843—1916)有以下精当的论述:

> 如果"故事"确实表现任何东西的话,那么它所表现的就是小说的课题、主题、中心思想;而且肯定不会有什么"学派"……主张一部小说应该全部是描述而没有课题。……

---

① Cleanth Brooks and Robert Penn Warren. *Understanding Fiction*. Beijing: Pearson Education Asia and Foreign Language Teaching and Research Press, 2004: 177.

故事的这个意义就是小说的主题、出发点,我看唯有在这个意义上,才可以说故事有别于小说的有机的整体;并且,由于作品越成功,主题就越渗透弥漫其肌肤,赋予它以生命和活力,以至于每一个词和每一个标点符号,都直接为主题之表现作出贡献,我们也就相应地并不觉得故事是或多或少地可以从它的鞘里抽出来的一把刀。故事和小说,主题和形式,就等于针和线,而我还从来没有听人说过有哪一个帮派的裁缝匠人,竟会建议只用线而不用针,或者只用针而不用线。[①]

戏剧的主题也是同样道理。我国传统文论或剧论中并无"主题"这一术语,"主题"为现代文论话语,但其作为指涉文学作品中重要因素的概念必然是古今中外共通的,只是具体表达形式不同。李渔在《词曲部·结构第一·引言》中对戏曲结构有如下论述:"故作传奇者,不宜卒急拈毫;袖手于前,始能疾书于后。有奇事,方有奇文,未有命题不佳,而能出其锦心,扬为绣口者也。尝读时髦所撰,惜其惨淡经营,用心良苦,而不得被管弦、副优孟者,非审音协律之难,而结构全部规模之未善也。"显然,李渔在此强调戏曲创作过程中酝酿、构思的重要性,必须"袖手于前",才能选到好的"奇事",即题材,继而设计、确立好的"命题",即主题,在动笔前就使戏曲整体结构"成竹在胸"。当然,文学创作是极复杂的精神、情感活动,其中各部分的次序并非总是呈线

[①] 亨利·詹姆斯:《小说的艺术:亨利·詹姆斯文论选》,朱雯等译,上海译文出版社,2001年,第34页。

性分布,而是具有可逆性、重复性、跳跃性等错综复杂的状态。

此外,在第一章中讨论的李渔的"立主脑"的概念,也可以从另一个角度考虑为如何确立戏曲主题的问题。李渔从古人作文立言之本意的"主脑"那里借用"主脑"的概念并将其引申、发展为剧论术语。虽然李渔将"一人一事"定为剧作者之"初心",但此"一人一事"所内含的意义与给人的启示才是真正的主题;当然,人与事所构成的故事是主题的根本,两者密不可分,正像詹姆斯所形容的那样,它们是"针与线"的关系。李渔说《琵琶记》中的"重婚牛府"是该剧的主脑,那么其主题应该是该主要事件所表现的意义,可以抽象为:忠孝大于一切以及履行这一美德的巨大困难;"白马解围"是《西厢记》的主脑,那么其主题也应该是该主要事件所暗示的含义,或可概括为:真挚的爱情可以克服任何艰难险阻。

李渔在《演习部·授曲第三》一章的第一款《解明曲意》中即强调"曲情"与"曲意":

> 唱曲宜有曲情,曲情者,曲中之情节也。解明情节,知其意之所在,则唱出口时,俨然此种神情。问者是问,答者是答,悲者黯然魂消而不致反有喜色,欢者怡然自得而不见稍有瘁容。且其声音齿颊之间,各种俱有分别,此所谓曲情是也。……口唱而心不唱,口中有曲而面上身上无曲,此所谓无情之曲……欲唱好曲者,必先求明师讲明曲义。师或不解,不妨转询文人,得其义而后唱。唱时以精神贯串其中,务求酷肖。若是,则同一唱也,同一曲也,其转腔换字之

间,别有一种声口,举目回头之际,另是一副神情,较之时优,自然迥别。变死音为活曲,化歌者为文人,只在'能解'二字。解之时义大矣哉!

戏曲的创作要有主题,那么演员的表演或读者的阅读也自然有一个"解码"的过程,所解的是其"曲情"与"曲意"。这样演员才能演活该剧,读者才能心领神会。为了"能解",李渔要求演员"先求明师讲明曲义",甚至"不妨转询文人,得其义而后唱"。只有这样,演员才能"唱时以精神贯串其中","其转腔换字之间,别有一种声口,举目回头之际,另是一副神情"。但其中的困惑在于无人有把握真正能够领会与确定剧作者的"立言之本意"。而按照现当代解构主义文论的观点,所谓"立言之本意"根本就不存在,但无论如何,只要有人阐释出其中的某种"微言大义",也就达到了目的。

同李渔一样,德莱顿在剧论中直接谈戏剧主题之处并不多见,他在《论戏剧诗》中通过利西迪厄斯与尼安德的辩论两次提到戏剧主题。利西迪厄斯称赞法国戏剧严格坚持一个主题(one argument),别无旁支,这样他们就有更多的自由作诗,更详细、充分地利用题材,再现激情,而不必东一下,西一下,分散对主题与激情的表现。①但尼安德却予以反驳。针对利西迪厄斯所谓法国剧坚持单一主题(one single theme)有利于充分表达人物激情的观点,尼安德持否定态度。他认为法国剧诗冰冷、冗

---

① John Dryden. *John Dryden: Selected Criticism*. Ed. James Kinsley and George Parfitt. Oxford: Clarendon Press, 1970: 42.

长,毫无激情可言,法国戏剧非但不能使观众为其主人公悲伤,而反倒使观众受罪,恨不得尽早离开剧场。他甚至还要求利西迪厄斯出示例证来说明法国单一主题戏剧的长处。[①]戏剧主题是对一部戏剧所表现的思想与内涵的最概括的总结,无论是再现还是表现戏剧的思想内容,都离不开戏剧的主要有机构成部分,因而探讨戏剧主题也自然离不开对其各个有机组成部分的探究。德莱顿对戏剧结构、语言、人物性格所做的详细论述在某种程度上也反映了他对戏剧主题的看法,三者形象生动、恰到好处的结合才能形成使人信服的戏剧主题。

德莱顿在自己的戏剧创作中,对于同一来源的题材进行了彻底的改编或重写,所完成的剧作表现出与原著迥然不同的主题。比如重写自莎士比亚的罗马历史悲剧《安东尼与克莉奥佩特拉》的《一切为了爱》,其题材与莎剧一样,都是安东尼与克莉奥佩特拉的情爱与死亡,但各自的主题却截然不同。莎士比亚更侧重于渲染安东尼与埃及艳后克莉奥佩特拉之间的情欲,表现安东尼的偏执与冲动和克莉奥佩特拉的狡诈与诱惑,因而所显示的主题更具负面效果,可理解为:男女间的情欲足以毁灭个人的前程以至于亡国。而德莱顿则主要表现安东尼与埃及艳后之间的爱情,强调彼此间情感的忠诚与依恋、热烈与真挚,因而其主题给人以较正面的启示,可概括为:爱情的价值高于一切,甚至值得为之献身。主题似乎简洁明了,但要导出此结论,读者或观众就非得仔细、投入地去体验作品中的每个细节,领悟、揣

---

① John Dryden. *John Dryden: Selected Criticism*. Ed. James Kinsley and George Parfitt. Oxford: Clarendon Press, 1970: 51.

摩其中的内涵，同时结合自己的理解、情感以及阅历等得出一种主题。虽然不同的读者对于同一部作品可能会得出不同的主题倾向，但其间的差距还是有一定范围的，若超出此范围，就不能使人信服，比如《一切为了爱》的中心只能是对安东尼与克莉奥佩特拉两人之间爱的评价，否则就会离题太远。德莱顿在《特洛伊罗斯与克瑞西达·序言》中再次谈到戏剧的主题问题。法国天主教主教波舒哀（Jacques Bénigne Bossuet, 1627—1704）将道德主题规定为创作"英雄诗"的第一原则，要求剧作家必须明确其责任，将作品的教诲意义巧妙地暗示给观众。德莱顿在此转述其观点并表示赞许。他声称自己的"英雄剧"代表作《征服格拉纳达》的主题就是以荷马的史诗主题为范本：团结才能保全国家统一，分裂必将亡国。①该剧虽然有爱情、政治、战争交互进行，但最终一切都归于基督教的统领，秩序与公正得到恢复与加强，这或许就是该剧的主题暗示。古今中外戏剧的目的可以概括为："以审美的方式掌握世界，真实地反映和表现现实生活，描绘人的命运，刻画人的灵魂，传达一定的思想感情，揭示某些人生真理，以陶冶和愉悦人的心灵，改造人的精神面貌，最终给予社会的前进以积极影响。……艺术其实都是用可感受的去表现那不可感受的，用个别去表现一般，用现象去表现本质，用有限去表现无限。"②

---

① John Dryden. *John Dryden: Selected Criticism.* Ed. James Kinsley and George Parfitt. Oxford: Clarendon Press, 1970: 166-167.

② 杜书瀛：《李渔美学思想研究》，中国社会科学出版社，1998年，第52页。

小 结

戏剧作为一种大众艺术,其功利性是显而易见的。李渔与德莱顿都意识到这一点,并有明确话语表述。虽然戏剧作品的功利性无非表现在娱乐与教诲两个方面,两人都将娱乐置于首位。李渔在其所处时代环境的压力下,除了在其信札与剧作本身外,在剧论中只是暗指这一目的,而德莱顿则是在其剧论中无数次以不同的方式直言不讳地将其告白于世人。两人作为各自不同的社会、文化环境中最早的以文谋生的独立文人之一,对戏剧娱乐性的认识程度与自信力有所不同。同时,他们对戏剧的教诲作用也是肯定的,但如果两者不能苟全,他们都取其戏剧娱乐于人的消遣作用。两人特别对戏剧的讽刺作用提出了几乎相同的看法,即讽刺的作用在于揭露社会时弊,教人改邪归正,而绝不能用来报私仇。李渔的功利性还表现在他既要讨好观众同时还想得到权贵的认可,而德莱顿在剧论前的献词中更是夸大其词地赞美当权者给予他的资助与灵感。此种矛盾心理与无奈显然源自他们以写作谋生这一现实。与此同时,两人也都重视戏剧作品的文学内涵,但是李渔认为剧本的舞台可演性重于文学性,而德莱顿则认为剧本的长久价值在于其文学性,观众对戏剧则往往并没有恰当的审美观,因而不能以观众的喜恶来判断戏剧的好坏。戏剧的题材与主题最后决定其思想性。题材与主题是戏剧创作过程中的不同环节,题材是基础,主题是所暗示的结论。李渔要求题材要新,同时更要推陈出新,古今题材要采取不同的使用策略。德莱顿评述了新旧题材的各自优劣,但实际上决定戏剧作品如何的关键在于作者对整个艺术创作过程中各个部分的有机结合。戏剧作品的主题有很大的不确定性,但其歧义的范围是很有限的,只有概括出主题,读者或观众才能对整部作品有全面的理解与把握。

第五章
李渔与德莱顿戏剧理论的论述结构与风格比较

引 言

　　李渔与德莱顿剧论本身的结构系统与言说方式呈现出一种既相通又相异的微妙格局。李渔《闲情偶寄》的外部结构包括部、章、款,每章还各有引言,井井有条,自成体系,形式上俨然是一部现代意义上的专著或教科书的框架结构。但作为一个戏曲作家与评论家,李渔的具体评述表达形式的内部结构还是体现出浓厚的中国传统的诗话与曲话的特征,即经验性的、形象化的、人性化的、灵性化的特点,缺乏西方传统上高度理性的、范畴化的、抽象化的、概念性的总结与归纳。相对于以哲学家、思想家的亚里士多德为代表的逻辑理性、哲学思辨型西方文论言说方式与框架,同样是剧作家与剧论家的德莱顿,其剧论与诗论并无严整的系统性,也无有意识地专注外部形态,他甚至根本就没有一篇或一部像李渔的《闲情偶寄》那样条理分明、结构严谨的专题论述。德莱顿仅有的几篇独立剧论在当时有极强的实用针对性,一般都是用于反击其文坛宿敌。而德莱顿在剧论中的具体表达形式反倒非常接近中国曲论或诗论那种随意、机敏、生动、富有阅历与经验性的、顿悟性的、警句式的、谈话式的风格，其中的部分差别表现在他努力显示其论证上的逻辑性以及在内容上对当时科技发展的认识。作为文人的李渔与德莱顿在运用形象化语言方面都大量地运用了比喻以及其他修辞方法，两人的论说方式与理论框架直接表现出他们各自的学识、个性、阅历与才气，真可谓文如其人。以下着重分析他们在剧论言说策略与风格上的异同，在彼此的参照中更深刻地认识他们各自的特点。

第一节 李渔与德莱顿戏剧理论的论述结构与策略比较

首先，李渔与德莱顿剧论的中心内容都是围绕整个戏剧创作的过程与重要环节展开的，重点并不是针对具体戏剧作品的评论，因而具有较强的普遍意义与理论意义。李渔剧论撰写的整个组织与布局严谨、完整。《闲情偶寄》的剧论部分既包括论剧本创作的《词曲部》，又包括戏剧导演与演员训练的《演习部》，甚至还部分地包括如何选演员、培训演员、演员修养、化妆、服饰等与演出密切相关的《声容部》。其中《词曲部》分六章三十七款，涉及了剧本创作的结构、语言、音律、宾白、科诨、格局等几乎实际创作中的所有部分；《演习部》分五章十六款，论及如何选剧本、改编剧本、传授与导演戏曲的各个环节等舞台演出的大部分;《声容部》包括四章十三款,传授如何化妆、美容,提高自我修养等生活美学。此种剧论的完整性与系统性在整个中西古代世界可谓绝无仅有。亚里士多德的剧论《诗学》可谓简洁、高深、系统,但并不完整;王骥德的《曲律》可谓中国第一部具有理论系统性的剧论专著,但主要涉及剧本创作;德莱顿的剧论涉及对当时英国、西欧大多数重要戏剧理论的评价,但几乎没有对戏剧舞台演出的论述,更没有对有关演员的任何评论。德莱顿的剧论并没有形成专著。他独立成文的剧论只有五篇:《论戏剧诗》(1688)、《为〈论戏剧诗〉一辩》(1688)、《论英雄剧》(1672)、《为英雄诗与诗的破格辩护》(1677)、《悲剧的批评基础》(1679)。另外其他十篇主要剧论都是以戏剧的序或跋的形式出现。德莱顿在比较与评价西欧戏剧的各自特点上,在辨析当时的主要戏剧理论争执中,以及评述西欧古典戏剧理论传统中,涉及面较广,论述也较公允,颇具代表性,但要将其散见的剧论捋清脉络,呈现其整体系统结构,需要条分缕析、概括归纳,颇费一番工夫。

事实上,德莱顿虽然在论述的言语风格上与李渔有某些共通之处,但两人在剧论的言说策略与评论视角上并不相同。一方面,德莱顿在剧论中努力扮演一个冷静的旁观者与折中主义者的角色。他本人在剧论中就曾多次表白了自己这一独特的视角。在《论戏剧诗》给巴克赫斯特爵士(Lord Buckhurst)的献词结尾处,他声称,该文并无意与其文坛对手争辩,只是转述一下英国当时才子对某些文学话题的不同看法,如剧诗、比较古代与现代人创作、英国人与他国人创作的异同等;他也无意撮合彼此不同的观点,而只是冷静、客观、公允地转述他人的观点,由读者自己来决定取舍。他这种模仿柏拉图的对话方式论说戏剧也体现了一种质疑、开放的探索事物规律的态度。在该文致读者的引言部分,德莱顿又声明,该文的目的是为了英国人的荣誉,去回敬那些认为法国作家高于英国作家之人的,而并非要自以为是地教导他人。甚至在《为〈论戏剧诗〉一辩》一文的中段,他还在阐明自己在《论戏剧诗》中的论述角度:

> 我的整个论述方法是怀疑式的,遵循苏格拉底、柏拉图等古代学者的论理方式,塔利(Tully 即 Cicero)以及古代最优秀的学者都遵循此法,英国皇家学会也模仿此法质询。我的此种方法从文章的名称为"札记"(essay)就可以看出,还有文章的框架与构成都说明如此。大家很明了,该文是由持不同观点的多人对话构成,其中所有人的观点并无定论,要广大读者来决定是否,特别要等巴克赫斯特爵士的精准判断,该作就是献给他的。①

但在另一方面,德莱顿还是以种种方式表明了他本人对诸多重大戏剧理论问题的见解,虽然其中不乏矛盾。首先,《论戏剧诗》写作的起因就与法国人塞缪尔·索尔比埃尔(Samuel Sorbière)所写的访英游记中贬低英国戏剧事件有关。②在这种情况下,德莱顿必然在该文中有倾向性,即主要由尼安德来代表,但

---

① John Dryden. *John Dryden: Selected Criticism*. Ed. James Kinsley and George Parfitt. Oxford: Clarendon Press, 1970: 87.

② 参见 William K. Wimsatt, Jr. and Cleanth Brooks. Literary Criticism: *A Short History*. New York: Alfred A. Knopf, 1964: 183-184.

同时其他人的观点从各自的角度也有道理。《为〈论戏剧诗〉一辩》更是直接与其舅哥霍华德展开了论战。德莱顿其他十篇序跋形式的剧论主要是宣传、推销自己的作品与观点，反驳别人的诘难，同时也不乏对戏剧本质的真知灼见。另外，德莱顿几乎每篇剧论都附有长篇给达官贵人的献词，有一些的长度、言辞的浮夸程度以及对自己的谦卑态度，在现今读者的眼中，简直到了难以忍受的程度。显然，德莱顿的剧论具有很强的针对性、目的性与实用性。

与此相对照，李渔在剧论中则完全没有德莱顿所特意表明的谦逊态度，而是完全以一个经验丰富的老资格的戏曲作家与论家兼有的身份，胸有成竹地、时而高谈阔论、时而娓娓道来地耐心传授心得秘诀。除了在曲律、音乐方面稍显谦逊外，李渔表现出对戏曲创作技艺的完全的娴熟与自信。他似乎将一切囊括在心，以长者的身份与语气教导"拜师学艺"的年轻人。其剧论的字里行间有时也揭露劣行弊端，但并没有德莱顿剧论中那样明显的针对性。李渔在剧论中主要论述的是创作戏曲的技艺问题，即怎样写剧、编剧、演剧，这又具有很强的指导性与实用性。其中也包括一些对创作心理、戏剧本质的探索，但并没有像德莱顿那样就某个问题在不同文章中穷追不舍地深入探讨。李渔更侧重于戏剧的技术与效果层面，通过形象生动的比喻与事例来证明自己的观点，而不过多地进行抽象的概括与说理；而德莱顿在举例说明的同时还倾向于对基本戏剧要素进行形式逻辑思维辨析，并善于比较、总结与概括英国前辈最主要剧作家的特点，以言简意赅的表达形式开拓了作家评论的风格。

李渔与德莱顿的主要身份都是剧作家与诗人,而非学者,这就注定两人论剧的方式是非学究性的、非程式化的,而是颇具个性地、以文人的笔调娓娓道来。其中自然缺乏严谨的文献综述与引用,同时也存在引据不准确、判断评论过于主观、夸大等现象,如李渔对自己的观点与"秘诀"的大势夸耀与德莱顿对莎士比亚剧本题材来源的主观臆想等问题。因此,将两人剧论的文学、文体价值与学术价值合并在一起才能更客观地评价出其总体价值的意义。以下选取两人部分剧论中文体修辞实例,以说明其对于戏剧理论言说方式与文体风格的贡献。

第二节 李渔与德莱顿戏剧理论的修辞与文体风格比较

在以上所述的李渔与德莱顿剧论的基本框架与姿态之内,其观点与表达都需要具体的语言手段来实现,这些手段体现出各自的文体风格。其中最突出的是两人都大量地运用了语言的修辞手法,来阐释戏剧观念、自己的立场以及心态,从中我们最容易看出各自作家的禀性、喜好、阅历与巧智。

最具文学性的修辞格首先是明喻(simile)、隐喻(metaphor)和类比(analogy),这些也是作为文人的李渔与德莱顿最善于运用而且运用最多的比喻方式。

明喻是直接用连接词将两种具有共同特征的事物进行对比,用喻体使本体更生动明了。常见的此类英语连词有"like"

"as""as if""the same with/as"等；汉语连词有"如""犹""像""似"等。

以下是对德莱顿剧论中所用明喻的汉译与评析：

"For imagination in a poet is a faculty so wild and lawless that, like an high-ranging spaniel, it must have clogs tied to it, lest it outrun the judgement."("Preface to *The Rival Ladies*", p. 5)[①]

"诗人的想象力无拘无束、狂野无比，就像四处搜寻的猎犬，必须给它带上枷子，以防失控。"

德莱顿力主戏剧诗人的创作要保证想象力与理性的统一结合，所谓"无规矩不成方圆"。

"But as the best medicines may lose their virtue by being ill applied, so is it with verse, if a fit subject be not chosen for it."("Preface to *The Rival Ladies*", p. 6)

"就像最好的药运用不当也会失去效用，韵诗也是一样，如果选不好题材与之匹配，也不会有好的效果。"

德莱顿在其创作生涯的前期大力提倡戏剧中采用"偶韵体诗"，但他并非盲目倡导，而主要是针对"英雄剧"(heroic drama)。

"Seeing then our theatres shut up, I was engaged in these kind of thoughts with the same delight with which men think upon their absent mistresses..."("Of Dramatic Poesy: An Essay", p.16)

"既然当时剧院都关闭了，我就转向思索有关戏剧的问题，

---

① 为简明起见，以下原文只标文章题目和原选集页码：John Dryden. *John Dryden: Selected Criticism*. Ed. James Kinsley and George Parfitt. Oxford: Clarendon Press, 1970.

其愉悦心情不亚于男人们想起自己久违了的情人。"

由于瘟疫和伦敦大火,伦敦的剧院曾一度关闭,德莱顿只得退居其舅哥的乡村宅地,暂时停止了戏剧创作,但却完成了《论戏剧诗》的写作。以上比喻表达了德莱顿当时自得其乐的心情。以女人或情人作比喻在文人中司空见惯,但在文论中如此,尚属少见;无独有偶,李渔也如此行事,可参见以下李渔与之相对应的部分。

"...the characters are indeed the imitations of nature, but so narrow as if they had imitated only an eye or an hand, and did not dare to venture on the lines of a face, or the proportion of a body." ("Of Dramatic Poesy: An Essay", p. 33)

"(古人的)人物刻画的确是模仿自然的产物,但范围太窄,就好像他们只模仿了一只眼或一只手,而不敢逾越到脸庞或是身材。"

这是尤金尼厄斯在贬抑古人戏剧创作的狭隘性,而称赞英国戏剧的广泛包容性。

"...the soul being already moved with the characters and fortunes of those imaginary persons, continues going of its own accord, and we are no more weary to hear what becomes of them when they are not on the stage, than we are to listen to the news of an absent mistress." ("Of Dramatic Poesy: An Essay", p. 45)

"一旦灵魂受到想象中人物性格与命运的感动,它就会自行其道;当人物不在舞台上时,观众仍想听到他们的消息,其急切程度不亚于想听到自己久违了的情人的消息。"

感人的戏剧与人物刻画就会有如此这般的吸引力。德莱顿在同一篇文章中又一次用了"情人"之比喻,听起来絮叨,可谓小小的败笔。同样的比喻一般没有必要重复,特别是在同一篇文章中。

"A continued gravity keeps the spirit too much bent; we must refresh it sometimes, as we bait in a journey, that we may go on with greater ease."("Of Dramatic Poesy: An Essay", p. 50)

"不断的重力使人的精神不堪忍受,我们有时需要放松,就像我们路途中需要小憩,以便更轻松地上路。"

尼安德在此抱怨法国剧的单一性使观众感到沉闷,不如英国戏剧生动活泼。

"...for co-ordination in a play is as dangerous and unnatural as in a state."("Of Dramatic Poesy: An Essay", pp. 50-51)

"剧中的并列情节就像一国两君那样危险和不正常。"

此同出于尼安德之口,他既不赞同法国剧的单一性,也反对某些英国剧主次不分的并列性,可见其折中性。这基本上代表了德莱顿的观点。

"Thus, like a skilful chess-player, by little and little he draws out his men, and makes his pawns of use to his greater persons." ("Of Dramatic Poesy: An Essay", p. 62)

"就这样,像一位象棋高手,他一步步撤出自己的人,使小卒服务于更重要的人物。"

此为尼安德对本·琼生的喜剧《沉默女人》情节安排的溢美之词。下棋讲究布局、策略,特别适用于描述戏剧的结构安排。

李渔也用了下棋的比喻,只不过他用的是中国围棋,而德莱顿用的是国际象棋。

" 'Tis like the murmuring of a stream, which not varying in the fall, causes at first attention, at last drowsiness. Variety of cadences is the best rule, the greatest help to the actors, and refreshment to the audience."("Of Dramatic Poesy: An Essay", p. 68)

"就像潺潺溪流,径直下落,开始令人注意,最后催人欲睡。音律之变化是最佳法则,它对演员帮助莫大,对观众也是清新剂。"

此为尼安德讲如何恰到好处地运用偶韵体。万事俱在适度、得体;偶韵体诗恰到好处地运用能使戏剧增色,反之滥用,则面目可憎。

"A play, as I have said to be like nature, is to be set above life, as statues which are placed on high are made greater than the life, that they may descend to the sight in their just proportion."("Of Dramatic Poesy: An Essay", p. 72)

"如前所述,戏剧就像自然之物,需要高于生活,就像置于高处的雕塑要造的大于实物,这样从下面望去才会比例得当。"

尼安德在此论述真实生活与戏剧作品之间的关系。

"But these false beauties of the stage are no more lasting than a rainbow; when the actor ceases to shine upon them, when he gilds them no longer with his reflection, they vanish in a twinkling."("Preface to *The Spanish Friar*" p. 191)

"但是这些舞台上的人造之美比彩虹还要短暂;一旦演员停

止在上面大放异彩,不再以表演增色,这种舞台之美也就转眼即逝。"

德莱顿更看重戏剧长久的文学性,而瞧不起戏剧舞台一时的风光,因此他对戏剧的舞台艺术无可奉告,甚或还贬抑。李渔则十分重视戏曲的"登场性"。

对李渔剧论中明喻的评析:

"事多则关目亦多,令观场者如入山阴道中,人人应接不暇。……其为词也,如孤桐劲竹,直上无枝,虽难保其必传,然已有《荆》、《刘》、《拜》、《杀》之势矣。"(《闲情偶寄·词曲部·结构第一·减头绪》)

李渔强调戏曲结构应该"一人一事",其余人物、事件只能辅助、烘托主要人物、主要事件。这对于调整以传统上多主线、情节为特征的中国戏曲结构,突出戏剧性,尤为有指导意义。当然,技术层面上戏曲结构的完善尚需有深刻内容、真挚情感的支撑,方能流传。

"予谓既工此道,当如画士之传真,闺女之刺绣,一笔稍差,便虑神情不似;一针偶缺,即防花鸟变形。"(《闲情偶寄·词曲部·词采第二·引言》)

李渔对戏曲创作的每一个环节都要求精益求精,特别是在语言上要达到"首首有可珍之句,句句有可宝之字,则不愧填词之名"。

"机者,传奇之精神;趣者,传奇之风致。少此二物,则如泥人土马,有生形而无生气。"(《闲情偶寄·词曲部·词采第二·重机趣》)

"机趣"是戏曲的灵魂,它使各个部分有机地联系在一起,使人物形象栩栩如生,情节结构妙趣横生。德莱顿形容法国戏剧为大理石"雕像",如同李渔所形容的"泥人土马",有美感但缺乏鲜活的生命。

"曲中有务头,犹棋中有眼,有此则活,无此则死。进不可战,退不可守者,无眼之棋,死棋也;看不动情,唱不发调者,无务头之曲,死曲也。"(《闲情偶寄·词曲部·音律第三·别解务头》)

"务头"乃一句中、一曲中在音韵与意韵上最闪亮的关键字眼,李渔将其比喻成围棋之"眼",可谓巧妙、恰当;围棋的胜负要看所占的棋子多少,而棋子要想站住必须依靠同色棋子配合所构成的棋眼,有了分布广泛的棋眼就能守住领地,进退自如,最终占有领地多者胜。这与德莱顿用国际象棋中的进退来比喻戏剧情节结构的精妙有异曲同工之处。

"尝谓曲之有白,就文字论之,则犹经文之于传注;就物理论之,则如栋梁之于榱桷;就人身论之,则如肢体之于血脉,非但不可相轻,且觉稍有不称,即因此贱彼,竟作无用观者。"(《闲情偶寄·词曲部·宾白第四·引言》)

李渔对于宾白在戏曲中的作用的重视在古典文论家中可谓首屈一指。宾白之打通各个部分的积极因子,虽然不是主角,但必不可少;否则,即使一切就绪,整部剧也动不起来,观众也无法真正理解。

"如做把戏者,暗藏一物于盆盎衣袖之中,做定而令人射覆,此正做定之际,众人射覆之时也。"(《闲情偶寄·词曲部·格局第六·小收煞》)

戏曲中场的小高潮,就像变戏法时叫人猜真假那关口,必须有所铺垫,留有悬念,叫观众后来大为惊喜一场。

"演新剧如看时文,妙在闻所未闻,见所未见;演旧剧如看古董,妙在身生后世,眼对前朝。"(《闲情偶寄·演习部·变调第二·变旧成新》)

新旧曲目各有所长,似应该"新剧新到底,旧剧旧到底"才觉道地,否者则不伦不类,两头不讨好。

在隐喻中,本体与喻体不用连词而是用判断词或其他动词直接相连,彼此的关系更紧密、更微妙。

以下是对德莱顿剧论中隐喻的汉译与评析:

"But your Lordship's soul is an entire globe of light, breaking out on every side; and if I have only discovered one beam of it, 'tis not that the light falls unequally, but because the body which receives it is of unequal parts." ("Preface to *The Rival Ladies*", p. 3)

"您爵爷大人的精神就是大地之光,耀眼四射;假如说我只发现了一束光芒,那并非由于光照不匀,而是因为鄙人接受光芒之躯长得不够匀称。"

德莱顿在此对达官贵人所表达的谦卑之情态,可谓淋漓尽致。此类赞美、虚夸之词几乎充溢德莱顿的每一篇献词,这与后来18世纪英国文坛泰斗、真正的独立文人塞缪尔·约翰逊(1709—1784)在《致切斯特菲尔德一封信》[①]中所反映出来的态

---

① 见 M. H. Abrams, ed. *The Norton Anthology of English Literature*. Volume I. 3rd ed. New York: W. W. Norton & Company Inc., 1974: 2322

度大相径庭。

"Our poets present you the play and the farce together, and our stages still retain somewhat of the original civility of the Red Bull..."("Of Dramatic Poesy: An Essay", p. 41)

"我国诗人将正剧与闹剧同时呈现给观众,我国的舞台仍多少留有当年红牛剧场之遗风。"

倾向于法国戏剧的利西迪厄斯显然不屑于英国戏剧的多样性,他贬低英国舞台仍残留着旧时的不文明习惯。其中的红牛剧场建于约1605年,重建于1624年,以演出通俗剧与秩序混乱著称。利西迪厄斯显然是讽刺英国戏剧没有法国戏剧文明。

"...they are indeed the beauties of a statue, but not of a man, because not animated with the soul of poesy, which is imitation of humour and passions."("Of Dramatic Poesy: An Essay", p. 48)

"法国剧诗之美实际上是塑像之美,而非人之美,因为法国剧诗无诗魂之灵动,诗魂即对性格与情感的模仿。"

这是尼安德对利西迪厄斯的反驳。与此相反,英国戏剧虽然没有严格遵循古典剧作法的"三一律",但其情节的多样性与人物性格的生动性创造出活生生的"人之美"。

对李渔剧论中暗喻的评析:

"吾观近日之新剧,非新剧也,皆老僧碎补之衲衣,医士合成之汤药:取众剧之所有,彼割一段,此割一段,合而成之,即是一种'传奇'。"(《闲情偶寄·词曲部·结构第一·脱窠臼》)

李渔痛斥某些剧作既缺乏创新又没有娴熟的编剧技巧,结果是以四处剽窃来凑数。

"尤物足以移人,'尖新'二字,即文中之尤物也。"(《闲情偶寄·词曲部·宾白第四·意取尖新》)

美女使人心动、眼前闪亮,历代文人对此有多少赞美之词,李渔将其比做戏曲中的创新亮点,颇有创意,同德莱顿的"情人"之比相得益彰。

"若是则科诨非科诨,乃看戏之人参汤也。养精益神,使人不倦,全在于此,可作小道观呼?"(《闲情偶寄·词曲部·科诨第五·引言》)

人参汤并非众人皆可享用,但其滋补提神作用是显而易见的。李渔将科诨的特殊作用提到了以往剧论家不曾达到的程度。它虽然不是非有不可,但有利于调节剧场气氛,给观众提神,让他们真正欣赏完全剧。

"若止为依样葫芦,则是以纸印纸,虽云一线不差,少天然生动之趣矣。"(《闲情偶寄·演习部·变调第二·引言》)

李渔提倡在传统的基础上大胆创新,要善于利用和改编古剧,推陈出新,这样才能符合当代观众的欣赏口味。

类比是一种更复杂的比喻,他通过比较本体与喻体的一系列特征来说明某些道理或解释某种概念。

以下是对德莱顿剧论中类比的汉译与评析:

"...we may call it properly the counterturn, which destroys that expectation, embroils the action in new difficulties, and leaves you far distant from that hope in which it found you, as you may have observed in a violent stream resisted by a narrow passage; it runs round to an eddy, and carries back the waters with more swiftness than it brought them on." ("Of Dramatic Poesy: An Essay", p. 31)

"我们可以恰当地称之为逆转。戏剧中的逆转打破了观众的期待,使行动陷入新的困境,使观众远离他们对最初结果的期望。这一切就像人们看到湍急的溪水被狭窄的通道所阻挡的情形一样:水流打转形成旋涡,以比前行更快的速度倒流过来。"

溪流在复杂的地形上流淌常给人以意外的惊喜,戏剧情节的变化与突转给观众莫大的愉悦。德莱顿很欣赏英国戏剧情节的多样性。

"But he has done his robberies so openly, that one may see he fears not to be taxed by any law. He invades authors like a monarch, and what would be theft in other poets, is only victory in him." ("Of Dramatic Poesy: An Essay", p. 58)

"可是他如此光明正大地搜刮一切,并不惧怕受任何法规的惩罚。他像君王一样侵入其他作家的领地,在其他诗人那里会被认为是盗窃的行为,而在他那里则成了胜利的象征。"

德莱顿对本·琼生的才能颇为敬佩。琼生是英国16世纪的大学者、诗人、作家,对欧洲古典文学传统无所不知;他自由地翻译、借用前人的成果,采用"拿来主义",因此德莱顿的克赖茨称他为"博学的抄袭者"(learned plagiary)。琼生的学识与才气可与前人媲美,所以他的旁征博引即使没有标明出处似乎也能得到德莱顿的理解与认可。古代学者"饱读诗书",即使"引经据典"不标出处,其他学者也能辨别其所用之处,何况文章为"天下公器",无法窃为己有,因此古代的"借用"也并非现代意义上的

"剽窃"。

"And though the fury of a civil war, and power, for twenty years together, abandoned to a barbarous race of men, enemies of all good learning, had buried the muses under the ruins of monarchy, yet with the restoration of our happiness, we see revived poesy lifting up its head, and already shaking off the rubbish which lay so heavy on it."("Of Dramatic Poesy: An Essay", p. 63)

"二十多年内战的硝烟与争斗完全受制于一伙野蛮人、学术与文明的公敌。虽然这场内战埋葬了缪斯、毁灭了君王,但现在我们又高兴地看到诗歌复兴,重新扬起它的头颅,并且已经在甩掉以往加在身上的沉重瓦砾。"

德莱顿从共和派转为保皇派,从清教徒转为天主教徒,其中的原因很复杂,争议颇多,但他对社会的稳定、对文学的繁荣的信念是坚定的。他在此表达了期盼在王政复辟以后文学恢复繁荣的乐观心情。

"Fancy and reason go hand in hand, the first cannot leave the last behind; and though fancy, when it sees the wide gulf, would venture over, as the nimbler; yet it is withheld by reason, which will refuse to take the leap, when the distance over it appears too large."("Defence of 'Essay of Dramatic Poesy'", p. 90)

"想象与理性携手而行,谁也离不开谁。虽然想像就像猎犬,一看见鸿沟就跃跃欲试,但它受理性牵制,当距离太宽,就阻止它跨越。"

虽然德莱顿有一定的浪漫情怀,但他所尊崇的还是理性,这与他所处的正在迈入"理性时代"的社会环境密切相关。紧接着德莱顿时代之后就是英国的理性时代与新古典主义时期。德莱顿的文学观以及人生观都倾向于中庸。

"As in a glass or mirror of half a yard diameter, a whole room and many persons in it may be seen at once: not that it can comprehend that room or those persons, but that it represents them to the sight."("Defence of 'Essay of Dramatic Poesy'", p. 91)

"就像直径半码的镜子能一下子照见整个房间以及其中的许多人一样,这并非是镜子能容纳下那房间和人,而只是它能将影像反映在视觉中。"

德莱顿在此回击霍华德,认为戏剧的时空再逼真也只是一种再现,舞台上需要"真实时空"与"想象时空"的结合,但是舞台表演所用的时空越接近真实情况就越逼真,而霍华德却否认这一点。

"But in general, the employment of a poet is like that of a curious gunsmith or watchmaker: the iron or silver is not his own; but they are the least part of that which gives the value: the price lies wholly in the workmanship." ("Preface to *An Evening's Love*", p. 108)

"总的说来,诗人所做的就像精益求精的枪炮工或制表匠:铁和银都不是自己的,但这些材料只是其中价值最低的,其价格都在制造技艺上。"

诗的题材与创作的微妙关系通过这样日常熟悉的确切事例一比喻,其秘密昭然若揭。

"Nothing is more frequent in a fanciful writer than to foil himself by not managing his strength; therefore, as in a wrestler, there is first required some measure of force, a well-knit body, and active limbs, without which all instruction would be vain; yet, these being granted, if he want the skill which is necessary to a wrestler, he shall make but small advantage of his natural robustuousness: so, in a poet, his inborn vehemence and force of spirit will only run him out of breath the sooner, if it be not supported by the help of art."("Preface to *Troilus and Cressida*", p. 172)

"想象力丰富的作家最常见的失误是使不好自己的力气。因此,就像摔跤手,首先得练出力气、结实的身体和敏捷的腿脚;否则,怎么教都徒劳。然而,有了这一切,但他如果缺乏摔跤手所必需的技巧,他就不能充分发挥出自己的天生的优势。诗人要是这样,如果没有诗艺的支撑,他内在的活力和精神力量就会很快使他上气不接下气。"

作诗对一个人的天赋、才气以及技巧的全面要求,在此通过摔跤这一竞技性极强的体育运动的比照,表现得活灵活现。德莱顿的创作如此高产也许得益于此种竞技精神。

"...he must move them by degrees, and kindle with them; otherwise he will be in danger of setting his own heap of stubble on fire, and of burning out by himself without warming the company that stand about him."("Preface to *Troilus and Cressida*", p. 172)

"(剧作家)一定要一步一步地感动观众,激发他们的兴趣;否则,他就会落入点燃自己的麦茬堆、燃尽自己却没有温暖周围人的危险境地。"

德莱顿在此讽刺只会激情四射而无巧妙的策略的剧作者，再一次强调戏剧创作中理智的重要性，而非一概狂热的激情。

"Thus the Copernican system of the planets makes the moon to be moved by the motion of the earth, and carried about her orb, as a dependent of hers."("Discourse on Satire", p. 270)

"就这样，在哥白尼的行星系统中，月球受地球的运动而动，并围绕地球运转，成为地球的卫星。"

德莱顿在此以现代天文学的知识来比喻戏剧情节主次的关系，可见其知识面的广博，这与本书第一章第三节中讨论的有关德莱顿用中世纪天文学知识比喻戏剧情节关系相映成趣；而实际上，德莱顿曾是英国皇家学会会员。

" 'Tis with a poet, as with a man who designs to build, and is very exact, as he supposes, in casting up the cost beforehand. But, generally speaking, he is mistaken in his account, and reckons short of the expense he first intended. He alters his mind as the work proceeds, and will have this or that convenience more, of which he had not thought when he began. So has it happened to me; I have built a house, where I intended but a lodge. Yet with better success than a certain nobleman, who beginning with a dog kennel, never lived to finish the palace he had contrived."("Preface to *Fables, Ancient and Modern*", p. 284)

"诗人就像一个自己设计建房之人，他想事先精打细算。但总的说来，他还是估计不足，结果比预先少了费用。他一边进行，一边调整计划，加这儿、添那儿，补上当初开始时未想到的。

这事儿就发生在我身上。我本来只计划建一间小屋,但却成就了一套大房。可我要比某位绅士更成功,他计划建一座宫殿,但却根本没活到完成之时,最终只剩下个开始建的狗窝。"

这是德莱顿最后一部作品的开场白,形象地总结了自己一生的文学成就。他对自己颇为满意、自负,同时还借机辛辣地讽刺了某个已经故去的文坛对手。可见当时当时文坛竞争的激烈程度。

对李渔剧论中类比的评析:

《闲情偶寄·词曲部·结构第一·引言》中将戏曲结构比拟作"造物之赋形"与"建宅"。此段以及评析可见本书第一章。文学结构比作"造屋"古今中外皆通,一是因为屋是人的基本需求,二是因为其中的整体与部分的关系与文学作品的结构同理。

"犹塑佛者不即开光,画龙者点睛有待,非故迟之,欲俟全像告成,其身向左则目宜左视,其身向右则目宜右观,俯仰低徊,皆从身转,非可预为计也。"(《闲情偶寄·词曲部·格局第六·家门》)

"佛像开光""画龙点睛"皆为关键之处,"家门"部分如此重要,必然要求作者在此就对全剧"胸有成竹",铺垫、暗示出后来要发生的重要线索。

"仍其体质,变其丰姿。如同一美人,而稍更衣饰,便足令人改观,不俟变形易貌,而始知别一神情也。体质维何?曲文与大段关目是已。丰姿维何?科诨与细微说白是已。"(《闲情偶寄·演习部·变调第二·变旧成新》)

此又一借美女入喻之例。天生丽质固然重要,外加修饰更显妩媚。戏曲亦然。

"酿酒之家,不必尽知酒味,然秫多水少则醇酿,曲好糵精则香冽,此理则易谙也;此理既谙,则杜康不难为矣。造弓造矢之人,未必尽娴决拾,然曲而劲者利于矢,直而锐者宜于鹄,此道则易明也;既明此道,即世为弓人矢人可矣。"(《闲情偶寄·演习部·授曲第三·引言》)

人有专攻,各有所长。李渔坦言:"声音之道,幽渺难知。"要系统地说清音乐的道理实属不易,但按照其基本规律,凭实践经验,仍能有所作为。此两则类比说明在不谙熟音理的情况下制曲之可能性。创作重在实践经验,不在理论。

"妇人之态,不可明言;宾白中之缓急顿挫,亦不可明言;是二事一致。轻盈袅娜,妇人身上之态也;缓急顿挫,优人口中之态也。予欲使优人之口,变为美人之身,故为讲究至此。欲为戏场尤物者,请从事予言,不则仍其故步。"(《闲情偶寄·演习部·授曲第四·缓急顿挫》)

李渔对于女性美的研究可谓深而细,用的比喻也多彩多样,而且特别侧重于描绘女性空灵、变换部分的"姿"与"态",可见中国传统诗、文、画中表现写意风格的影响。这比起德莱顿的"情人"之喻,不可同日而语,同时也说明了中西文化中对女性形象审美情趣的差异。

综合的比喻即融合多种修辞格为一体,以达到形容丰满、解释透彻的目的。

以下是对德莱顿剧论中综合比喻的汉译与评析:

"Like an ill swimmer, I have willingly stayed long in my own depth; and though I am eager of performing more, yet am loth to venture out beyond my knowledge. For beyond your poetry, my Lord, all is ocean to me." ("Preface to *The Rival Ladies*", p. 3)

"像个蹩脚的泳者,我长期以来只愿意待在适合于自己的水深。虽然我渴望多表现一下,但不愿冒险超越自己的范围。爵士大人,除了您的诗歌之外,其他一切对我来说都是汪洋之水(太多了)。"

前一句为明喻,后一句是暗语。英语中"ocean"一词是"海洋",引申意思是"数量巨大"。此为序言中恭维奥雷里伯爵之词,显示出德莱顿早期面对达官贵人的谦卑姿态。也许德莱顿确实不太会游泳,但他后来的创作范围与数量真可谓"海量"。

"...wit is best conveyed to us in the most easy language; and is most to be admired when a great thought comes dressed in words so commonly received that it is understood by the meanest apprehensions, as the best meat is the most easily digested: but we cannot read a verse of Cleveland's without making a face at it, as if every word were a pill to swallow. He gives us many times a hard nut to break our teeth, without a kernel for our pains." ("Of Dramatic Poesy: An Essay", p. 36)

"传达巧智的最佳途径是用最浅显之语;伟大的思想由最平常的字眼来装扮,最普通的人也能理解,这是最令人羡慕的,就如同好肉最易消化一样。可是当我们每读克利夫兰的一首诗,都不禁要做鬼脸,就好像每个词都是要吞服的药丸。他常常给我们坚果,嗑碎牙齿,结果却没有果仁来补偿我们的痛苦。"

文以简洁、生动为上品,戏剧更是如此。德莱顿在此讥讽克利夫兰聱牙诘屈的戏剧语言。他前用明喻,后用隐喻,将观众或读者对戏剧语言的反应与戏剧语言应有的特点表达得风趣、幽默。

对李渔剧论中综合修辞的评析:

"尽此一人所行之事,逐节铺陈,有如散金碎玉,以作零出则可,谓之全本,则为断线之珠,无梁之屋。"(《闲情偶寄·词曲部·结构第一·立主脑》)

李渔强调戏曲结构必须紧凑、连贯,构成一个环环相扣的有机整体。此处前为明喻,后为隐喻,喻体为成语,并无创新。

"即于情事截然绝不相关之处,亦有连环细笋伏于其中,看到后来方知其妙。如藕于未切之时,先长暗丝以待,丝于络成之后,才知作茧之精,此言机之不可少也。"(《闲情偶寄·词曲部·词采第二·重机趣》)

拿"笋""藕"作喻体,先隐喻,后明喻,作者显然生活在江南。此比喻使戏曲各部分间的联系更复杂、精巧。

"曲谱者,填词之粉本,犹妇人刺绣之花样也。描一朵,刺一朵,画一叶,绣一叶,拙者不可稍减,巧者亦不能略增。然花样无定式,尽可日异月新,曲谱则愈旧愈佳,稍稍趋新,则以毫厘之差而成千里之谬。"(《闲情偶寄·词曲部·音律第三·凛遵曲谱》)

此以刺绣之精细、严谨来比喻严格遵守曲谱的重要性,但填词谱曲自然比刺绣的要求还要苛刻,而越难则越能显示出戏曲作者神奇的功力。李渔还将制曲比做"画葫芦",而妙在"依样之中"也能"别出好歹"。他推崇汤显祖为明朝三百年间唯一"善画葫芦者";即使如此,汤氏的戏曲还是遭到"病其声韵偶乖、字句多寡之不合"之责难。可见戏曲的形式已经发展到了极致,必然要被新的文学形式所代替。德莱顿所提倡的"英雄诗剧",从头到尾皆用偶韵体诗行,虽然没有曲牌的要求那样复杂,但其严格程度也是一般剧作家难以胜任的,但他恰好擅长此技,因此创立了"英雄诗剧"这一新的英国戏剧种类。但好景不长,连他自己在后期创作中也放弃了完全以偶韵体诗创作的这一戏剧形式。

除此之外,德莱顿在剧论中还运用了更具英语特点的其他修辞手法,如在《论上个时代的戏剧诗》("An Essay on the Dramatic Poetry of the Last Age")一文的结尾,他运用了大量排比(parallelism)、对照句(antithesis),口若悬河、淋漓尽致地点评出前代大剧作家莎士比亚、弗莱彻以及本·琼生戏剧创作的优劣,号召人们取其所长,避其所短。在《特洛伊罗斯与克瑞西达·序言》("Preface to *Troilus and Cressida*")的结尾处,德莱顿运用大量的对照句构成警句(epigrams),进一步比较、评断了莎士比亚与弗莱彻各自的特点,言辞隽永、意味深长。成语(idiom)、典故(classical allusion)在中国古代诗文、戏曲小说中可谓俯拾皆是。中华五千年不间断的文明、文化积累,使得汉语中成语、典故异常丰富。甚至我们当今日常话语中最常用的一些成语都来自两千多年前的古代典籍,这在英语中是没有的,恐怕在其他西方语言中也是罕见的。因此,李渔在剧论中大量使用成语、典故也就不足为奇。李渔恰到好处地运用成语、典故,形成了言简意赅、庄重典雅的论述风格。通过以上大量文学性形象、生动的比喻,李渔与德莱顿有力地突出并阐释了各自对戏剧创作主要方面的见解，充分显示了他们集文学家与批评家为一身、融描绘与说理为一体的风格鲜明、迥异的古典剧论言说方式。

小　结

　　李渔与德莱顿在彼此剧论的外部结构框架与预设上截然不同，但在内部具体行文风格上却多有相通之处。李渔的剧论结构从形式分类到覆盖范围系统、完整，这在古今中外的剧论中都是罕见的，但其内部论说方式还是属于诗话式的、经验型的、点悟式的；而德莱顿的剧论并没有严格、统一的论说形式，甚至也没有独立的专著形式，其随意、灵活、老练、形象、生动、警句式的内部评论方式反倒更似中国的诗话传统。李渔以实用的角度探讨了从戏曲创作到演出，甚至到演员挑选与培训等这一整套戏剧艺术的要素，而德莱顿则只是集中讨论了剧本创作中最重要也是最有争议性的话题，并对此展开了一定的哲学与逻辑性思辨。李渔与德莱顿都大量地运用了主要文学性修辞格的技巧与方式，探讨了戏剧创作中的诸多因素，突出与深化了他们所最关注的，也是最微妙的戏剧理论问题。

结　语

本书从戏剧结构、语言、人物、思想以及剧论本身的文体风格等五个戏剧理论的主要方面,对李渔与德莱顿的戏剧理论和思想,以共时与历时、微观与宏观等不同的方式和视野,进行了深入、详细的比较性研究。

首先,戏剧结构是李渔的古典戏曲理论与德莱顿的古典戏剧理论所首先共同关注的戏剧要素,但他们的戏剧结构观在彼此的参照中以及在其各自的戏剧理论史中的倾向与价值都有所不同。他们的戏剧结构的核心都是情节,但李渔的戏剧结构概念包括情节与布局等更广的范围,而德莱顿的戏剧结构概念主要围绕"三一律"的标准问题。从中我们也可以看出,到了17世纪下半叶,中英与中西剧论对戏剧结构重要性的认识已经处于相同的水平,而且对于戏剧情节结构有了更深入、系统的分析与结论。中国戏曲理论历来忽视对情节结构的探讨,因此对戏剧结构的高度认识与详细阐述是李渔对于中国古典戏曲理论的一次有突破性的贡献;而德莱顿的贡献在于他对"三一律"的修正。李渔的古典戏曲结构理念突出地表现在以"结构第一"与"立主脑"为核心的论述中,而德莱顿的古典话剧结构观念主要体现在他对"主要情节"与"次要情节"关系,以及"三一律"的适宜度的重新阐释上。本书的比较分析表明,相对于中国传统的戏曲创作实践与曲论,李渔的戏剧结构论所倡导的是戏曲结构由松散向紧严转向的理念;而相对于西方古典悲剧创作与理论,德莱顿所变通的是将"三一律"淡化,使戏剧结构由单一、紧严变为宽松、自由的新模式。与此同时,李渔与德莱顿的戏剧结构论在某种程度上都既继承又背离了各自文化圈的戏剧实践与理论传统,反而从某种程度上朝向对方的传统戏剧结构观念,但它们并不相遇,而是遥相呼应。

其二,戏曲语言是戏剧最终得以表现的根本,因此从戏剧语言的功能、效果与标准方面来衡量,李渔与德莱顿在论述戏剧语言的通俗性、生动性、创新性、精练性、音乐性、语体特征等方面都显示出极大的共同兴趣,但由于汉语与英语两种语言文字的巨大差异,其可比性只能在语言运用的观念与意象上,而不能在具体的语法、词汇特点上。李渔与德莱顿按照本民族语言文化特征并在尊重传统戏剧审美标准的前提下,提出了评价各自戏剧语言表达形式的标准。鉴于戏剧的大众性与舞台性,李渔与德莱顿都重视戏剧语言的通俗性问题,李渔的解决办法是,针对中国古典戏曲语言高度文人化、书面化的特点,消减戏曲语言的书面气,提高其口语性;德莱顿的建议是,针对英国戏剧语言历史较短、尚待提炼的现状,提高其语法与用词的规范性与正确性。李渔与德莱顿从思绪、情感与巧妙的言辞的关系上,论述了如何达到语言的生动性;他们以"意取尖新"与"诗的破格"为基本标准,阐释了戏剧语言创新的方法,并通过"洁净"与"纯洁"化,使戏剧语言精练。戏曲的"音律"服务于歌唱,英剧的"韵律"

服务于说白。两人从不同的层面探讨了戏剧语言音乐性的重要性和可能性;李渔侧重如何提高音乐性的技术层面,而德莱顿则关注在模仿论前提下,韵文与现实对话间的关系与真实性问题。在曲文高度发达的古典戏曲语境中,李渔对宾白的强化具有创新性;而以无韵文为主的英国古典话剧的背景下,德莱顿则提倡以偶韵诗贯穿到底的戏剧语言新概念,这也是一种形式上的创新。李渔在戏曲语言文人化、雅化的现状下,号召要清新、生动、通俗;德莱顿在英国戏剧语言尚未标准、精致化的情况下,呼吁要规范、准确、文雅。虽然中英戏剧语言论呈现出依自己的现状互相背离的趋势,但各自的通俗与文雅的最终结果实际上趋向于一个更靠近的标准。

其三,在西方现实主义文学与戏剧理论中得到充分发扬光大的对人物形象塑造的评述,实际上早在德莱顿时代就已经蔚然成风。德莱顿继承与发展了英国剧论对人物刻画的批评传统,就人物性格、个性、脾气、习性、举止等诸多方面进行了分析与阐释,同时也开启了20世纪文艺批评中对人物的典型化与类型化评述的先兆。除了金圣叹等少数戏剧、小说评注家以外,中国古典戏曲理论家对戏剧人物个性特征并没有给予特别的关照。李渔也并没有单独论述戏曲人物性格,但他还是有对于人物类型的程式化与人物个性的独特性的论述穿插在各章节之中。李渔与德莱顿都强调戏剧人物的真实性,以合情合理为人物形象塑造标准,注重人物个性与共性的统一,从而避免人物形象趋于类型化和单一化。两人都承认人性中既统一又相悖的复杂性与多样性,因此为丰富的人物形象刻画提供了基础。李渔提倡塑造主要人物的单一性,以此来紧缩以往戏曲作品松散的情节结构;而德莱顿则既承认中心人物的重要性,又提倡英国戏剧人物的多样性与生动性。李渔与德莱顿对剧本的改编使某些人物形象更突出、丰满、鲜明。总之,李渔的戏剧人物论倾向于使以往传统上人物的多样化统一到一人或少数主要人物身上,而德莱顿则倾向于使单一的主要人物多样化,以丰富全剧的容量。

其四,李渔与德莱顿都明确地肯定戏剧鲜明的功利性特征。戏剧的功利性包括娱乐、道德以及经济等方面。虽然李渔与德莱顿并不否认戏剧道德功利性的重要意义,但两人都将戏剧的娱乐性置于首位,以便为后两者提供前提条件。两人的社会身份与经济背景进一步说明了他们的戏剧功利观。作为各自不同的社会环境中最早以文谋生的独立文人之一,两人对戏剧娱乐性的认识程度与自信力有所不同。李渔由于所处时代环境的压力,在剧论中只是暗指娱乐之目的,而德莱顿则直言不讳地无数次宣告其戏剧娱乐观。两人对戏剧的讽刺作用提出了几乎相同的看法,要求戏剧讽刺只能揭露社会时弊,教人改邪归正,而绝不能报私仇。李渔的另一种功利性还表现在他既想讨好观众又要争取权贵们的认可,而德莱顿在剧论中给权贵们献词的言辞则浮夸有余。此种矛盾心理与无奈也反映了他们实际生活中的困顿。李渔要求戏剧题材要新颖,但更高的标准是推陈出新;德莱顿评析了新旧题材的优劣,但戏剧作品的好坏更取决于艺术想象和技能。好的戏剧作品离不开耐人寻味的主题。李渔与德莱顿对于戏剧思想内容作用的观点可概括为:娱乐第一,教诲第二,寓教于乐。

最后,李渔与德莱顿在彼此剧论的外部结构框架与预设上截然不同,但在内部具体行文风格上却多有相通之处。李渔的剧论外部结构系统、完整,但其内部论说方式仍属于诗话式的;而德莱顿的剧论并不系统、完整,但其随意、灵动的评论方式反倒颇似中国的诗话传统。李渔重戏曲实用性技巧的传授,而德莱顿则对最有争议的戏剧话题展开某种哲学性思考。李渔与德莱顿都用文学修辞突出与深化了微妙的戏剧理论问题,形成了一种论理为主、形容为辅,理性与形象相结合的剧论言说风格。

通过此项分析与研究,本书揭示出李渔与德莱顿剧论中几项重要的共通之处,同时也指出他们的剧论中各自的独特性。两人的剧论在诸多方面形成了针对其各自传统的某种二律背反,而针对其对方却形成了互相靠近的倾向,但这绝不意味着彼此可以互相通融与消解,而是在同一领域、范畴内构成了平等对话的通道。本书所探讨的李渔与德莱顿在戏剧理论不同层次上的相通与相异性,使我们更深地了解了彼此与自我,同时也使我们在中英与中西戏剧理论领域有了一个更坚实的沟通平台,促进了中外文化的顺利交流与和谐发展。

引用文献

1. 阿·尼柯尔:《西欧戏剧理论》,徐士瑚译,中国戏剧出版社,1985年。
2. 曹顺庆:《跨文化比较诗学论稿》,广西师范大学出版社,2004年。
3. 陈多、叶长海选注:《中国历代剧论选注》,湖南人民出版社,1987年。
4. 陈多注释:《李笠翁曲话》,湖南人民出版社,1981年。
5. 陈望道:《修辞学发凡》,上海教育出版社,1984年。
6. 陈竹:《中国古代剧作学史》,武汉出版社,1999年。
7. 《词源》(第三册),商务印书馆,2001年。
8. 戴望舒:《戴望舒选集》,人民文学出版社,2002年。
9. 狄兆俊:《中英比较诗学》,上海外语教育出版社,1992年。
10. 董每戡:《〈笠翁曲话〉拔萃论释》,2004年。
11. 杜书瀛:《论李渔的戏剧美学》,中国社会科学出版社,1982年。
12. 方汉文:《比较文学高等原理》,南方出版社,2002年。
13. 费尔迪南·德·索绪尔:《普通语言学教程》,高名凯译,商务印书馆,1980年。
14. 郭英德:《明清传奇戏曲文体研究》,商务印书馆,2004年。
15. 《汉语大词典》(简编),汉语大词典出版社,1998年。
16. 何辉斌:《戏剧性戏剧与抒情性戏剧:中西戏剧比较研究》,中国社会科学出版社,2004年。
17. 黑格尔:《美学》(第三卷,下册),朱光潜译,商务印书馆,1997年。
18. 亨利·詹姆斯:《小说的艺术:亨利·詹姆斯文论选》,朱雯等译,上海译文出版社,2001年。

19. 何文焕辑:《历代诗话》(上),中华书局,2004年。

20. 黄强:《李渔研究》,浙江古籍出版社,1996年。

21. 胡天成:《李渔戏曲艺术论》,西南师范大学出版社,1993年。

22. 胡元翎:《李渔小说戏曲研究》,中华书局,2004年。

23. 劳·坡林:《怎样欣赏英美诗歌》,殷宝书编译,北京出版社,1985年。

24. 勒内·韦勒克、奥斯汀·沃伦:《文学理论》,刘象愚等译,江苏教育出版社,2005年。

25. 李昌集:《中国古代曲学史》,华东师范大学出版社,1997年。

26. 李达三、罗钢主编:《中外比较文学的里程碑》,人民文学出版社,1997年。

27. 李日星:《李渔对戏剧结构的系统诊断》,《湘潭大学社会科学学报》,2000年第8期。

28. 李渔:《李渔全集》(修订本·全十二卷),浙江古籍出版社,1992年。

29. 刘若愚:《中国的文学理论》,田守真、饶曙光译,四川人民出版社,1987年。

30. 烙兵:《李渔的通俗文学理论与创作研究》,经济管理出版社,2004。

31. 罗竹风主编:《汉语大词典》(第9卷),1992年。

32. 鲁迅:《我怎么作起小说来》,《南腔北调》,人民文学出版社,1980年。

33. 贾岛:《题李凝幽居》,《唐诗鉴赏词典》,上海辞书出版社,1983年。

34. 钱钟书:《七缀集》,上海古籍出版社,1994年。

35. 钱钟书:《写在人生边上;人生边上的边上;石语》,生活·读书·新知三联书店,2002年。

36. 莎士比亚:《莎士比亚全集》(二),朱生豪译,人民文学出版社,1978年。

37. 汤显祖:《汤显祖全集》(二),北京古籍出版社,1999年。

38. 托·斯·艾略特:《艾略特文集》,李赋宁译,百花洲文艺出版社,1994年。

39. 王国维:《宋元戏曲史疏证》,马美信疏证,复旦大学出版社,2004年。

40. 王运熙、顾易生主编:《中国文学批评史》(下册),上海古籍出版社,2002年。

41. 王运熙、顾易生主编:《中国文学批评史》(中册),上海古籍出版社,2002年。
42. 伍蠡甫:《西方文论选》(上卷),上海译文出版社,1988年。
43. 吴梅:《中国戏曲概论》,中国人民大学出版社,2004年。
44. 夏写时:《中国戏剧批评的产生和发展》,中国戏剧出版社,1982年。
45. 萧欣桥:《李渔全集·序》,李渔:《李渔全集》(修订本,第一卷),浙江古籍出版社,1992年。
46. 许建中:《明清传奇结构研究》,中州古籍出版社,1999年。
47. 亚里士多德、贺拉斯:《诗学 诗艺》,罗念生、杨周翰译,人民文学出版社,1984年。
48. 杨绛:《李渔论戏剧结构》,《比较文学论文集》,张隆溪、温儒敏编选,北京大学出版社,1984年。
49. 俞为民:《李渔〈闲情偶记〉曲论研究》,江苏教育出版社,1994年。
50. 张法:《中西美学与文化精神》,北京大学出版社,1994年。
51. 张庚、郭汉城主编:《中国戏曲通论》,上海文艺出版社,1989年。
52. 张庚:《戏曲艺术论》,中国戏剧出版社,1980年。
53. 张隆溪:《道与逻各斯》(1992),四川人民出版社,1998年。
54. 张隆溪:《钱钟书谈比较文学与"文学比较"》,《读书》,1981年第10期。
55. 赵景深:《李笠翁曲话注释·序》,徐寿凯注释,安徽人民出版社,1981年。
56. 《中国大百科全书·戏剧》,中国大百科全书出版社,1989年
57. 中国戏曲研究院编:《中国古典戏曲论著集成》(六),中国戏剧出版社,1959年。
58. 中国戏曲研究院编:《中国古典戏曲论著集成》(四),中国戏剧出版社,1959年。
59. 朱熹:《朱子语类》,黎靖德、王星贤点校,中华书局,1994年。

60. Abrams, M. H. *A Glossary of Literary Terms*. 5th ed. Fort Worth: Harcourt

Brace Jovanovich College Publishers, 1988.

61. Abrams, M. H., ed. *The Norton Anthology of English Literature.* Volume I. 3rd ed. New York: W. W. Norton & Company Inc., 1974.

62. Adams, Hazard & Leroy Searle, ed. *Critical Theory Since Plato.* Beijing: Peking UP, 2006.

63. Bloom, Harold, ed. *The Art of the Critic.* Vol. One. New York: Chelsea House Publishers, 1985.

64. Bloom, Harold, ed. *The Art of the Critic.* Vol.Three, New York: Chelsea House Publishers, 1987.

65. Dryden, John. *John Dryden: Selected Criticism.* Ed. James Kinsley and George Parfitt. Oxford: Clarendon Press, 1970.

66. Etiemble, René. *The Crisis in Comparative Literature.* Trans. and Forward by Herbert Weisinger and Georges Joyaux. East Lansing: Michigan State U P, 1966.

67. Eliot, T. S. *Homage to John Dryden: Three Essays on Poetry of the Seventeenth Century.* Paris: The Arden Library, 1978.

68. Forster, E. M. *Aspects of the Novel.* Harmondsworth: Penguin Books, 1974.

69. Hanan, Patrick. *The Invention of Li Yu.* Cambridge, Mass.: Harvard U P, 1988.

70. Henry, Eric P. *Chinese Amusement: The Lively Plays of Li Yu.* Hamden, Conn.: Anchon Books, 1980.

71. Johnson, Samuel. *Lives of the Poets.* New York: Doubleday & Company, Inc. Dolphin Books. A Reprint.

72. Kinsley, James and Helen Kinsley, ed. *John Dryden: The Critical Heritage.* London and New York: Routledge, 1971.

73. Mao, Nathan K. and Liu Ts'un-yan. *Li Yu.* Boston: Twayne Publishes, 1977.

74. *The New American Desk Encyclopedia.* 3rd ed. New York: A Signet Book, 1993.

75. Pechter, Edward. *Dryden's Classical Theory of Literature*. London, New York: Cambridge UP, 1975.
76. *Shorter Oxford English Dictionary*. 5th ed. Oxford: Oxford UP, 2002.
77. Thrall, Willliam Flint and Addison Hibbard. *A Handbook to Literature*. New York: The Odyssey Press, 1960.
78. Wimsatt, William K., Jr. and Cleanth Brooks. *Literary Criticism: A Short History*. New York: Alfred A. Knopf, 1964.
79. Zwicker, Steven N., ed. *The Cambridge Companion to John Dryden*. Cambridge: Cambridge UP, 2004.

主要参考文献

1. 爱克曼辑录:《歌德谈话录》,朱光潜译,人民文学出版社,1997年。
2. 柏拉图:《文艺对话录》,朱光潜译,人民文学出版社,1997年。
3. 陈多注释:《李笠翁曲话》,湖南人民出版社,1981年。
4. 陈良运:《中国诗学体系论》,中国社会科学出版社,1992年。
5. 程华平:《中国小说戏曲理论的近代转型》,华东师范大学出版社,2001年。
6. 成中英:《论中西哲学精神》,东方出版社,1991年。
7. 厄尔·迈纳:《比较诗学》,中央编译出版社,1998年。
8. 方汉文:《比较文化学》,广西师范大学出版社,2003年。
9. 方汉文:《比较文学高等原理》,南方出版社,2002年。
10. 郭绍虞主编、王文生副主编:《中国历代文论选》(1、2、3、4),上海古籍出版社,2001年。
11. 郭英德:《明清传奇史》,江苏古籍出版社,2001年。
12. 黑格尔:《美学》,朱光潜译,商务印书馆,1997年。
13. 何其莘:《英国戏剧史》,译林出版社,1999年。
14. 洪昇:《长生殿》,人民文学出版社,1983年。
15. 黄鸣奋:《英语世界中国古典文学之传播》,学林出版社,1997年。
16. 黄维樑:《中国古典文论新探》,北京大学出版社,1996年。
17. 黄药眠、童庆炳:《中西比较诗学体系》,人民文学出版社,1991年。
18. 胡经之主编:《西方文艺理论名著教程》(上、下),北京大学出版社,1989年。
19. 伽达默尔:《真理与方法》(上、下册),洪汉鼎译,上海译文出版社,2004年。

20. 孔尚任:《桃花扇》,人民文学出版社,2005年。

21. 莱辛:《汉堡剧评》,张黎译,上海译文出版社,1998年。

22. 莱辛:《拉奥孔》,朱光潜译,人民文学出版社,1997年。

23. 廖可兑:《西欧戏剧史》(上、下),中国戏剧出版社,2002年。

24. 刘锋杰、章池集评:《人间词话百年解评》,黄山书社,2002年。

25. 刘介民:《中国比较诗学》,广东高等教育出版社,2004年。

26. 李咏吟:《诗学解释学》,上海人民出版社,2003年。

27. 李渔:《闲情偶寄》,杜书瀛评点,学苑出版社,1998年。

28. 李渔:《闲情偶寄》,李忠实译注,天津古籍出版社,1996年。

29. 李渔:《闲情偶寄》,江巨荣、卢寿荣校注,上海古籍出版社,2000年。

30. 李渔:《闲情偶寄》,民辉译,岳麓书社,2000年。

31. 李渔:《闲情偶寄》,孙敏强注,浙江古籍出版社,2000年。

32. 龙榆生:《词曲概论》,北京出版社,2004年。

33. 罗杰·法约尔:《批评:方法与历史》,怀宇译,白花文艺出版社,2002年。

34. 吕效平:《戏曲本质论》,南京大学出版社,2003年。

35. 马新国主编:《西方文论史》,高等教育出版社,2002年。

36. 门岿:《戏曲文学:语言托起的综合艺术》,广西师范大学出版社,2000年。

37. 潘德荣:《文字·诠释·传统——中国诠释传统的现代转化》,上海译文出版社,2003年。

38. 钱穆:《中国文化史导论》,商务印书馆,1994年。

39. 钱钟书:《管锥编》(5册),中华书局,1986年。

40. 钱钟书:《谈艺录》(补订本),中华书局,1984年。

41. 启功:《诗文声律论稿》,中华书局,2000年。

42. 汤显祖:《汤显祖全集》(全三卷),北京古籍出版社,1999年。

43. 田仲一成:《中国戏剧史》,云贵彬、于允译,北京广播学院出版社,2002年。

44. 饶芃子:《中西戏剧比较教程》,广东高等教育出版社,1989年。

45. 孙隆基:《中国文化的深层结构》,广西师范大学出版社,2004年。

46. 沈新林:《李渔新论》,苏州大学出版社,1997年。

47. 王力:《曲律学》,中国人民大学出版社,2004年。

48. 王力:《诗词格律》,(北京)中华书局,2000年。

49. 王实甫:《西厢记》,人民文学出版社,1998年。

50. 王晓路:《西方汉学界的中国文论研究》,巴蜀书社,2003年。

51. 王运熙、顾易生主编:《中国文学批评史》(上、中、下),上海古籍出版社,2002年。

52. 肖荣:《李渔评传》,浙江文艺出版社,1985年。

53. 锡德尼、扬格:《为诗辩护——试论独创性作品》,钱学熙、袁可嘉译,人民文学出版社,1998年。

54. 徐保卫:《李渔传》,百花文艺出版社,2002年。

55. 余虹:《中国文论与西方诗学》,三联书店,1999年。

56. 徐慕云:《中国戏剧史》,上海古籍出版社,2001年。

57. 徐寿凯注释:《李笠翁曲话注释》,安徽人民出版社,1981年。

58. 亚里士多德:《范畴篇 解释篇》,方书春译,商务印书馆,2003年。

59. 杨世祥:《中国戏曲简史》,(北京)文化艺术出版社,1989年。

60. 叶维廉:《中国诗学》,三联书店,1992年。

61. 易闻晓:《公安派的文化阐释》,齐鲁书社,2003年。

62. 余秋雨:《戏剧理论史稿》,上海文艺出版社,1983年。

63. 俞为民:《李渔评传》,南京大学出版社,1998年。

64. 宇文所安:《中国文论:英译与评论》,王柏华、陶庆梅译,上海社会科学出版社,2003年。

65. 张怀承:《王夫之评传》,广西教育出版社,1997年。

66. 张少康、刘三富:《中国文学理论批评发展史》(上、下),北京大学出版社,1995年。

67. 张松林:《中国戏曲史》,重庆大学出版社,1997年。

68. 赵文卿、立彩标主编:《李渔研究》,(北京)中国文联出版社,2000年。

69. 郑传寅、黄蓓:《欧洲戏剧文学史》,长江文艺出版社,2002年。

70. 郑振铎:《文学大纲》(上、下),广西师范大学出版社,2003年。

71. 中国戏曲研究院编:《中国古典戏曲论著集成》(八),中国戏剧出版社,1960年。

72. 周光庆:《中国古典解释学导轮》,中华书局,2002年。

73. 周华斌:《中国戏剧史新论》,北京广播学院出版社,2003年。

74. 周靖波主编:《西方剧论选》(上、下),北京广播学院出版社,2003年。

75. 周宪:《超越文学》,上海三联书店,1997年。

76. 朱栋霖、王文英:《戏剧美学》,江苏文艺出版社,1991年。

77. 朱东润:《中国文学批评史大纲》,上海古籍出版社,2001年。

78. 朱光潜:《诗论》,三联书店,1998年。

79. 朱光潜:《西方美学史》,人民文学出版社,1979年。

80. 朱万曙:《明代戏曲评点研究》,安徽教育出版社,2002年。

81. 左东岭:《李贽与晚明文学思想》,天津人民出版社,1997年。

82. Aden, John M., ed. *The Critical Opinions of John Dryden: A Dictionary.* Nashville: Vanderbilt University Press, 1963.

83. Atkins, G. Gouglas. *The Faith of John Dryden.* Lexington, Kenturky: The University Press of Kenturky, 1980.

84. Atkins, J. W. H. *English Criticism: 17th & 18th Centuries.* London: Methuen and Co Ltd, 1951.

85. Bond, Donald, comp. *The Age of Dryden.* Illinois: AHM Pub. Corp., 1970.

86. Bredvold, Louis I. *The Intellectual Milieu of John Dryden: Studies in Some Aspects of Seventeenth-Century Thought.* USA: The University of Michigan Press, 1934.

87. Cannon, Paul D. *The Emergence of Dramatic Criticism in England from Jonson to Pope.* New York and Houndmills, Hampshire: Palgrave Macmillan,

2006.

88. Deane, Cecil V. *Dramatic Theory and the Rhymed Heroic Play*. London: Oxford University Press, 1931.

89. Dobrée, Bonamy. *John Dryden*. Rev. ed. London: Longmans, Green &Co Ltd., 1961.

90. Doren, Mark Van. *The Poetry of John Dryden*. Rev. ed. New York: The Minority Press, 1931.

91. Dryden, John. *Dryden: Poetry and Prose with Essays by Congreve, Johnson, Scott and Others*. (Essays only) Ed. David Nichol Smith. Oxford: The Clarendon Press, 1925.

92. Dryden, John. *Essays of John Dryden*. 2 Vols. Sel. & Ed. W. P. Ker. New York: Russel and Ressel, 1961.

93. Dryden, John. *Marriage à la Mode*. Ed. Mark S. Auburn. London: Edward Arnold, 1981.

94. Dryden, John. *The Letters of John Dryden*. Ward. Charles. E., Ed. USA: Duke University Press, 1942.

95. Dryden, John. *The Works of John Dryden*. 18 Vols. Walter Scott. Edinburgh: Archibald Constable & Co., 1821.

96. Dryden, John. *The Works of John Dryden*. 20 Vols. Ed. Edward Niles Hooker, et al. Berkley and Los Angeles: University of California Press, 1956-2002.

97. Dryden, John. *Of Dramatic Poesy and Other Critical Essays*. 2 Vols. Ed. George Watson. London and New York: J. M. Dent & Sons Ltd. and E. P. Dutton &Co. Inc., 1962.

98. Frank, Marcie. *Gender, Theatre and the Origins of Criticism: From Dryden to Manley*. Cambridge: Cambridge University Press, 2003.

99. Frost, Williams. *Dryden and the Art of Translation*. Hamden, Conn.: Archon

Books, 1969.

100. Frost, William. *John Dryden: Dramatist, Satirist, Translator.* New York: AMS Press, 1988.

101. Garrison, James D. *Dryden and the Tradition of Panegyric.* Berkeley, Los Angeles, London: University of California Press, 1975.

102. Garrison, James D. *Pietas from Vergial to Dryden.* University Park, Pennsylvania: The Pennsylvania State University Press, 1992.

103. Gelber, Michael Werth. *The Just and the Lively: The Literary Criticism of John Dryden.* Manchester and New York: Manchester University Press, 1999.

104. Gillespie, Stuart. *John Dryden—Classicist and Translator.* Edinburgh: Edinburgh University Press, 2001.

105. Haley, David B. *Dryden and the Problem of Freedom: The Republican Aftermath 1649-1680.* New Haven and London: Yale University Press, 1997.

106. Hall, James M. *John Dryden—A Reference Guide.* Boston: G. K. Hall & Co., 1984.

107. Hammomd, Paul and David Hopkins, eds. *John Dryden: Tercentenary Essays.* Oxford: Clarendon Press, 2000.

108. Hammond, Paul. *Dryden and the Traces of Classical Rome.* Oxford, New York: Oxford University Press, 1999.

109. Hammond, Paul. *John Dryden: A Literary Life.* Hampshire and London: Macmillan, 1991

110. Harth, Phillip. *Pen to a Party: Dryden's Tory Propaganda in Its Contexts.* Princeton, New Jersey: Princeton University Press, 1993.

111. Hath, Phillip, Alan Fisher, and Ralph Cohen. *New Homage to John Dryden.* Los Angeles: The William Andrew Clark Memorial Library, University of

California, 1983.

112. Hoffman, Arthur W. *John Dryden's Imagery*. Gainesville: University of Florida Press, 1962.

113. Hopkins, David. *John Dryden*. Devon, UK: Northcote Publishers Ltd, 2004.

114. Hughes, Derek. *Dryden's Heroic Plays*. London and Basingstoke: The Macmillan Press Ltd, 1981.

115. Hume, D. Robert. *Dryden's Criticism*. Ithaca and London: Cornell UP, 1970.

116. Jones, Thora Nurnley and Bernard de Bear Nicol. *Neo-Classical Dramatic Criticism: 1560-1770*. Cambridge: Cambridge University Press, 1976.

117. Kavenik, Frances. *British Drama 1660-1779: A Critical History*. New York: Twayne Publishers, 1995.

118. King, Bruce. *Dryden's Major Plays*. Edinburgh and London: Oliver and Boyd, 1966.

119. King, Bruce, ed. *Dryden's Mind and Art*. Edinburgh: Oliver and Boyd, 1969.

120. Kinsley, James, ed. *The Poems of John Dryden*. 4 Vols. Glasgow and New York: Oxford UP, 1958.

121. Kirsch, Arthur. *Dryden's Heroic Drama*. Princeton, New Jersey: Princeton University Press, 1965.

122. Kramer, David Bruce. *The Imperial Dryden: The Poetics of Appropriation in Seventeenth-Century England*. Athens and London: The University of Georgia Press, 1994.

123. Lews, Jayne and Maximillian E. Novak, eds. *Enchanted Ground: Reimagining John Dryden*. Toronto, Buffalo, London: The University of Toronto Press, 2004.

124. MacFadden, George. *Dryden: The Public Writer 1660-1685*. Princeton, New Jersey: Princeton University Press, 1978.

125. Miner, Earl and Jennifer Brady, eds. *Literary Transmission and Authority. Dryden and Other Writers.* Cambridge: Cambridge University Press, 1993.

126. Miner, Earl. *Dryden's Poetry.* Bloomington and London: Indiana University Press, 1967.

127. Miner, Earl, ed. *John Dryden.* Athens, Ohio: Ohio University Press, 1972.

128. Morton, Richard. *John Dryden's Aeneas: A Hero in Enlightenment Mode.* Toronto: University of Victoria, 2000.

129. Myers, William. *Dryden.* London: Hutchinson and Co. Ltd, 1973.

130. Nettleton, G, ed. *British Dramatists from Dryden to Sheriden.* Carbondale and Edwardsville: Southern Illinois UP, 1969.

131. Osborn, James M. *John Dryden: Some Biographical Facts and Problems.* Gainesville: University of Florida Press, 1965.

132. Pechter, Edward. *Dryden's Classical Theory of Literature.* London and New York: Cambridge University Press, 1975.

133. Proudfoot, L. *Dryden's Aeneid and Its Seventeenth Century Predecessors.* Manchester: Manchester University Press, 1960.

134. Rawson, Claude and Aaron Santesso. *John Dryden—His Politics, His Plays and His Poets.* Newark: University of Delaware Press; London: Associated University Presses, 2004.

135. Roper, Allan. *Dryden's Poetic Kingdoms.* London: Routledge and Kegan Paul, 1965.

136. Saintsbury, G. *Dryden.* London: Macmillan and Co. Limited, 1937.

137. Schilling, Nernard. N. *Dryden and Conservative Myth: A Reading of Absalom and Achitophel.* New Haven and London: Yale University Press, 1961.

138. Schilling, Nernard. N., ed. *Dryden: A Collection of Critical Essays.* Englewood Cliffs, N. J.: Prentice-Hall, Inc., 1963.

139. Singh, Sarup. *The Theory of Drama in the Restoration Period.* Bombay, Calcutta, Madras, New Delhi: Orient Longmans, 1963.

140. Smith, David Nicol. *John Dryden. The Clark Lectures on English Literature 1948-1949.* London and New York: Cambridge University Press, 1950.

141. Sutherland, James. *John Dryden: The Poet as Orator.* Glasgow: Jackson, Son & Company, 1963.

142. Swedenberg, H. T., Jr., ed. *Essential Articles for the Study of John Dryden.* Frank Cass and Company, Ltd, 1966.

143. Thomas, W. K. *The Crafting of Absalom and Achitophel: Dryden's " Pen for a Party".* Waterloo, Ontario, Canada: Wilfrid Laurier University Press, 1978.

144. Trowbridge, Hoyt. *From Dryden to Jane Austen.* Albuquerque: The University of New Mexico Press, 1977.

145. Verrall, A. W. Verrall Margaret De. G., ed. *Lectures on Dryden.* London: Cambridge University Press, 1914.

146. Ward, Charles E. and H. T. Swedenberg. *John Dryden: Papers Read at a Clark Library Seminar February 25, 1967.* University of California, Los Angeles: Wiiliam Andrews Memorial Library, 1967.

147. Ward, Charles E. *The Life of John Dryden.* Chapel Hill: The University of North Carolina Press, 1961.

148. Williamson, *George. Seventeenth Century Contexts.* London: Faber and Faber, 1960.

149. Winn, James A., ed. *Critical Essays on John Dryden.* New York: G. K. Hall & Co, 1997.

150. Winn, James Anderson. *"When Beauty Fires the Blood": Love and the Arts in the Age of Dryden.* Ann Arbor: The University of Michigan Press, 1992.

151. *Year's Work in English Studies, The.* Volume 1-91. Ed. The English

Association. Oxford, UK: Oxford University Press, 1921-2012.
152. Young Kenneth. John *Dryden: A Critical Biography.* London: Sylvan Press, 1954.
153. Zwicker, Steven N. and Susan Green, eds. *John Dryden: A Tercentenary Miscellany.* San Marino, California: The Henry E.Huntington Library and Art Gallery, 2001.
154. Zwicker, Steven N. *Dryden's Political Poetry: The Typology of King and Nation.* Providence, Rhode Island: Brown University Press, 1972.
155. Zwicker, Steven N. *Politics and Language in Dryden's Poetry: The Arts of Disguise.* Princeton: Princeton University Press, 1984.

附　录
德莱顿研究文献综述
（17世纪—2010年）

总　论

英国17世纪文豪约翰·德莱顿（John Dryden）在诗歌、戏剧、文论、翻译与译论方面都有卓越成就。詹姆斯·金斯利（James Kinsley）编辑的 *John Dryden: The Critical Heritage* (1971) 一书有代表性地汇集了1663—1810年间英国文坛对德莱顿的评论。对德莱顿作品的评论早在这些作品演出或出版的当时就已经开始，一部分来自观众，一部分来自他的文友或文敌，但大部分来自他本人的序、跋或献词，以及他撰写的12篇相对独立的专论文章（参见：Edmund Malone, ed. *The Critical and Miscellaneous Prose Works of John Dryden*, 1800; Walter Scott, ed. *The Works of John Dryden*, Vol 15, 1882-1893; W. P. Ker, ed. *The Essays of John Dryden*, 1900; James Kinsley and George Parfitt, ed. *John Dryden: Selected Criticism*, 1970; George Watson, ed. *Of Dramatic Poesy and Other Critical Essays*, 1962; E. N. Hooker and H. T. Swedenberg, Jr., et al., *The Works of John*

Dryden, Vols. 17, 20, 1956-2002)。德莱顿的许多评论是有针对性的借题发挥,为自己的作品辩护与宣传,同时也不乏对戏剧诗、英雄剧、悲剧、讽刺作品、古典文学翻译的专论。作为从英国文艺复兴到新古典主义时代承前启后的大文学家,德莱顿的批评标准主要是欧洲大陆古希腊罗马以及文艺复兴时期基于史诗与悲剧的标准,但同时又结合了英国的文学实践,为自己以及本民族文学辩护并确立了本国的文学与语言标准。据德莱顿同时代人塞缪尔·佩皮斯(Samuel Pepys, 1633—1703)的《日记》(*Diary of Samuel Pepys*, 1906)记载,其"英雄剧"当时大受欢迎,但也有其政敌或文敌对他的为人或作品进行抨击,如杰里米·柯里尔(Jeremy Collier, 1650—1726)就谴责其作品伤风败俗。对德莱顿比较深入系统的评价始于18世纪。亚历山大·蒲柏(Alexander Pope, 1688—1744)充分肯定了德莱顿在戏剧、诗歌、散文创作上对英国文学的贡献,将他仅排在乔叟、斯宾塞、弥尔顿之后,称他们为英国诗歌史上的"巨大地标";托马斯·格雷(Thomas Gray, 1716—1771)则将他排在莎士比亚和弥尔顿之后。之前还有其友人如约翰·丹尼斯(John Dennis, 1657—1734)也充分肯定了其诗艺和名誉,塞缪尔·加思爵士(Sir Samuel Garth, 1661—1719)称赞其诗才和译才,威廉·康格里夫(William Congreve, 1670—1729)缅怀其人品,称道其诗才,特别赞美其散文创作的贡献。为德莱顿正式立传、定性评价的是塞缪尔·约翰逊(Samuel Johnson, 1709—1784)。他在《英国诗人评传》(*Lives of the English Poets*, G. B. Hill, ed., 1905)中专门辟出一章,全面、深入地评析了德氏的文学特点,充分肯定了他对英语文学语言的贡献,并称他为"英国文论之父",称其文章《论戏

剧诗》为英语"第一篇正式而有价值的论创作艺术的论文"。早期的重要德莱顿传记还有埃德蒙·马洛尼（Edmund Malone, 1741—1812）的 The Account of the Life and Writings of the Author (1800)。其中特别肯定了德莱顿的散文对于规范英语和丰富其表现力的作用，同时也肯定了其剧论超过前辈的清晰度和系统性。瓦尔特·司各特（Walter Scott, 1771—1832）编辑的18卷本 The Works of John Dryden (1808; George Saintsbury, rev., 1882—1893)是19世纪德莱顿研究的丰碑，第一卷 The Life of John Dryden 全面系统地评述了德莱顿的文学成就。司各特认为德莱顿的戏剧不如莎士比亚，诗歌不如弥尔顿，但他的文采的多样性却超过两者，其作品是英国文学的经典。德莱顿作为当时的公众人物，其创作生涯更直接反映了当时人们的文艺品味和社会风气。司各特评述了德莱顿诗艺的发展与提高过程、其"英雄剧"在当时的盛行、他在国内外文学界的影响，肯定了他在讽刺诗、抒情诗、叙事诗以及应酬诗等多种诗歌体裁方面的才能，特别是在讽刺诗方面的才能。在翻译实践与理论方面，德莱顿强调神似重于形似。其古典诗歌翻译本身就足以证明其诗艺的高超。德莱顿的散文成就主要集中于他的剧论《论戏剧诗》以及众多的序跋文中。其剧论虽然没有欧洲古典文论的严整和系统性，但其文笔却优美动人，信手拈来，被列为英国散文的典范。司各特将德莱顿的总体文学成就评价为仅次于莎士比亚和米尔顿。威廉·华兹华斯（William Wordsworth, 1770—1850）承认德莱顿驾驭语言的天赋，却认为他由于脱离大自然，因而缺乏想象力和激情，其语言缺乏真正的诗意。到了19世纪浪漫主义和维多利亚时代，德莱顿研究及其声誉陷入低谷，但乔治·圣茨伯里（George Saintsbury, 1845—1933）在19世纪末又将德莱顿研究推向新的高潮。在评传 *Dryden* (1881) 中，他声称德莱顿的作品代表了英国17世纪的主要文学运动特征，同时指明了18世纪英国文学运动的方向。

作为英国古典文学大家，德莱顿的影响一直延续到20世纪以及今日的英美文学批评界与文坛，对他在诗歌、戏剧、戏剧理论以及翻译领域的评述持续不断。期间德莱顿研究虽然有所谓的"大年""小年"，对他的评价亦有褒贬，但每一年都有比较稳定的德莱顿研究专著、论文、原著的不同选本发表和出版，包括多种德莱顿研究文献目录，如：*Bibliographical Work on Dryden* (Dobell, 1922), *English Literature of the Restoration and Eighteenth Century: A Current Bibliography* (an annual issue) (Ronald Crane, 1926), *Early Editions and Drydeniana* (Hugh Macdonald, 1939) 等。自从20世纪以来，德莱顿研究俨然称为"德莱顿学"。此间的重要评传有：*Homage to John Dryden: Three Essays on Poetry of the Seventeenth Century* (T. S. Eliot, 1924), *John Dryden: A Critical Biography* (Young Kenneth, 1954), *The Life of John Dryden* (Charles E. Ward, 1961), *John Dryden: Some Biographical Facts and Problems* (James M. Osborn, 1965), *John Dryden and His World* (James Anderson Winn, 1987), *John Dryden: A Literary Life* (Paul Hammond, 1991)。书信集有 *The Letters of Dryden with Letters Addressed to Him* (Charles E. Ward, Ed, 1942) 。20世纪德莱顿研究最大的项目是加州大学出版社出版的20卷本 *The Works of John Dryden*

(1956—2002),项目始于1949年,终于2002年,历经53年,发起人及主编加州大学教授爱德华·奈尔斯·胡克(Edward Niles Hooker)和斯韦登伯格(H. T. Swedenberg Jr.)现今都已去世,参与学者18人,最后在项3人(Meg Sullivan, "The California Dryden Project", *UCLA Spotlight*, 1 Dec. 2002),可谓前赴后继。第一卷出版于1956年,最后一部第七卷出版于2002年。

20世纪英语语言文学研究不可或缺的一部工具书是《英语研究年刊》(*The Year's Work in English Studies*)。该年鉴由英国英语协会组织,牛津大学出版社出版,始于1921年,覆盖文献的年份从1919年至今,即使在二次世界大战期间也从未间断,包括从开始的古英语文学到维多利亚时期英国文学,后来延伸到现代英语文学、美国文学、文论,以及英语国家文学等。该年鉴对每年主要是英语世界对于英语语言文学各个时期的重要研究成果进行了几乎是无遗漏的详细的目录性质的综述与简评,其中的每个栏目都由该领域的知名专家撰写。例如:德莱顿研究文献综述就在"王政复辟时期"(The Restoration)一栏中,如果哪一年德莱顿研究文献很丰富,则在该栏目中再分德莱顿专栏。自年鉴创刊以来,"王政复辟时期文学"一栏的主笔就换过数十位,而且60年代之后往往是多人负责这一个栏目。自1968年始,该栏目扩展为2个栏目:"17世纪早期文学"(The Earlier Seventeenth Century)和"17世纪晚期文学"(The Later Seventeenth Century)。后者包括德莱顿研究文献目录与综述。20世纪德莱顿研究主要包括以下几个方面:诗歌研究、剧作研究、剧论研究、翻译研究、作家生平及时代背景研究、版本研究等。以下按照此次序,主要参照该年鉴的目录与评述,结合本人在牛津大学图书馆(Bodleian Library,钱钟书先生戏称为饱蠹图书馆)亲自查阅的有关图书,按年代顺序概述德莱顿研究文献主要情况。

20世纪

20年代

艾略特(T. S. Eliot, 1888—1965)的 *Homage to John Dryden: The Three Essays* (1924) 激起了20世纪人们对于17世纪英语诗的极大热忱,并提高了17世纪英语诗,特别是玄学派诗歌在西方现代文坛的地位与影响。直至今日仍有美国人专门住在德莱顿的故乡(Aldwincle,本人2010年寻访该地所见)研究德莱顿。*Dryden's Heroic Plays: A Study of the Origins* (B. J. Pendlebury, 1923) 详细追溯了"英雄剧"的起源,论述了德莱顿对于"英雄剧"的贡献及其特征。"英雄剧"这一戏剧类型在德莱顿手里成熟,也达到顶峰。威廉·S.克拉克的论文"The Sources of the Restoration Heroic Play" (William S. Clark, *Review of English Studies*, Jan. 1928) 探讨了王政复辟时期"英雄剧"的来源问题,指出来自法国戏剧的影响以及本土戏剧发展的倾向。"Conventions of Platonic Drama in the Heroic Plays of Orrery and Dryden" (Kathleen Lynch, *Publications of the Modern Language Association of America*, June 1929) 反驳了Clark对于"英雄剧"主

要来自法国影响的观点,强调了英国前王政复辟时代早已存在的柏拉图式戏剧的倾向,之后又是如何被德莱顿重塑成"英雄剧"。文章"Notes on Dryden's Lost Prosodia"(R. D. Jameson, *Modern Philology*, Feb. 1923)论述了德莱顿的诗律特征与原则。德莱顿认为诗律即规则,不可轻易打破;英语诗歌的创作基于音步、重音节、节奏和押韵,而且彼此具有独立性。除了教诲之外,诗歌给人的愉悦来自于:1. 形式美;2. 思想与言辞的精妙结合;3. 真正的模仿自然。其中严格的形式与音韵美成为"英雄剧"的主要特征。*The Laureateship: A Study of the Office of Poet Laureate in England* (Edmund Kemper Broadus, 1921) 一书考证了德莱顿获得英国第一位正式桂冠诗人称号的时间为1668年。这一相关研究对于英国皇室如何影响英国文学史有参考价值。*John Dryden: Bibliographical Memoranda* (Percy J. Dobell, 1922) 论述了德莱顿作品的版本问题,特别指出以往对于德氏的剧本编辑缺乏精确性,但却错误地认为德剧缺乏演出性。*The Character of John Dryden* (Alan Lubbock, 1925)将德莱顿描绘为自由的怀疑主义者、保守派、古典派。德莱顿性格上的矛盾性与政治、宗教倾向的摇摆从古至今都引起人们极大的争议。德语博士论文 *Dryden und die römische Kirche* (B. J. Wild, 1928) 专门探讨了德莱顿的宗教观以及与罗马天主教的关系。

30年代

德莱顿最具代表性的戏剧成就体现在"英雄剧"上,因此对于"英雄剧"的研究仍是德莱顿戏剧研究的核心。论文"The Definition of the 'Heroic Play' in the Restoration Period"

(William S. Clark, *The Review of English Studies*, Oct. 1932) 追溯了"英雄剧"这一名称的来龙去脉,认为在其全盛期该剧种是韵体严肃剧,符合英雄史诗的风格,演绎的是身居高位者的崇高情怀。德语博士论文"Drydena heroische Tragodien als Ausdruck hdfischer Barockkttltur in England" (Wolfgan Mann, 1932) 也以德莱顿的戏剧创作为中心探讨了该剧种,认为它是巴洛克文学、宫廷文化,具有强烈的保皇倾向。"The English Heroic Play" (Miss A. E. Parsons, *The Modern Language Review*, Jan. 1938) 进一步考证了17世纪英国"英雄剧"与"英雄诗""英雄罗曼司"等文学体裁的关系,以及16世纪意大利批评家的文学戒律的影响,重新认定了德莱顿的观点,认为戴夫南特爵士(Sir William Davenant, 1606—1668) 是"英雄剧"体裁的首创人。法国学者 W. Harvey-Jellie 的专著 *Le Théâtre classique en Angleterre, dans l'âge de John Dryden* (1933) 统计分析了法国、西班牙、意大利以及英国本土戏剧对于德莱顿剧本的影响,说明王政复辟期的英国戏剧缺乏创新。"Dryden's Plays: A Study in Ideas" (Mildred E. Hartsock, *Seventeenth Century Studies*, Second Series, Robert Shafer, ed., 1937) 专门探讨了德莱顿戏剧中的思想观念问题,指出哲学家霍布斯的唯物论、蒙田以及怀疑论思潮对于德莱顿的影响。*The Sources of John Dryden's Comedies* (Ned Bliss Allen, 1935) 探讨了德莱顿喜剧的来源,说明其喜剧虽缺乏创意但娱乐性十足。30年代早期主要是对于德莱顿研究的基础性工作,其中有 Thomas James Wise 基于自己的德莱顿文献收藏,自印只在圈内流通的《德莱顿图书馆目录》(1930),包括书籍、手稿、签名、信函等。*The Best of Dryden* (Louis I. Bredvold, ed., 1933) 是一部很完整、方便的德莱顿诗文精选集；还有6卷本的德莱顿戏剧集 *Dryden, The Dramatic Works* (Montague Summers, 1931)。针对德莱顿的生日，R. G. Ham 考证为1631年8月19日 (*Times Literary Supplement*, 20 Aug. 1931)，而 Duncan Macnaughton 坚持认为按照公历还是1631年8月9日 (*T. L. S.*, 3 Sept. 1931)，卒于1700年5月1日或12日，出生地是 Aldwincle, Thrapston, Northamptonshire, England。由于德莱顿出生之时，其家已非名门望族，所以他的出生日期及地点随着时间的流逝都变得含糊不清！（中国的李渔也是如此，国内学者对于他的出生日期与地点也是争执不休。）"Portraits of John Dryden" (P. D. Mundy, *Notes and Queries*, 17 June 1933) 记述了所有现存德莱顿原始画像的处所，以及曾存世的画像的情况，对于德莱顿生平研究很有意义。1934年德莱顿研究最重要的著作是 *The Intellectual Milieu of John Dryden: Studies in Some Aspects of Seventeenth-Century Thought* (Louis I. Bredvold)。该书探讨了德莱顿的哲学、宗教、政治观念的演化过程及影响，认为他虽然不是创新式的思想家，但他博览群书，博采众长，阅历丰富，逐渐形成了与他自己性格相合的怀疑主义的思想信念。德莱顿是英国文坛颇具争议性的人物，他的政治、宗教立场的摇摆性历来备受诟病。休·麦克唐纳的论文 "The Attacks on Dryden" (Hugh Macdonald, *Essays and Studies*, vol. xxi, 1936) 全面细致地综述了德莱顿的同代人对于他的抨击。该学者在30年代末期又出版了一部德莱顿研究的重要基础性著作，德莱顿版本与研究目录：*John Dryden: A Bibliography of Early Editions and of Drydeniana* (Hugh Macdonald, ed., 1939)。该书的一半篇幅考证了1767年之前德莱顿原著各种版本问题，另一半综述了18世纪中期以前对于德莱顿研究的所有重要评论文献。*British Dramatists from Dryden to Sheridan* (George H. Nettleton and Arthur E. Case, eds., 1939) 收入了1660—1780年间25部剧作，反映出这一时期英国戏剧的主要特征。

40年代

论文 "The Significance of Dryden's Heroic Plays" (D. W. Jefferson, *Proceedings of the Leeds Phil, and Lit. Soc.*, Feb. 1940) 探讨了德莱顿"英雄剧"中巧智与修辞的力量，剧作家借此发挥了自己剧作中华丽的喜剧色彩。"The Occasion of 'An Essay of Dramatic Poesy'" (George Williamson, *Modern Philology*, Aug. 1946) 考证分析了《论戏剧诗》的写作背景和缘由，其中涉及罗伯特·霍华德爵士，法国人Samuel Sorbière的书 *Relation d'un voyage en Angleterre* 对英国文学的贬低，以及Thomas Sprat对这本法语书的反驳。"The Place of Rules in Dryden's Literary Criticism" (Hoyth Trowbridge, *Modern Philology*, Nov. 1946) 论述了规则在德氏文论中的地位，其中列举圣茨伯里认为德氏不在乎规则，约翰逊博士认为德氏是第一位按照规则来评价作品优点的英国人，Margaret Sherwood认为德氏摇摆于法国的文学规则于英国的文学自由之间，而Trowbridge本人同意约翰逊的观点。"Dryden and the Analysis of Shakespeare's Techniques"

(Ruth Wallerstein, *The Review of English Studies*, April 1943) 探讨了德莱顿模仿莎士比亚戏剧的动机与方法,说明了德氏自己的创作观与方法。德莱顿还是一位杰出的翻译家,主要翻译了中古英语的乔叟、古希腊罗马的作品,以及当时欧洲的一些艺术理论书籍,他的翻译文字总量超过他自己的原著。"Dryden's Latin Scholarship" (J. Mc.G. Bottkol, *Modern Philology*, Feb. 1943) 专门论述了德氏对于拉丁语古典作品的研究与翻译情况,并以当时的拉丁语文本为前提,分析了德氏是如何为他的时代重新阐释古代经典。"Some Sidelights on the Reputation and Influence of Dryden's Fables" (Herbert G. Wright, *The Review of English Studies*, Jan. 1945) 全面地综述了德氏最重要的译文集对于英国文坛一直到19世纪的反响与影响,其中包括约翰逊博士对此的冷漠与Dr. John Aikin的热忱,以及华兹华斯的贬抑与司各特的褒扬等。"Dryden's 'Georgics' and English Predecessors" (Helene M. Hookerm, *The Huntington Library Quarterly*, May 1946) 论述了德氏对于维吉尔诗歌翻译的继承与发展。*Voltaire, Dryden and Heroic Tragedy* (Trustan Wheeler Russell, 1946) 论述了伏尔泰受德莱顿诗歌、文论的影响,并指出法国文论家拉潘 (Nicolas Rapin, 1535—1608)、博叙 (René Le Bossu, 1631—1680) 以及达西耶 (André Dacier, 1651—1722) 所制定的新古典主义教诲式史诗的概念主导了英法两国的文学风气,也促动了德氏"英雄剧"的产生。詹姆斯·奥斯本的 *John Dryden: Some Biographical Facts and Problems* (James M. Osborn, 1940) 为本年度重头著作。该书开拓性地将有关德莱顿生平的几乎所有疑点与问题不遗余力地进行了收集、考证与分析,为更翔实而全面的德莱顿传记打下了坚实基础。"Macdonald's Bibliography of Dryden: An Annotated Check List of Selected American Libraries" (James M. Osborn, *Modern Philology*, Aug. and Nov. 1941) 就 Macdonald 的目录,查询了美国主要学术图书馆的有关收藏情况,对该目录的三分之一内容作了补充与更正,为德莱顿研究学者提供了更详细的说明。查尔斯·沃德编辑的 *The Letters of Dryden with Letters Addressed to Him* (Charles E. Ward, ed., 1942) 包括 77 封德莱顿的信函,其中 15 封是别人写给德莱顿的,全部保留了原信的拼写与标点,为德莱顿研究提供了第一手资料。法国人 Pierre Legouis 翻译出版了法译德莱顿诗选 *Dryden: poèmes choisis, traduction, preface et notes* (1946),形式是以简洁的散文体和素体诗,包括前言以及注释,反映了英法文化的互动。40 年代最后一篇重要的德莱顿研究文章"Dryden's 13 Sisters and Brothers" (P. D. Mundy, *Notes and Queries*, 20 March 1948) 补充了德莱顿家族的传记材料。

50 年代

尼克尔·史密斯 (Nichol Smith) 的 *John Dryden* 系列讲座 1950 年出版,包括人物刻画技巧、早期诗歌与评论、戏剧、宗教讽刺诗、翻译、颂诗与寓言诗等。该讲座方法传统但很经典,特别是对德莱顿的《论戏剧诗》的阐释极富启发性。*Selected Poems: John Dryden* (Geoffrey Grigson, 1950) 的前言弥补了尼克尔·史密斯所忽略的对德莱顿抒情诗的评述,称其内容厚重、寓意深刻,同艾略特对德莱诗歌的评价大相径庭。塞缪尔·霍尔特·蒙克(Samuel Holt Monk)编辑了德莱顿研究目录：*John Dryden: a List of Critical Studies from 1895 to 1948* (1950)。威廉·弗罗斯特(William Frost)撰写了第一部研究德莱顿翻译的专著：*Dryden and the Art of Translation* (1955)。20世纪50年代德莱顿研究里程碑式的事件是加州大学出版社出版了《德莱顿全集》第一卷(1956)。詹姆斯·金斯利编辑的四卷本《德莱顿诗全集》(1958)是最全的德莱顿诗集，其中包括诗歌翻译以及详细、严谨的注释。

60年代

《英语研究年刊》自1963年始为德莱顿研究专辟一章，形式上分专著、论文或章节，内容上分德莱顿的诗歌、戏剧、文论研究。*Dryden's Poetry* (Earl Miner, 1967)探讨了德氏诗歌的公共性问题，以及有限的人生与不朽的声誉的关系，以及永恒等问题。*Dryden's Heroic Drama* (Arthur C. Kirsch, 1965)阐释了德莱顿有关"英雄剧"的评论与其实际剧作的特征与关系。比较德莱顿译诗的研究著作 *Dryden's Aeneid and Its Seventeenth Century Predecessors* (L. Proudfoot, 1960)论述了复译中的借鉴与创造，以及对英诗格律的影响。*John Dryden* (Bonamy Dobrée, 1961)是至1961年最可信、最简明的德莱顿研究综述。*John Dryden: Of Dramatic Poesy and Other Critical Essays* (George Watson, ed., 1962)是至1962年最全的德莱顿评论集，权威、标准。*The Critical Opinions of John Dryden: A Dictionary* (John M. Aden, comp. and ed., 1963)的内容与出处超出德莱顿

文论本身,因此对德莱顿文论是一个补充,但不包括德莱顿诗歌中所涉及的文论。*Dryden: Of Dramatick Poesie, an Essay, with Sir Robert Howard's Preface to the Great Favourite and Dryden's Defence of an Essay* (James T. Boulton, ed., 1964) 清晰地显示出德莱顿与霍华德两人争辩的脉络与焦点。"Dryden's Prose Style" (Irène Simon, *Revue des langues vivantes*, 1965) 讨论了德莱顿对规范化口语体的开创。"Dryden and Branded Words" (Janet. M. Bately, *Notes and Queries*, 1965) 探讨了德莱顿对现代英语词语用法的贡献。"An Annotated Bibliography of Critical Thought Concerning Dryden's *Essay of Dramatic Poesy*" (Louis Gatto, *Restoration and 18th Century Theatre Research*, 1966) 就德氏的《论戏剧诗》列注了十种版本和七十种有关研究文献。查尔斯·沃德的论文集 *John Dryden: Papers Read at a Clark Library Seminar, 25 February 1967* (Charles E. Ward, 1967) 探讨了澄清德莱顿生平史实的种种困难。*Literary Criticism of John Dryden* (Arthur C. Kirsch, ed., 1967) 是德莱顿文论精选集,介绍了其文论的来源及历史语境。*Contexts of Dryden's Thought* (Philip Harth, 1968) 是德莱顿思想研究,探讨了德莱顿思想中温和的怀疑主义与折中主义倾向。*A Glossary of John Dryden's Critical Terms* (H. James Jensen, ed., 1969) 是德莱顿及英国17世纪新古典主义文论术语集,包括相关论题、概念以及词语等。

70年代

70年代第一部德氏研究专著 *The Intellectual Design of*

John Dryden's Heroic Plays (Ann T. Barbeau, 1970) 将德莱顿的"英雄剧"看做是思想观念剧。*Dryden's Rhymed Heroic Tragedies* (Michael W. Alssid, 1974) 探讨了英雄剧的概念以及它与德氏诗歌的关系, 还包括剧本分析、语言分析等。*Dryden's Criticism* (Robert D. Hume, 1970) 认为德莱顿属于过渡文论家, 观点上是在新古典主义与英国文学思想之间寻找平衡。*John Dryden, Selected Criticism* (James Kinsley and George Parfitt, eds., 1970) 为德氏文论精选, 其中Parfitt的前言对德莱顿的评述简明、幽雅、公允。"The Framework of *An Essay of Dramatic Poesy*" (Mary Thale, *Papers on Language and Literature*, 1972) 一文推测德氏该文论的框架可能为当时的政治气氛影响而后加的。"John Dryden as a Comparatist" (Calvin S. Brown, *Comparative Literature Studies*, 1973) 认为德氏对于欧洲文学具有强烈的整体意识, 分析了德氏作品的文类、来源、翻译理论、文学与其他艺术关系、悲剧的比较方法、乔叟与薄伽丘以及奥维德的比较关系等。"Dryden's Dramatic Essay" (Gerald P. Tyson, *A Review of International English Literature*, 1973) 认为《论戏剧诗》是一场"戏剧化的辩论", 其原型来自于泰奥弗拉斯托斯式的人物 (Theophrastian characters)。"Ease and Control in Dryden's Prose Style" (Gary Stringer, *Southern Humanities Review*, 1974) 认为德氏的散文风格张弛有度, 在抽象与具体的交织中, 处理得恰到好处。*Dryden's Classical Theory of Literature* (Edward Pechter, 1975) 论述了德氏文论对于古希腊罗马、法国以及其本国古典文论的兼收并蓄、取其所长, 并从中寻找平衡。

80年代

　　1983是德莱顿诞辰350周年,论文集 New Homage to John Dryden 的结论是:德莱顿的戏剧有可能复兴,他的剧论会继续发挥影响,而他的诗歌却已消亡。该论文集还探讨了其剧本的案头性、模仿论中的互文性等问题。"Dryden, Truth and Nature"(Christopher MacLachlan, British Journal of Aesthetics, 1980) 认为,在纷繁的表象之下,德氏有清晰、确定的文学批评观。"Dryden's Definition of a Play in An Essay of Dramatic Poesy: A Structuralist Approach" (Charles H. Hinnant, Studies in Eighteenth-Century Culture, 1986) 尝试用结构主义的方法分析德氏的戏剧定义,认为德氏在定义中用的是一系列二元对立的方法,他倡导的是纵聚合式的再现系统,而非横组合式的再现系统。专著 Forming the Critical Mind: Dryden to Coleridge (James Engell, 1989) 指出德莱顿是第一位论及"影响的焦虑"的英语诗人。"Running Division on the Groundwork: Dryden's Theory of Translation" (Maurice J. O'Sullivan Jr., Neophilologus, 1980) 指出:德氏并没有能力建立起坚实的翻译理论框架,他的译论是综合与经验的产物。The Faith of John:Dryden (G. Douglas Atkins, 1980) 论述了德莱顿从清教、英国国教到天主教不同阶段的心路历程,认为德氏思想信仰的变化是其心智发展的结果,而非愤世机会主义行为。1984年 James M. Hall 的《德莱顿研究文献指南》(John Dryden: A Reference Guide, 1668—1981) 综述了德莱顿声誉的4个阶段:1. 1700年去世时的名声;2. 1779年约翰逊博士《诗人传》对他的评价;3. 1920年范·道伦(Van Doren)对他的评价;4.20年代之后他的声誉。

90年代

"Dryden and the 'Metropolis of Great Britain'"(Robert W. McHenry, *The Restoration Mind*, W. Gerard Marshall, ed., pp.177—192)论述了其长诗《神奇岁月》如何描述在"伦敦大火"之后,伦敦从窘迫的中世纪小城突变为充满活力的现代大都市。在 *The Cambridge Companion to English Literature: 1650-1740*(1998)中,史蒂文·兹维克(Steven Zwicker)撰文称颂德莱顿精湛的英雄体诗技将文学讽刺诗推向了史诗的广度与高度。"Augustan Criticism and Changing Conceptions of English Opera"(Todd S. Gilman, *Theatre Survey: The American Journal of Theatre History*, 36. ii. 1995, pp. 1-36)探讨了德氏创作的英语歌剧问题。他的《纯真状态》(*The State of Innocence*)被认为是意大利风格的歌剧,因为整部剧都应该唱出来,但这却与英国戏剧的话剧风格产生了冲突。由于布景太复杂、昂贵以及其他原因,该剧从未上演。后来的《亚瑟王》(*King Arthur*)是一部"半歌剧"(dramatic opera, semi-opera),其中既有说又有唱,总体形式上有点儿像"音乐剧",但不同的是,此类歌剧的主角只说不唱,而只有配角唱,来烘托主角。该剧演出大受欢迎,直到18世纪还曾演出。*The Just and the Lively: The Literary Criticism of John Dryden* (Michael Gelber, 1999) 赞美了德莱顿剧论高度的连贯与统一性,是理性与形象力的完美结合。*Dryden and the Traces of Classical Rome* (Paul Hammond, 1999) 论述了古罗马文学对于

德氏想象力的影响,认为德莱顿的剧论充满了杂合性与异化性。*Dryden and the Problem of Freedom* (David B. Haley, 1997)进一步探讨了德莱顿作为公共诗人的特性,揭示出在特定历史条件下,其作品所反映的"创新性与正统性"之间的矛盾。

21世纪

2000年

本年度出版了"德莱顿逝世三百周年纪念专刊"("John Dryden: A Tercentenary Miscellany", *Huntington Library Quarterly*, 63:i-ii),刊登了一系列论文,重新阐释了德氏多部剧作的主题与形式。2001年该专刊编辑成书(Susan Green and Steven Zwicker, eds., *John Dryden: A Tercentenary Miscellany*)。该集子评述了德莱顿文学成就的方方面面,展示和称颂了德莱顿文学生涯的"广博与权威"。其中"Who's Who in *Absalom and Achitophel?*" (Alan Roper) 讨论了长诗《押沙龙与阿齐托菲尔》中具体的讽刺对象与历史关联性;"Past and Present in Dryden's Fables" (James A. Winn) 和 "'Our lineal descents and clans': Dryden's *Fables Ancient and Modern* and Cultural Politics in the 1690s"论述了《古今寓言集》诗歌翻译中有关历史、西方文学以及他个人生涯的循环问题以及当时的文化历史现状;"'Rebekah's Heir': Dryden's Late Mystery of Genealogy" (Anne Cotterill) 揭示了性别问题在其作品中的反映。*Aligarh Critical*

Miscellany (13:I) 也出了纪念专栏, 重印了利维斯 (Frank Raymond Leavis, 1895—1978) 的旧文 "Antony and Cleopatra and *All for Love*" 与保罗·哈蒙德的 "Redescription in *All for Love*", 前者认为在同一题材中, 莎士比亚充满活力, 而德氏只是修辞技巧高明; 后者强调德氏频繁使用雄辩的修辞手法, 赋予人物与情节以新意。保罗·哈蒙德与 David Hopkins 也编辑了《德莱顿逝世三百周年论文集》, 主要探讨了德氏戏剧在当时的地位以及对于观众的影响。

2001年

继上一年德莱顿去世300周年的研究出版势头, 本年度对该作家的研究兴趣依然浓厚。首先有史蒂文·兹维克和 David Bywaters 编辑的 *John Dryden: Selected Poems*。其选编原则是力图代表德氏完整的文学成就以及其诗歌的多元性; 其中还包括德氏的重要序与跋, 以显示其散文风格与文论的特色, 还包括详细的注释, 可读性很强。论文集 *Dryden and the World of Neoclassicism* (Görtschacher & Klein, ed) 涉略广泛, 包括戏剧、文学评论与诗歌, 其中诗歌研究部分突出。"John Dryden as Critic and Translator of Ovid: The Metamorphoses" (Sonja Fielitz) 指出德莱顿认为奥维德本质上是剧作家却做了诗人, 这一看法影响了德氏翻译奥维德的方法。"Virgilian Bees in Dryden" (Yvonne Noble) 探讨了奥维德诗歌中蜜蜂意象对于德氏的长诗《奇异岁月》影响。"A Noble Poem of the Epique Kind? Palamon and Arcite: Neoclassic Theory and Poetical Experience" (Tom

Mason)论述了德氏对于乔叟诗歌的高度评价,以及由此产生的集新古典主义与基督教教诲为一体的史诗的可能性。"Playfullness and Verbal Creation in Dryden's *The Medal*"(Albert Poyet)分析了《奖章》(*The Medal*)一诗的句法与诗律,指出其中的特征并不总是符合新古典主义要求,并探讨了其原因。"Dryden's Baroque: Nature, Power and Utopia"(Simon Edwards)认为德氏的创作是欧洲巴洛克文化现象的重要部分。"Shaftesbury, Satan, Persuasion, and Whig Ideology"(William Walker)与"Tory versus Whig: John Dryden's Mythical Concept of Kingship"(Rolf Lessenich)探讨了长诗《押沙龙与阿奇托菲尔》(*Absalom and Achitophel*)的政治含义。本书最后一章"Reading Dryden's Body: Funerary and Neoclassical Poetic Elegy in *The Nine Muses* and *Luctus Britannici*"(Mark K. Fulk)对比分析了为德莱顿葬礼写挽歌的男女作者的差异,说明女性作家的包容性与男性作家的排斥性。"The State (Out) of Language: Dryden's *Annus Mirabilis* as a Restoration Paradigm for Scientific Revolution"(Robert E. Stillman, *Soundings* 84, pp. 201-227)探讨了德氏的长诗《神奇岁月》所展望的以科学统领一切的理想国。本年度涉及德氏剧评的2部著作都采取了新的评述角度。*Empire on the English Stage 1660-1714* (Bridget Orr)论述说王政复辟时期英国戏剧舞台频频演出辩论殖民主义、国家身份以及种族等问题的剧目,而德氏的作品首当其冲,他与同代剧作家将自己看作是"英雄壮举"的司仪。*Old Worlds* (John Michael Archer)探讨了早期现代英国作品对于埃及、西南亚、印度以及

俄罗斯的看法，其中德莱顿的剧作《奥伦-蔡比》(*Aureng-Zebe*)表现了对印度的看法，即对于其古老文明的羡慕转变为对其野蛮习俗的恐惧。*Restoration Shakespeare: Viewing the Voice* (Barbara Murray) 一书讨论了对莎剧《暴风雨》的改编，有一章分析了王政复辟时期对该剧的不同改本，即将剧中主人公 Prospero 改成了一个误入歧途的清教徒、一个麻烦制造着。本年度对德氏的翻译的兴趣明显渐浓，特别是在对维吉尔的改译方面。*Virgil and the Augustan Reception* (Richard F. Thomas) 用一章 "Dryden's Virgil and the Politics of Translation" 阐释了德氏如何运用"适度的译意或翻译"概念来反映古罗马史诗埃涅伊德 (*Aeneid*) 的创作环境。特别值得关注的是法国评论家对德氏的影响，如何影响他在译文中将特洛伊战争中的勇士埃涅阿斯 (Aeneas) 归化为17世纪的王子。"Keats and Dryden: Source or Analogue?" (Michael Harbinson, *Notes and Queries*, 48, pp. 138-140) 反过来审视了德氏的译文对于后来诗人的影响，即德氏的维吉尔翻译对于济慈诗歌的影响。本年度 *Translation and Literature* 第10期，以"古典作家与翻译家德莱顿"为题，专门刊登了8篇研究德莱顿翻译的论文，涉及其翻译理论与实践的各个方面。"Why Dryden's Translations Matter" (Charles Tomlinson) 将德氏的翻译置于17世纪早期有关翻译与诗歌关系的辩论之中，显示出对于后代诗人翻译家的影响。"Dryden: Poet or Translator?" (Felicity Rosslyn) 从对德氏的自相矛盾的争议角度，审视了如何看待其翻译作品。"Teaching Troubling Texts: Virgil, Dryden, and Exemplary Translation" (Jan Parker) 探讨了如何联系"经典翻译"与"直译"来引导学生以"多声部、多层面"的方式学习与理解古典文本。"Augustan Dryden" (Robin Sowerby) 论述了德氏重申的作品"雅化"问题来自于维吉尔诗歌中所体现的对于艺术原则与技巧的系统应用。"Dryden: Classical or Neoclassical?" (Kenneth Haynes) 驳斥了有人称德氏的维吉尔翻译为"伪古典"的论调,指出德氏运用多重语域来适合维吉尔作品中不同声音复杂的交汇。"Dryden's Criticism as Transfusion" (Philip Smallwood) 以文学批评史的语境,讨论了德氏作为文学史中的人物与其翻译的古典文本原文的关系。"'Et versus digitos habet': Dryden, Montaigne, Lucretius, Virgil, and Boccaccio in Praise of Venus" (Tom Mason) 追溯了蒙田 (Michel Eyquem de Montaigne, 1533—1592) 论维吉尔诗对于德氏的影响,认为德氏通过蒙田的眼光对卢克莱修 (Titus Lucretius Carus, c. 99 BC— c. 55 BC) 的理解,激发起对于男女性关系以及性欲与诗性关系的不断思考。最后一篇"'But slaves we are': Dryden and Virgil, Translation and the 'Gyant Race'" (Paul Davis) 探讨了17世纪80年代德氏的翻译与"克己欲望"之间可能的联系,并将其联系到德氏的信念,即17世纪晚期英国诗人需要收敛前辈的"无节制的想象力"。讨论德氏文学声誉的论文有"The Type of a Kind; or, The Lives of Dryden" (Jayne Lewis, *Eighteenth-Century Life* 25, pp. 3-18) 和 "Unwritten Masterpiece" (Barbara Everett, *London Review of Books* 23:I, pp. 29-32),说明德氏的声誉在于他深刻地代表了他所处的时代,他的代表作也就是他对于自己的能力与局限的理解。本年度另一组文章探讨了德莱顿与音乐和视觉艺术的联系:"A Song Attributed to Dryden: A Postscript" (Martin Holmes, *Library* 2:I, pp. 65-68) 说明了德莱顿与音乐的关系;"Dryden, Bower, Castlemaine, and the Imagery of Revolution, 1682-1687" (Anne Barbeau Gardiner, *Eighteenth-Century Life*, 25, 2001, pp. 35-46) 审视了 Bower 所制的 2 枚纪念章、1680 年代德氏的诗歌和 Castlemaine 订制的雕塑之间的关系、它们的古典与宗教象征意义,以及这些意象与1680年代英国社会动荡之间的关系。

2002年

Alan Roper 的 2 篇文章着重分析了对于德氏长诗《押沙龙与阿齐托菲尔》的模仿。"Absalom's Issue: Parallel Poems in the Restoration" (*Studies in Philology* 99, pp. 268-294) 列举分析了一系列该诗的仿作;"The Early Editions and Reception of John Tutchin's *The Tribe of Levi* (1691)" (*Papers of the Bibliographical Society of America* 96:I, pp. 111-121) 具体探析了此诗对于德氏的模仿。"Endeavouring to Be the King: Dryden's *Astraea Redux* and the Issue of 'Character'" (Scott Paul Gordon, *Journal of English and Germanic Philology* 101, pp. 201-121) 重点分析了其他作家对于该颂词创作的文学影响,特别是来自莎剧《亨利第五》(*Henry V*) 的影响。论文集 *Women as Sites of Culture: Women's Roles in Cultural Formation from the Renaissance to the Twentieth Century* (Susan Shifrin, ed.) 中的论文"Eroticising Virtue: The Role of Cleopatra in Early Modern Drama" (Reina Green, pp. 93-103) 解释说明埃及艳后为何在剧作中表现为既有

情欲又有德性。该文比较分析了剧作《悲剧安东尼》(*Tragedie of Antonie*, Mary Sidney, 1592)与德莱顿的《一切为了爱》(*All for Love*)。结论是：埃及艳后在两部剧中都不能认为是全无德性；在前一部剧中埃及艳后是安东尼的妻子，在后一部剧中她是安东尼钟情又受苦的情人。*Perspectives on Restoration Drama*(Susan Owen)一书中的一章讨论了德氏的剧作《征服格拉纳达》(*The Conquest of Granada*)，认为德莱顿总是看到事物的两面性，有道是"洞察出于辨证"，但德氏的序与跋却呈现出最终和谐中的不和谐。书中的另一章讨论了改写自莎士比亚的剧作《特洛伊罗斯与克瑞西达》(*Troilus and Cressida*)的德氏同名剧作，从德莱顿的角度对此莎剧做了分析，认为该剧开场白太铺张，而结尾却简短有力（"让海伦走！"），因此德氏对此给予保留。论文"Guyomar and Guyon"(Andrew Fleck, *Notes and Queries* 48, pp. 26-28)比较分析了德氏的剧作《印度皇帝》(*The Indian Emperor*)与斯宾塞长诗《仙后》(*The Faerie Queene*)的人物情节。"Grabu's *Albion and Albanius* and the Operas of Lully"(Brian White, *Early Music* 30, pp. 410-427)讨论了德莱顿的戏剧创作与当时歌剧和音乐的关系。"The Augustan *Aeneis*: Virgil Enlightened?"(Robin Sowerby, *Translation and Literature* 11, pp. 237-269)从德莱顿作为古典文学翻译家的角度，评述了相关的2部专著 *Virgil and The Augustan Reception*(Richard F. Thomas)和 *John Dryden's Aeneas: A Hero in Enlightenment Mode*(Richard Morton)。"Temporality, Subjectivity, and Neoclassical Translation Theory: Dryden's 'Dedication of the

Aeneis'" (Julie Candler Hayes, *Restoration* 26:ii, pp.97-118) 分析了德氏《埃涅阿斯纪·译序》,说明德氏作为译者的复杂性、翻译与创作过程的互文性、文本性与世俗性等。"Roscommon's 'Academy,' Chetwood's Manuscript 'Life of Roscommon,' and Dryden's Translation Project" (Greg Clingham, *Restoration* 26:I, pp. 15-26) 分析了德莱顿晚年的翻译项目与"罗斯康芒学院"(Roscommon's formal academy)的关系以及是否完成了该学院的文化与意识形态目的。"The Rose Alley Ambuscade" (Edward L. Saslow, *Restoration* 26:I, pp. 27-49) 探查了德莱顿于1679年12月18日在伦敦玫瑰巷(Rose Alley)遭袭的真相,认为指使者最有可能是多赛特伯爵(the earl of Dorset)。

2003年

本年度德莱顿研究相对于前几年有所减少。"Lachrymae Musarum and the Metaphysical Dryden" (Aaron Santesso, *Review of English Studies* 54, pp. 615-638) 指出德氏早期诗歌中的玄学意象与后期诗歌风格的一致性。"The Delicate Art of Anonymity: The Case of *Absalom and Achitophel*" (Randy Robertson, *Restoration* 27:ii, pp. 41-60) 探究了《押沙龙与阿奇托菲尔》中匿名与非法的关联以及这些用语如何服务于美学与政治目的。专著 *Nothing to Admire: The Politics of Poetic Satire from Dryden to Merrill* (Christopher Yu) 以德莱顿为出发点,对讽刺文学做了历史性概括,其中第一章专门讨论了德氏的《马克·傅莱克诺》("MacFlecknoe")等讽刺诗歌。戏剧方面,"'Transgressing nature's law': Representations of Women and the Adapted Version of *The Tempest, 1667*" (Barbara A. Murray, *Literature and History* 12, pp.19-40) 讨论了德氏改编的《暴风雨》中所表现的女性形象,该剧反映出虽然男性对于查尔斯国王宫廷中女性的影响颇感惊愕,但女性当时的作用其实很有限。"John Dryden's *Conquest of Granada* and James Cameron's Terminator Films" (Victoria Warren, *Restoration* 27:ii, pp.17-40) 比较了德氏英雄剧与卡梅伦的电影所反映出的时代文化现象,即保皇主义与里根主义的霸权话语、个人可以战胜命运的主题倾向。"Judas-Friars of the Popish Plot",(Anne Gardiner, *Clio: A Journal of Literature, History and the Philosophy of History* 32, pp.177-203) 认为《西班牙修士》(*The Spanish Friar*) 中的人物在现实中确有其人,反映出该剧倾向天主教的主题。"Was Dryden a 'Cryptopapist' in 1681?" (David Haley, *Studies in Eighteenth-Century Culture* 32, pp. 277-296) 探讨了德氏信奉天主教的缘由。

2004年

The Cambridge Companion to John Dryden (Zwicker, ed., 2004)是21世纪初德莱顿研究最具代表性的论文集,它以全新、全方位的视角,体现出21世纪初德氏研究的多角度与多元化。其中有探讨德氏长诗讽刺特色的"Dryden and the Energies of Satire" (Ronald Paulson),分析其帝国文学想象力的"Dryden and the Imperial Imagination" (Laura Brown),剖析王政复辟时期社

交模式的"Dryden and the Modes of Restoration Sociability" (Katsuhiro Engetsu),还有对德氏长诗精彩的细读文章"Dryden's Triplets" (Christopher Ricks),其中发掘出其英雄双行体诗中普遍存在的三行体形式及其内涵。"Dryden's Theatre and the Passions of Politics" (Paulina Kewes) 探讨了德氏戏剧的政治性,指出其作品大多宣传君主及托利派思想意识,但也有少数剧作内涵矛盾复杂,需要观众来发掘其含义,成为政治剧中的杰作。"Dryden and the Theatrical Imagination" (Stuart Sherman) 重点分析了德氏主要剧作中戏剧结构的厚度与密度以及相关的技巧,如紧缩、双情节和突变等。"Dryden and the Imperial Imagination" (Laura Brown) 简明地阐述了德氏英雄剧"帝国怀旧"的特性;"Dryden and Political Allegiance" (Annabel Patterson)认为,德氏将英雄剧看作是意大利浪漫史诗的一种,只是其中话语更多。"From Heavenly Harmony to Eloquent Silence: Representations of World Order from Dryden to Shelley" (Karina Williamson, *Review of English Studies* 55, pp. 527-544) 分析了诗歌"A Song for Saint Cecilia's Day"与考利(Abraham Cowley, 1618—1667)的颂歌"The Resurrection"以及18世纪关于自然秩序、科学理念的联系。"Raising Wonder: The Use of the Passions in Dryden's *A Song for St Cecilia's Day*" (Duane Coltharp, *Restoration* 28, pp.1-18)认为该诗表现了理性与神奇之间的辩证关系,而激情表现为对于环境刺激的反应。"The Subterranean Wind of Allusion: Milton, Dryden, Shadwell, and Mock-Epic Modernity" (Mark Blackwell, *Restoration* 28, pp.15-36)探讨了《马

克·傅莱克诺》中"subterranean wind"这一词语的来龙去脉和内涵,说明了德氏对于后史诗时代现代性的焦虑与困惑。"'A greater gust': Generating the body in *Absalom and Achitophel*"(Jerome Donnelly, *Papers on Language and Literature* 40, pp.115-141)认为德氏在称颂君主制的同时并不鄙视母系制,而是遵循亚里士多德制定的男女角色平衡的标准。"Spinoza vs. Bossuet: The European Debate behind Dryden's *Religio Laici*"(Anne Barbeau Gardiner, *Restoration* 28, pp.1-14)将该诗中的辩论与欧洲有关圣经历史的辩论进行了分析比较,确定了德氏对于圣经文本真实性的辩护。德莱顿称沃勒(Edmund Waller, 1606—1687)和德纳姆(Sir John Denham, 1614 or 1615—1669)为"英国诗歌之父"("the fathers of our English poetry")。"John Dryden and John Denham"(Tanya Caldwell, *Texas Studies in Literature and Language* 46, pp. 49-72)论述了德纳姆对于德氏诗歌创作、诗歌理论、翻译思想、翻译实践以及政治倾向的影响。"Dryden and the Historiography of Exile: Milton and Virgil in Dryden's Late Period"(Christopher D'Addario, *Huntingdon Library Quarterly*, 67, pp. 553-572)是对于德氏晚期剧论和翻译的细读,分析了他与弥尔顿和维吉尔的关系,认为这些作品体现了被边缘化的德氏的"内心流放心理"。

2005年

"The Invention of the Wasteland: Civic Narrative and Dryden's *Annus Mirabilis*"(Sophie Gee, *Eighteenth Century Life*

29)认为德氏的该长诗是以荒原的意象来描绘充满矛盾的现代都市,既充斥着垃圾的污秽又充满利益与成功的诱惑,就像艾略特在《荒原》中所描写的那样。"Aeneas and Agathocles in the Exclusion Crisis"(Alan Roper, *Review of English Studies* 56, pp. 550-576)集中分析了对于德氏长诗《押沙龙与阿齐托菲尔》的2首同时代模仿作品:无名氏的 *The Conspiracy of Aeneas & Antenor against the State of Troy* (1682) 和 Thomas Hoy 的 *Agathocles the Sicilian Usurper* (1683),并探究出其中的指涉与寓意。戏剧方面,*The Cambridge History of British Theatre, 1660-1895* (Joseph Donohue, ed.) 中的一章 "Theatres and Repertory"(Robert D. Hume, pp. 53-70)讨论了德氏对于魔法与机械装置在戏剧中的出色运用,并使其风靡一时。*The Cambridge History of English Literature, 1660-1780* (John Richetti, ed.)包括2个相关章节:"Dryden and the Poetic Career"(Stephen Zwicker, pp. 132-159)和"Restoration and Early Eighteenth Century Drama" (Harold Love, pp. 109-131)。前者对德氏的戏剧无兴趣,后者认为德氏的英雄剧很了不起,虽然表现太过,但独具美感与匠心。*Enchanted Ground* (Jayne Lewis and Max Novak, eds.)为德氏逝世三百周年纪念论文集。其中 "Dryden and the Canon" (Cedric D. Reverand II, pp. 203-225) 侧重戏剧理论,认为德氏其实从未相信"当代的才气使过去逊色"的论断。"Theatrical Dryden" (Deborah Payne Fisk, pp. 226-243) 揭示德氏的抱负是要成为本时代的莎士比亚,"一位持股、写剧本、导演、过问布景的戏剧全人",并担负其整个英国戏剧事业的责任。"Dryden's Songs"

(James A. Winn, pp. 287-317)讨论了德氏对于诗歌的歌唱性的贡献。"Sexual Overreaching in the Heroic Plays and *Alexander's Feast*" (James Grantham Turner, pp. 318-385)强调德氏戏剧诗歌中"情欲英雄主义的多重含义"以及其中的崇高性。"The Case of *Aureng-Zebe*" (Blair Hoxby, pp. 244-272)讨论了该剧的巴洛克戏剧风格。"The Political Economy of *All for Love*" (Richard Kroll, pp. 127-146) 指出该剧中暗含对于斯图亚特君主政体的政治与经济的批评。*John Dryden: His Politics, His Plays and His Poets* (Claude Rawson & Aaron Santesso, eds.) 是耶鲁大学德氏逝世三百周年纪念论文集,其中"Dryden's Hamlet: The Unwritten Masterpiece"(Barbara Everett, pp. 263-277) 重新肯定了德氏剧本的现代价值;"Dryden's Drama: A Revaluation" (Howard Erskine-Hill, pp. 52-64) 在肯定德氏喜剧价值的同时,强调其严肃剧的可读性与可演性;"Dryden's Poem of Paradise" (Louis L. Martz, pp. 180-197)比较了《纯真状态》与《失乐园》,认为前者现今仍适合演出;"Dryden's *The Spanish Fryar*: Modernity and Exclusion" (David Womersley, pp. 65-85)分析了该剧针对时代变化动荡所体现的现代性。该论文集还附有《时髦婚姻》的现代演出脚本。"Dryden's Aeneis 2.718-41" (Sarah Dewar-Watson, *Explicator*, 64:I, pp. 17-19)审视了德氏在《埃涅阿斯》译文中所用的词语"自然法则"(Nature's law) 的含义,指出它所代表的核心概念是"虔诚"。另一篇研究德氏译文措辞的还有"Dryden's 'Cymon and Iphigeneia': The 'Vigour of the Worse' Prevailing" (David Gelinea, *Studies in Philology* 102, pp. 210-232)。该文认为

《古今寓言集》,特别是其中的"Cymon and Iphigeneia"译文是对于杰里米·科利尔(Jeremy Collier, 1650—1726)的 *A Short View of the Immorality and Profaneness of the English Stage* (1698)的回应,重估了该译文集的文化讽刺价值。*Birthing the Nation: Sex, Science, and the Conception of Eighteenth-Century Britons* (Lisa Forman Cody) 惊奇地发现作为现代国家的英国与性学同时出现,部分证据来自德氏的狂热骑士(*The Wild Gallant*)。*Fabulous Orients* (Ros Ballaster)研究了17、18世纪"东方虚构文学",以《奥伦-蔡比》为证,说明了理解与控制东方印度的不可能性。

2006年

"Judas-Friars of the Popish Plot" (Anne Barbeau Gardiner, *Recusant History* 28:ii, pp. 225-244)认为德莱顿在《西班牙修士》中所刻画的恶棍其实微妙地反映出他对于受害者天主教徒的同情。"Wish-Fulfilment Fantasies in *Aureng-Zebe*" (Jennifer Brady, *Philological Quarterly*, 83:I, pp. 41-60) 分析了德氏的代表性英雄剧中主人公奥伦-蔡比和莫拉特(Morat)与其老父王既爱又恨的关系,认为德氏以此来比拟他与莎士比亚以及莎氏同代剧作家的关系。"Meanings of *All for Love*, 1677-1813" (Tanya Caldwell, *Comparative Dram* 38:ii-iii, pp.183-211) 分析了德氏悲剧《一切为了爱》的多重含义,认为该剧之所以在舞台上长期胜过莎氏同题材的戏剧的原因就在于其主题的多重性与灵活性,这一特性可适用于不同的剧场、剧团以及观众。*The Making of*

Restoration Poetry (Paul Hammond)一书第五章探讨古典诗歌翻译问题,称颂德莱顿的《埃涅阿斯》(*Æneis*)英译达到了最高的成就。*The Augustan Art of Poetry: Augustan Translation of the Classics* (Robin Sowerby)全面探究了王政复辟时期古典文学翻译这一被忽略的领域。哈蒙德重点探讨翻译技艺中的政治与诗学问题,而索尔比则更雄心勃勃地探讨了"奥古斯都时代美学"的复杂问题。索尔比以蒲伯的《论批评》(*An Essay on Criticism*)为蓝图分析了从早期意大利人文主义一直到德莱顿时代的文学延续性,涉及意大利主教、人文主义诗人维达的《诗艺》、伊丽莎白时代早期古典主义、德纳姆和沃勒在翻译维吉尔诗歌时各自所体现的的"雄浑"与"甜美",以及德莱顿笔下最终美学的高雅化。索尔比认为德莱顿不仅完善了英雄双行体及英语诗律,而且创制出堪称与拉丁语媲美的诗歌表现形式,使得音与意完美和谐,其最佳作品中所表现的对于史诗的感知能力绝不逊于弥尔顿。*Oxford History of Literary Translation* (Paulina Kewes, ed.)的古典戏剧翻译一章中论及德莱顿翻译的《俄狄浦斯》成为近一个世纪经久不衰的保留剧目,当时古希腊悲剧全集都已翻译成了英语。"'Thy wars brought nothing about': Dryden's Critique of Military Heroism" (James A. Winn, *Seventeenth Century* 21:ii, pp. 364-382)通过分析德莱顿各种体裁的文学作品以及其生平,说明德莱顿历来厌恶战争并拐弯抹角地抨击当时的代表性英雄人物。"The Vocal Wit of John Dryden" (Tina Skouen, *Rhetorica* 24:iv, pp. 371-401)讨论了德莱顿的政治性与文体性,特别指出德氏诗歌中诗律的重要性。针对德莱顿的文学声誉历来有争议

这一现象,"Dryden in His Time and Ours"(R. J. Stove, *New Criterion* 25:ii, pp. 24-28)分析了德氏声誉的起伏,认为21世纪将是重振其声誉的时期;而"Fiddling While Rome Burns? Dryden Criticism at the Tercentenary"(David Hopkins, *Art Journal*, 17, pp. 371-377)却不那么乐观,认为对于德氏的偏见来自于只将其看作是边缘性的新古典主义才子,以及英语学科本身的专业化所造成的德莱顿研究专家本身孤芳自赏,缺乏交流等问题;"Dryden Rules"(William H. Pritchard, *Hudson Review*, 58:iv, pp. 541-567)引述前人对德氏的褒奖,分析其诗歌创作与翻译,赞誉他在讽刺诗、翻译等诸多方面的丰富性会给21世纪的读者以惊喜。"Johnson, Dryden, and an Allusion to Horace"(Alan Roper, *Notes and Queries*, 53, pp.198-199)考证了约翰逊博士引用德莱顿与贺拉斯以及德莱顿引用贺拉斯的关系。"After the Fire: Chaucer and Urban Poetics, 1666-1743"(Paul Davis, *Chaucer and the City*, Ardis Butterfield, ed., pp.177-192)论述了乔叟对于德莱顿的影响。"'Stopp'd in other hands': The Payment of Dryden's Pension for 1668-1670"(Edward L. Saslow, *Restoration* 30:I, pp. 31-42)考证出桂冠诗人德莱顿的俸禄被停发过两年。

2007年

Exile and Journey in Seventeenth-Century Literature(Christopher D'Addario)中的一篇文章分析了德氏晚期诗歌,称之为"流放文学"(exile literature)。作者将此类文学界定为彷徨

于"距离与失落"之间,即德莱顿对于曾熟悉的政治与宗教世界的失落感。"Historicizing the 'New Normal': London's Great Fire and the Genres of Urban Destruction" (Erik Bond, *Restoration* 31, pp. 43-64) 通过对比佩皮斯的《日记》和德氏的《奇异岁月》对于1666年伦敦大火的描述,探讨了如何运用文学体裁作为形式工具来愈合那场火灾给都市所造成的巨大创痛。"Dryden's *Alexander's Feast*" (C. P. Macgregor, *Sustaining Literature: Essays on Literature, History, and Culture, 1500-1800*, Greg Clingham, ed.) 一文在延迟了二十多年后首次发表,主编肯定了该文已故作者对于该诗的历久弥新的历史性解读。*Restoration Drama and the "Circle of Commerce": Tragicomedy, Politics and Trade in the Seventeenth Century* (Richard Kroll) 主要研究了17世纪悲喜剧与双情节剧,分析了王政复辟时期6部代表剧作: *Marriage A-la-Mode*(《时髦婚姻》), *The Plain Dealer*(《普通商人》), *The Rover*(《流浪者》), *All for Love*(《一切为了爱》), *Don Sebastian*(《唐·塞巴斯蒂安》) 以及 *The Way of the World*(《世界之道》)。"'To repeat (or not to repeat)?': Dance Cues in Restoration English Opera" (Michael Burden, *Early Music* 35, pp. 397-417) 的结论是《亚瑟王》之类的歌剧在演出中有大量的舞蹈成分。"Dryden and Lee, *Oedipus*: A Probable Performance in January or February 1697/8" (John D. Baird, *Theatre Notebook* 61, pp. 32-34) 追溯了该剧在当时的演出情况。"Prologues and Epilogues: Performing Shakespearean Criticism in the Restoration" (Robert Sawyer, *Prologues, Epilogues, Curtain-Raisers, and*

Afterpieces: The Rest of the Eighteenth-Century London Stage, Ennis and Slagle, eds., pp.135-154) 研究了德氏对于序跋作为剧论形式的贡献。本年度德莱顿翻译研究仍为重点。"Translating toward Eternity: Dryden's Final Aspiration" (Melissa Pino, *Philological Quarterly*, 84, pp.49-75) 探讨了德莱顿宗教思想的严肃性与其翻译理论之间的联系。"Dryden's *The Cock and the Fox* and Chaucer's *Nun's Priest's Tale*" (Tom Mason, *Translation and Literature*, 16, pp.1-28) 探讨了德氏在翻译该故事过程中发生偏移的思想与当时文学潮流的背景和原因。"Eighteenth-Century Responses to Dryden's *Fables*" (Adam Rounce, *Translation and Literature* 16, pp. 29-52) 揭示出德氏译作《寓言集》如何成为18世纪文学创作的灵感来源。德莱顿研究目录学与文学环境影响方面的文章有:"Fixity versus Flexibility in 'A Song on Tom of Danby' and Dryden's *Absalom and Achitophel*" (Harold Love, *Agent of Change: Print Culture Studies after Elizabeth L. Einstein*, Baron, Lindquist and Shevlin, eds., pp. 140-155)以及"Creating an English Literary Canon, 1679-1720" (John Barnard, *Literary Cultures and the Material Book*, Eliot, Nash, and Willison, eds., pp. 307-321)。论文"'Thy wars brought nothing about': Dryden's Critique of Military Heroism" (James A. Winn, *Seventeenth Century* 21, pp. 364-382) 说明德氏对战争的怀疑和对暴力的深恶痛绝。

2008年

A Companion to Restoration Drama (Susan Owen, ed., 2001, 2008)一书中,"Heroic Drama and Tragicomedy" (Derek Hughes, pp. 195-210)指出德氏的英雄剧所展现的不是基督徒而是自然神论者;"William Davenant and John Dryden" (Richard Kroll, 311-325)指出德氏的最杰出剧作《时髦婚姻》《一切为了爱》《唐·塞巴斯蒂安》和《安菲特律翁》(*Amphitryon*)主要受戴夫南特的影响,但更具严肃性与连贯性。针对德氏的第一部英雄剧《印度女王》(*Indian Queen*),"Sir Robert Howard, John Dryden, and the Attribution of *The Indian Queen*" (David Wallace, *Library* 9:iii, pp. 324-348)追溯了该剧的出版史,提出质疑,认为该剧作者其实是 Howard。而"John Dryden, Court Theatricals, and the 'Epilogue to the Faithful Shepherdess'" (James A. Winn, *Restoration* 31:ii, pp. 45-54)证明,该后记为德氏所作。"'Too hasty to stay': Erotic and Political Timing in *Marriage A-la-Mode*" (John Denman, *Restoration*, 31:ii, pp.1-23)指出早期许多评述忽略了该剧的政治内涵,该剧所思考的是斯图亚特王朝的状况与局限。该文认为剧中的情色与政治人物沉湎于时间与对于时间的把握;以婚姻与政治解决问题是必要的,但几乎无人能超越时间的藩篱。在本年度研究英国17世纪晚期文化与文学的文献中,有几篇研究德莱顿翻译的文章值得注意。"The Politics of Providence in Dryden's *Fables Ancient and Modern*" (Abigail Williams, *Translation and Literature* 17, pp. 1-20)探讨了德氏译作《古今寓言集》中暗含的政治倾向以及其寓言性。另两

篇文章通过德氏与汤森(Tonson)合译的奥维德的《希罗依得》(*Heroides*)探究了奥维德情色文学在17世纪的接受情况与色情政治。其中"The Early Modern Afterlife of Ovidian Erotics: Dryden's *Heroides*"(Harriette Andreadis, *Renaissance Studies* 22: iii, pp. 401-413)概览了《希罗依得》的发行史以及其无数的版本和修订本,反映出男性对于女性同性性取向态度的变化,以及王政复辟期间伦敦文坛对于"性别动态"的看法,同时揭示出不同的翻译文本对于女同性恋都持有性偏见。另一篇"'Perfectly Ovidian'? Dryden's *Epistles*, Behn's 'Oenone', Yarico's 'Island'"(Susan Wiseman, *Renaissance Studies* 22:iii, pp. 417-433)以1680年《希罗依得》译本为出发点,探究了该译文集讽刺、感伤的意味,并深入分析了王政时期对于奥维德所表达的情感的文学与文化反响。该文运用德氏的自由"释译"理论来解释译文中对于戏仿与讽刺的"宽松"的翻译,同时展示出不同译本中所渲染的女性性取向的"放荡",探究了该文学影响的一系列轨迹。

2009年

"'Decencies of behavior': Dryden and the Libertines in *Marriage A-la-Mode*"(Laura Linker, *Restoration and Eighteenth-Century Theatre Research* 24:I, pp. 47-60)一文将剧本《时髦婚姻》的主题看作是评价享乐之意义,认为德氏反复运用英雄剧和滑稽剧的情节来警告宫廷享乐主义的政治危险,呼吁恢复古典主义的自我克制。该文还指出古罗马诗人卢克莱修的影响,认定该剧对享乐主义行为持否定态度。"Dryden's Transformation of

Bernier's Travels" (Peter Craft, *Restoration* 33:ii, pp. 47-55) 以剧本《奥伦-蔡比》(*Aureng-Zebe*)的献辞为依据,证明国王查尔斯二世曾亲自建议修改该剧人物在原出处中的形象。该剧源自伯尼尔(Bernier)的游记,其中描述奥伦-蔡比雄心勃勃、残酷无情,但在剧中却将他描绘成仁德、英武的君王,以免损害东印度公司与印度莫卧尔(Mughal)帝国的贸易,因为奥伦-蔡比仍是该帝国的主宰。德氏对于前辈的作品特别是莎士比亚的《暴风雨》和密尔顿的《失乐园》的改编,在本年度引起评论家的特别兴趣。"Spaces of Patronage: The Enchanted Island and Prospero's Books" (Juan-Francisco Cerda, *Folio* 15:ii, pp. 5-19) 比较了《暴风雨》的莎士比亚、德氏-戴夫南特以及彼得·格里纳维(Peter Greenaway)的电影(1991)等不同版本。"Adapting the Adaptors: Staging Davenant and Dryden's Restoration *Tempest*" (Tim Keenan, *Journal of Adaptation in Film and Performance* 2:I, pp. 65-77) 评述了英国赫尔大学对于该剧的演出情况。"*Paradise Lost* and the Stage Directions of Dryden's *The State of Innocence*" (Lara Dodds, *Restoration* 33:ii, pp. 1-24)主要研究了德氏改编《失乐园》为《纯真状态》中的戏剧成分,认为改编后的半歌剧形式使德氏在舞台说明中将弥尔顿的崇高意象转变为戏剧布景,并挑战了原诗中的神义论。"*Paradise Lost* and the Contest over the Modern Heroic Poem" (Barbara K. Lewalski, *Milton Quarterly* 43:iii, pp. 153-165) 简明地比较了弥尔顿、戴夫南特、考利、德莱顿等人,认为弥尔顿强调"自由为大善",而德氏却以保皇的姿态重写他的政治主张,表达了"以权威来避免邪恶的愿望",结果自然是弥尔顿获胜。"The Cost of Dryden's Catholicism"(Bryan Berry, *Logos* 12:ii, pp. 144-177)主要探讨了《牡鹿与豹》(*The Hind and the Panther*)一诗对于德氏的创作生涯与声誉的关系，说明德氏在失去皇室赞助后，只得回归商业戏剧演出的创作。

2010年

2009年在多伦多大学召开了题为"Interrogating *King Arthur*"的研讨会，大会提交的论文刊登于期刊 *Restoration* (34:i-ii [2010])，同时带有音乐CD。研讨会组织者Caryl Clark和Brian Corman在该期发表了开场白"A Contrapuntal Prologue" (*Restoration* 34:i-ii, pp.1-4)，其中谈到Corman在论文中提出的问题需要相当长的时间才能解答。Corman在"*King Arthur* and the Critics" (*Restoration* 34:i-ii, pp. 5-20)一文中论述了人们常常偏爱全歌剧而反对像《亚瑟王》这样的杂合形式。该剧中珀赛尔(Purcell)的音乐早就得到认可，而且相关的音乐演出在21世纪也并不罕见，但某些音乐评论家对此并不满意，反倒比较欣赏德氏的剧本。文学评论家们不太欣赏该剧本，评论较少或只对其中的政治背景、历史语境感兴趣。最终，德氏研究学者联合音乐家，努力促成了该剧鲜活、感人的演出。"The Historical Arthur: Dryden's Great Leap Backwards" (David N. Klausner, *Restoration* 34:i-ii, pp. 21-32)认为德氏更强调该剧的历史叙事性，突出亚瑟作为军事领袖打击盎格鲁-撒克逊入侵的形象。"A Double Vision of Albion: Allegorical Re-alignments in the Dryden-Purcell Semi-Opera *King Arthur*" (Andrew Pinnock,

Restoration 34:i-ii, pp. 55-81) 认为该剧起于庆贺查尔斯二世战胜对手,而后又支持威廉三世。"How Many Political Arguments Can Dance on the Head of a Pin?" (Steven N. Zwicker, *Restoration* 34:i-ii, pp. 103-116) 提醒人们不要轻易以寓言的形式理解该剧,德氏在失去皇室恩宠之后,更乐于以娱乐形式与人合作。"'Confronting Art with Art': The Dryden-Purcell Collaboration in *King Arthur*" (James A. Winn, *Restoration* 34:i-ii, pp. 33-53) 对这种娱乐形式做了说明,认为德氏相信有判断力的观众会明白他在该剧中对于音乐传统、政治审查以及娱乐性要素的安排。德氏与珀赛尔都在竭力使文本与乐曲匹配,该文详细分析了"Two Daughters of the Aged Stream"和"Come If You Dare"两首歌的曲词。多伦多假面剧剧院演出了该剧,其艺术总监 Larry Beckwith 在"Performing King Arthur"(*Restoration* 34:i-ii, pp. 163-166)一文中简要地报告了该剧的演出情况,说该剧团欣赏珀赛尔丰富的音乐和德氏一流的诗歌,演出尊重历史,但并不拘泥于原著,剧本长度在时间上以及舞台人物数量所花费的预算上都剪裁恰当。演出并不刻意联系当前实际,而是以直接的形式,保持了该剧强大、持久的主题和德氏美妙的诗歌。"Eve's Nature, Eve's Nurture in Dryden's Edenic Opera" (Jennifer L. Airey, *Studies in English Literature, 1500-1900,* 50:iii, pp. 529-544) 将剧本《纯真状态》置于早期对于女性的争议中,认为该剧其实并非像表面上那样厌恶女性。夏娃的欺骗固然可恶,但亚当和撒旦其实也很难区分。夏娃的行为既源自自身的弱点,也来自社会文化对于女性的腐化。德氏曾被约翰逊博士称为"英国文论之

父", Harold Love 在 *Dryden, Pope, Johnson, Malone: Great Shakespeareans* (Claude Rawson, ed.) 一书中用一章的篇幅详细论述了德氏如何成为"莎评的创造者"。针对《古今寓言集》有几篇饶有兴趣的论文。"Following the Leaf through Part of Dryden's Fables" (David Gelineau, *Studies in English Literature,1500-1900*, 50:iii, pp. 557-581) 注意到其中批评威廉王穷兵黩武的3篇译文,包括"Alexander's Feast""The Twelfth Book of Ovid his Metamorphoses"和"The Speeches of Ajax and Ulysses"。以上这些是以乔叟的2篇故事"The Flower and the Leaf"和"The Wife of Bath Her Tale"为框架,强调了天主教神圣之爱的理念。威廉的宫廷体现的是花朵的表面价值;与此相反,天主教叶片代表的是永恒价值。"Sacred Bonds of Amity': Dryden and Male Friendship" (Tanya Caldwell, *University of Toronto Quarterly* 80:I, pp. 24-48) 论述说男性间的友谊遍布德氏作品中,但那只是代表了传统思想,并不能武断地看成是同性恋的迹象。德氏及同代人将这种古老观念只看作是政治稳定的有利工具。"Dryden's 'Vegetarian' Philosopher: Pythagoras" (Taylor Corse, *Eighteenth-Century Life* 34:I, pp. 1-28) 认为编译自奥维德《变形记》的"Of the Pythagorean Philosophy"雄辩地论述了灵魂的不定性、轮回、动物权利以及素食主义。该文作者认为德氏可能读过17世纪游记作家和博物学家有关人类并不是真正的肉食者而原本是素食者的论断,因而提出"以素食滋养生命,/避免天谴的嗜血"。

后 记

学海茫茫,航程漫漫。学术之灯塔、人文之星辰引我前行。中外人文传统需要巨大的努力来继承,无畏的勇气去创新。中外人文之桥更需要极大的热忱与付出去构建。本书为此仅献微薄之力。余自幼热爱读书、喜好文字。无奈20世纪70年代,诸多人文经典只作批判材料随遇而读。可喜80年代,世风日上,文史哲、数理化无所不涉,而吾独钟情于人文;高考中榜,滨城求学,留校任教,赴美利坚深造,归国报效。可贺90年代、21世纪,神州学风渐浓,中外交流频繁,访英伦名校,开学术之视野,拓研究之能力。不惑之年,领略东吴学府之遗韵,现代学术之风骚。知天命之年,转入人大,享学术之福地,发个人之专长。神交今人古人,中外名流,踏李渔之足迹,访德莱顿之故里;深感人文之厚重,学术之悠长。面对人文学术之海,吾辈徜徉于岸边,寻觅奇珍异宝,去粗取精,去伪存真,弘扬国粹,展现异域精华,沟通对话渠道。虽不能免俗于弗罗斯特之"不长远也不深刻"(Neither Out Far Nor In Deep),吾亦当守望、发现、弘扬。

人文传统薪火相传,吾辈自当不懈努力。期间有多少前辈、同仁给予鼓励与关爱。借此书付梓之际,我衷心感谢在学术生涯中的良师益友。首先要感谢导师汪榕培先生。他以潜移默化

后　记

的大家风范、一针见血的问题意识,给我以终身受益的教诲与启迪。感谢苏州大学方汉文教授的提携后进,感谢苏大王腊宝教授的慷慨肯定。特别感谢苏大王永健教授在与我合译《紫钗记》期间所给予的无私帮助。感谢母校大连外国语学院(今更名为大学)的培养,那里是我前半生学习、工作、生活之处,留下我美好的年华,结下难忘的友谊。感谢辽宁省教育厅人文社会科学研究创新团队项目的资助。中国人民大学外语学院优越的学术环境保证了我学术研究的发展,感谢人大外院领导的关心和同事们的友爱。衷心感谢北大出版社外语编辑部张冰主任的耐心与关心,感谢初艳红编辑的严谨作风与专业精神,感谢北大出版社前任编辑刘强的帮助和有关学术委员会专家的肯定。最后,我还要感谢妻子和女儿,她们的忍耐和理解是我完成本书的保证。小女的时时提醒,使此书终于脱稿。

2015年6月,起草于人大青年公寓
2015年7月,完稿于大连青云林海